ESPELHOS DE ÁGUA

SAMANTHA SOTTO YAMBAO

ESPELHOS DE ÁGUA

Tradução
Juliana Romeiro

1ª edição

— Galera —
RIO DE JANEIRO
2025

PREPARAÇÃO
Beatriz Araujo

REVISÃO
Fábio Gabriel Martins
Rachel Agavino

TÍTULO ORIGINAL
Water Moon

CIP-BRASIL. CATALOGAÇÃO NA PUBLICAÇÃO
SINDICATO NACIONAL DOS EDITORES DE LIVROS, RJ

Y21e Yambao, Samantha Sotto
Espelhos de água / Samantha Sotto Yambao ; tradução Juliana Romeiro. - 1. ed. - Rio de Janeiro : Galera Record., 2025.

Tradução de: Water moon
ISBN 978-65-5981-657-6

1. Ficção filipina. I. Romeiro, Juliana. II. Título.

CDD: 899.213
CDU: 82-3(599)

25-98328.0

Carla Rosa Martins Gonçalves - Bibliotecária - CRB-7/4782

Texto revisado segundo o Acordo Ortográfico da Língua Portuguesa de 1990.

Direitos exclusivos de publicação em língua portuguesa somente para o Brasil adquiridos pela
EDITORA GALERA RECORD LTDA.
Rua Argentina, 120 – Rio de Janeiro, RJ - 20921-380 - Tel.: (21) 2585-2000,
que se reserva a propriedade literária desta tradução.

Impresso no Brasil

ISBN 978-65-5981-657-6

EDITORA AFILIADA

Seja um leitor preferencial Record.
Cadastre-se e receba informações sobre nossos
lançamentos e nossas promoções.

Atendimento e venda direta ao leitor:
sac@record.com.br

Para todos aqueles em busca de novos começos

落花枝に帰らず破鏡再び照らさず

PARTE I

A pétala caída não pode voltar ao galho.
Não se pode lustrar um espelho quebrado.

CAPÍTULO UM

A casa que penhora "Quases" e "Ses"

O tempo não tem fronteiras, só as que as pessoas criam. Naquele dia especialmente frio de outono, Ishikawa Hana usou uma finíssima camada de pele para criar uma fronteira no tempo. Era uma das utilidades de se ter pálpebras. Porque, enquanto ela permanecesse de olhos fechados, conseguiria separar as duas metades da sua vida: os 21 anos que vivera até o momento em que abrisse os olhos naquela manhã, e tudo o que iria acontecer a partir dali.

Hana cobriu a cabeça com o lençol e fingiu que a ressaca do primeiro dia como a nova dona da casa de penhores ainda não havia começado. De nada importava o fato de que já estava mais do que acordada, e de que o último emaranhado de sonhos dos quais já não se lembrava tinha se desfeito havia mais de uma hora. Estava com a cabeça mais pesada do que o normal, e a boca mais seca, porém pensou que isso tivesse mais a ver com o que lhe aguardava do que com o álcool que havia bebido na noite anterior.

Em instantes, seu pai, Toshio, iria bater à sua porta para dar início ao dia deles.

Hana estava se agarrando à ínfima esperança de que a quantidade imprudente de saquê com a qual haviam comemorado a aposentadoria do pai o fizesse dormir até um pouco mais tarde. Essa esperança — se é que dava para chamar algo tão pequeno disso — era menor e tão escorregadia quanto uma pedrinha de rio coberta de musgo.

Durante todos os anos em que administrara a casa de penhores, houve apenas duas ocasiões em que Toshio não abriu a loja na hora de sempre. Em ambos esses dias, a loja permanecera fechada. Mas Hana e o pai não falavam disso. Nunca.

Se fosse uma casa de penhores como todas as outras, que negocia diamantes, prata e ouro, a família Ishikawa, que estava no ramo havia gerações, poderia se dar ao luxo de tirar folga por motivos de saúde e nos fins de semana. Mas Toshio treinara Hana para avaliar tesouros muito mais valiosos.

Os melhores clientes apareciam quando o verão acabava e as noites ficavam mais frias e longas. A melancolia era boa para os negócios. O fato de a lojinha não ter nome e ficar escondida numa ruazinha pouco movimentada de Asakusa, um bairro de Tóquio, não era um problema. Quem precisava dos seus serviços sempre a encontrava. Mas, se alguém perguntasse a Hana como ela achava que a casa de penhores devia se chamar, ela tinha a resposta na ponta da língua. *Ikigai*. Não havia palavra melhor para descrevê-la.

Hana tinha pouco mais de um ano quando aprendera a andar, no piso de madeira escura da loja, e cada passo que dera depois daquele foi em direção a assumir o negócio quando o pai se aposentasse. Ele era viúvo, e ela, sua única herdeira. A casa de penhores era o caminho que sempre trilhou, ela era seu único propósito. Seu *ikigai*. Mas nunca, em todos os dias em que Hana brincara aos pés do pai ou trabalhara ao seu lado quando jovem, cliente algum jamais perguntara qual era o nome do estabelecimento. Eles tinham dúvidas muito mais urgentes passando pela cabeça, quando Toshio os recebia com uma reverência educada. A primeira quase sempre era onde estavam, e a segunda, como tinham chegado até ali.

Afinal, ninguém esperava dar de cara com uma casa de penhores ao abrir a porta de um restaurante de ramen.

Qualquer pessoa na fila do antigo e famoso restaurante diria que era o melhor ramen de shoyu do distrito de Taitō. Para alguns, o cheiro que emanava das tigelas fumegantes de macarrão *chijirimen* com fatias de barriga de porco perfeitamente cozidas no caldo de ossos escuro e intenso facilitava a espera. Para outros, era como se ficassem o dobro de tempo na fila sinuosa. Ainda assim, todos respiravam fundo, enchendo-se da saborosa promessa que vinha pelo ar até chegar sua vez de entrar no salão apertado que, duas décadas antes, talvez pudesse ter sido considerado moderno. Eram, então, recebidos por paredes amareladas com fotos autografadas das celebridades que frequentavam o lugar, enquanto contornavam as mesas até um assento vago. Mas, apesar de entrarem pela porta do restaurante, alguns dos famintos não chegavam às mesas. Em vez disso, se deparavam com a recepção sombria de uma casa de penhores e o tilintar de uma sineta de cobre.

Enroscada sob o lençol, Hana foi tomada pela lembrança daquele som. O sino a convocava a acordar e a aceitar o inevitável. Cobriu as orelhas com as mãos e lutou em vão para impedir que sua mente se levantasse antes dela. Alguns pensamentos já estavam quase vestidos, terminando de abotoar o terno preto do uniforme da loja. Outros já estavam no escritório que ficava embaixo de seu quarto, imaginando como o pai passaria o primeiro dia da aposentadoria: colado nela, conferindo tudo que Hana fazia.

Ele não iria dizer nada se pegasse um erro. Nunca fazia isso. Uma leve contraída na sobrancelha direita já bastava. Toshio preferia o silêncio às palavras, poupando o fôlego e a energia para os clientes. Hana era boa em interpretar a respiração tranquila do pai, seus sorrisinhos e olhares. A única lembrança que tinha dele perdendo a paciência era de uma tarde de tempestade em que ela tinha dez anos e havia perdido um relógio antigo que fora penhorado. Os olhos do seu pai ficaram mais sombrios do que as nuvens que se moviam sobre o jardim da casa deles, e, quando ele a segurou pelos ombros finos e levou a boca ao seu ouvido, Hana ficou com medo. A voz dele estava baixa como a brisa, mas as palavras ressoaram dentro de Hana mais alto do que qualquer tufão.

Ache esse relógio.

Agora.

Hana não sabia o que teria acontecido se ela não tivesse encontrado o relógio horas depois atrás de uma pilha de livros, na sala dos fundos.

A única certeza que tinha era de que nunca mais queria ouvir o pai falar daquele jeito com ela.

Ela respirou fundo e obrigou os pensamentos a voltarem para o presente. Era como se houvesse uma angústia apertando seu peito. Imaginara que teria um futuro de peso, ou pelo menos mais pesado que um gato bem alimentado, mas a pilha de dias comprimindo seu peito parecia tão leve quanto uma montanha de cascas já debulhadas. Ela sabia de cor cada segundo dos dias que tinha pela frente. Afinal, passara a vida inteira vendo o pai viver aquilo. E agora a vida dele seria a vida dela, e, a partir de então, não haveria mais novidade.

Ela se virou de lado. A borda de uma foto amarelada espreitava debaixo do travesseiro. Ainda debaixo do lençol, Hana puxou a foto desbotada e semicerrou os olhos. Uma jovem que podia ser sua irmã gêmea a fitava também.

— Bom dia, *Okaa-san* — Hana cumprimentou a mãe, que não chegara a conhecer, e enfiou a única foto que tinha dela de volta no esconderijo.

Afastou o lençol e entreabriu as pálpebras de cílios escuros. Uma faixa de sol fustigou suas íris. Fechou os olhos com força e se levantou da cama de futon. Não precisava enxergar para mover-se pelo quarto. Aquele quarto e a casa de penhores embaixo dele eram o mundo todo dela, e hoje esse mundo parecia ainda menor.

E silencioso.

Hana inclinou a cabeça e tentou ouvir o tilintar habitual de louças e tigelas na cozinha lá embaixo. Mas a única coisa que entrou pela porta foi o silêncio. Ela mordeu o lábio.

Tinha certeza de que a aposentadoria não iria afastar um homem como Toshio dos seus rituais. Embora o pai tivesse um pequeno altar em casa para honrar os espíritos, o deus que ele realmente adorava era a rotina. A tigela quente de chá verde que o pai tomava todo dia de manhã era sagrada, independentemente de quanto uísque ou saquê ainda circulasse dentro dele desde a noite anterior.

Hana colou o ouvido na porta. Só havia duas possibilidades para a casa de penhores estar tão quieta, e nenhuma delas era boa.

CAPÍTULO DOIS

A última cliente de Ishikawa Toshio

O dia anterior

O outono tinha chegado mais cedo, e, desde então, o número de clientes da casa de penhores dobrara.

Toshio apoiou o peso do corpo na outra perna para aliviar o joanete do pé esquerdo. Sentiu o estômago roncar duas vezes sob o terno preto. Ele ignorou e ajeitou a gravata. Não era a primeira vez que ficava tão ocupado a ponto de não ter tempo de almoçar, mas seria a última. Quando fechassem a loja, dali a menos de uma hora, estaria oficialmente aposentado e nunca mais precisaria trabalhar em vez de almoçar. Achou que a ideia o faria sorrir, mas seus lábios se recusaram a esboçar a mais ínfima curva. A sineta de cobre tilintou, anunciando a chegada de sua última cliente.

— *Irasshaimase.* — Toshio curvou-se com o mesmo sorriso de sempre, a voz suave como saquê morno.

Hana espiou da sala dos fundos com o livro de registro do mês debaixo do braço. Toshio fez um gesto indicando que ela voltasse para dentro e dirigiu sua atenção para a mulher elegante que acabara de passar pela porta.

— Posso ajudar?

A mulher encarou o sorriso de Toshio com uma expressão desorientada. Embora suas feições delicadas a fizessem parecer mais nova que Toshio, o cabelo, preso num coque frouxo na nuca, era da mesma cor que a fileira de pérolas brancas de água doce que ela usava no pescoço.

— Perdão. Me confundi. Achei que a fila lá fora fosse para o restaurante de ramen.

— E é — respondeu Toshio.

A mulher estudou o ambiente.

— Aqui é o restaurante?

— Não. É a minha casa de penhores.

— O restaurante fica no segundo andar?

Toshio balançou a cabeça.

— Não.

Uma ruga surgiu na testa bonita da mulher quando ela franziu o cenho.

— A senhora deve estar cansada, depois de tanto tempo na fila. Quer se sentar um pouco? — Toshio apontou para a mesa baixa cercada de almofadas de seda no canto da sala.

A mulher empinou o queixo e levou os dedos aos lábios finos.

— Eu... Eu podia jurar que aqui era o restaurante. Eu vi quando o homem na minha frente entrou. Eu vi as mesas, as cadeiras e... — Ela baixou a cabeça numa breve reverência. — Desculpe incomodar.

— Não precisa se desculpar. Aceita alguma bebida? Um chá?

— Obrigada, mas eu...

— Por favor, eu insisto. Não é incômodo nenhum. — Toshio saiu de trás do balcão e chamou por cima do ombro: — Hana? Pode fazer um chá? Temos uma cliente.

Hana fechou o livro de registro e levantou-se da mesa que pertencera à mãe. Ela sabia que aquela era a sua deixa tão bem quanto sabia o que estava se passando na cabeça da mulher naquele momento.

Chá. Naquele ponto da conversa com o pai dela, todos os clientes pensavam a mesma coisa. Era uma ideia boba, pequena e leve como o ar, sem pontas afiadas em que pudessem se cortar. Todos eles já tinham tomado chá antes e conheciam a sensação na boca, como o chá descia pela garganta e aquecia a alma. Uma xícara de chá nunca fizera mal a ninguém, e eles não conseguiam pensar em motivo algum para recusar a oferta gentil do dono da casa de penhores. Na verdade, seria indelicado dizer não, visto que foram eles que entraram por engano lá. Eles tentavam lembrar aonde estavam indo, mas o máximo que lhes vinha à mente era o frio que sentiam na barriga. Pode ser que um chá ajude. Talvez tenha sido por isso que passaram tanto tempo na fila. Hana botou água na chaleira e a levou ao fogão.

— Um chá cairia bem. — A mulher assentiu com um sorriso.

— Ótimo. Meu nome é Ishikawa Toshio. — Ele apontou para uma das almofadas no chão. — Por favor, sente-se.

— Obrigada. — A mulher se acomodou na almofada do mesmo tom de cinza que o dia lá fora. — Eu me chamo Takeda Izumi.

— Obrigado por ter vindo até aqui hoje, Takeda-sama. A senhora com certeza vai encontrar ofertas muito justas, eu diria até generosas, na nossa casa de penhores.

— Mas eu não vim aqui para... — disse Izumi, girando uma pérola do colar entre o indicador e o polegar, com a testa franzida como se estivesse vasculhando gavetas dentro da cabeça, tentando encontrar o que queria dizer em seguida.

Hana trouxe o chá em uma bandeja de laca preta.

— Hana, esta é Takeda-sama — apresentou Toshio.

Hana baixou a cabeça em uma reverência.

— Bem-vinda à nossa casa de penhores. Por favor, aproveite seu chá — disse ela, pousando a bandeja na mesa.

Enquanto Hana se afastava, Izumi voltou-se para Toshio.

— O senhor tem uma filha linda, Ishikawa-san.

— Obrigado. Puxou a... — Toshio reprimiu as palavras seguintes com um sorriso tenso.

Ele manteve os olhos fixos no chá e o serviu em pequenos bowls de cerâmica. A louça era da cor de um mar absolutamente sereno, mas com rachaduras de diversos tamanhos cobrindo o verniz. Se não fosse pela técnica *kintsugi* usada em seu restauro, estaria estilhaçada. As rachaduras eram preenchidas com pó de ouro e laca, riscando a louça como um raio.

— Que louça mais elegante — comentou Izumi, admirando os bowls.

— Obrigado. Fiquei muito chateado quando tropecei e deixei cair, só que, neste caso, tenho que confessar que a minha falta de jeito valeu a pena. — Toshio passou o chá para Izumi. — Coisas quebradas têm uma beleza única, a senhora não acha?

Izumi deslizou o dedo pela delicada linha dourada na cerâmica, as unhas da mão muito bem-feitas.

— Tem coisas que, quando se quebram, ficam até bonitas — disse ela baixinho, tão baixo que parecia estar com medo de quebrar o copo com a voz.

— Eu já vi beleza em todo tipo de coisa quebrada. Cadeira. Prédio. Gente.

Izumi ergueu os olhos do chá.

— Gente?

— Principalmente gente. As pessoas podem se quebrar das formas mais interessantes. Cada amassado, arranhão e rachadura conta uma história. Cicatrizes invisíveis escondem as feridas mais profundas e são as mais intrigantes.

Izumi girou um dos dois grandes anéis de diamante no dedo, torcendo a pele.

— Que jeito mais diferente de pensar, Ishikawa-san.

— Ah, é mais do que um jeito de pensar. É o motivo pelo qual estou neste ramo. Esta não é uma casa de penhores como as outras, Takeda-sama. Não negociamos bugigangas. Anéis de diamante e colares de pérolas não valem nada aqui.

Hana ficou ouvindo Izumi e o pai da sala dos fundos. Já tinha perdido a conta de quantas vezes ouvira aquela mesma conversa servida junto de chá.

Mas, não importava quantas vezes dissesse aquelas palavras, seu pai sempre soava sincero. Na maioria das vezes, ele dizia a verdade aos clientes, por mais difícil que fosse para eles acreditarem. Embora o que ele dividisse com eles não fosse, na opinião dela, de forma alguma, uma revelação surpreendente, eles sempre levavam um tempo para superar a surpresa. O que era compreensível. Do outro lado da porta daquele restaurante de ramen, as coisas seguiam sempre o mesmo fluxo, e não havia casas de penhores como aquela. A especialidade de seu pai, como Takeda Izumi estava prestes a descobrir, era conseguir convencê-la a deixar de lado tudo aquilo em que crescera acreditando e permitir que sua mente compreendesse o que suas mãos não podiam tocar; e tudo isso até o fim daquele chá.

Hana voltou para a mesa e pegou um livro da pilha ali em cima. Era um livro em brochura cheio de páginas dobradas nas pontas, que se mantinham presas na lombada por pura força da vontade. Tinha sido penhorado naquela manhã por um cliente chamado Ito Daisuke. Ela deu uma olhada na lista do livro de registros e ticou o item após confirmar que estava tudo certo. De todos os itens que haviam chegado à casa de penhores naquele dia, esse era o seu preferido.

Hana abriu uma gaveta e pegou os antigos óculos de aro dourado da mãe. Então, colocou no rosto, ajeitou no nariz e, através das lentes, viu o livro pelo que ele era de fato: uma escolha que mudara o destino de Ito Daisuke.

Sua forma verdadeira era muito mais bonita que a de um livro. Em vez de páginas, tinha penas feitas de tufos de luz, transformando-se num passarinho reluzente. Ele se empoleirou no dedo de Hana, as cores mudando constantemente do azul para o dourado.

Houve um tempo em que aquele passarinho cantava feliz, por cinco anos, dentro de Daisuke, enquanto ele dedicava suas noites à escrita de um livro de mistério, depois que terminava seu turno como caixa numa loja de conveniência. Quando ele desistiu da escrita e apagou todos os rascunhos inacabados, dois anos antes, o pássaro perdeu a cor, parou de cantar e ficou preto como carvão. E o bicava no estômago toda vez que ele pensava nos fictícios assassinatos em série de Harajuku que nunca iria resolver. Mas agora Daisuke havia penhorado sua escolha e estava livre. Haveria momentos em que ele iria sentir um frio onde aquela escolha costumava viver, mas isso iria passar. Ele não iria se lembrar da escolha, nem da casa de penhores, nem do homem que o persuadira a se separar de um livro surrado de mistério. A paz de espírito, Toshio lhe dissera, valia o preço de nunca saber o que acontecia depois da página 254.

Hana tirou os óculos e cavou um espaço para o livro de Daisuke na prateleira, entre as chaves de uma casa e uma passagem de avião rasgada ao meio. Naquela noite, depois que a loja fechasse, o pai pegaria todos os itens da prateleira e guardaria no cofre, junto às demais aquisições do dia.

Takeda Izumi hesitou por um instante, tentando compreender as palavras que pairavam no ar, sobre os dois bowls rachados de chá.

— Mas não faz o menor sentido. Como as pessoas conseguem penhorar escolhas?

— "Sentido" é relativo — respondeu Toshio. — Tem coisas que fazem sentido no seu mundo que são ridículas no meu. Nunca entendi o propósito dos telefones ou das televisões.

— O que o senhor quer dizer com "seu mundo"?

— A senhora é do mundo que fica atrás daquela porta. Minha filha e eu somos do mundo aqui de dentro. Sempre que alguém do seu lado vem parar aqui na nossa casa de penhores, existe um bom motivo para isso. Nossos clientes têm escolhas que ficaram muito difíceis de carregar. Nós ficamos com essas escolhas para as pessoas poderem voltar mais leves para o seu mundo. Satisfeitas.

— O senhor está de brincadeira comigo?

— Eu não brincaria com uma coisa dessas. Nosso trabalho é importante demais.

Izumi pegou a bolsa.

— Não sei que palhaçada é essa, mas não estou achando a menor graça.

— Não é palhaçada e não é para ter graça. Eu não posso obrigar a senhora a ficar, mas sei que ninguém encontra a casa de penhores por acaso. Se a senhora não precisasse dos nossos serviços, teria aberto a porta e entrado no restaurante de ramen, igual a todos os outros clientes esperando na fila lá fora.

Izumi ajeitou a postura e empinou o queixo.

— Digamos que o senhor esteja falando a verdade sobre o que é isso aqui, o que eu duvido muito, ainda assim eu não preciso dos seus serviços. Eu não me arrependo de nada.

— Me desculpe se a ofendi, Takeda-sama. — Toshio abaixou a cabeça. — Mas faz muito tempo que trabalho com isso. Eu sei quando as pessoas estão felizes e quando não estão, não importa quão bem-vestidas estejam ou quão largos sejam seus sorrisos. A felicidade não tem a ver com o que temos, e sim com o que não temos.

Izumi agarrou a bolsa com força.

— O senhor não sabe nada a meu respeito.

— Talvez não. Mas tudo que eu sei aprendi com a experiência coletiva das gerações da minha família que trabalharam nesta casa de penhores. Todos os clientes que passaram pela nossa porta disseram que vieram parar no nosso pequeno estabelecimento porque estavam perdidos. E eles tinham razão. Perder-se, muitas vezes, é o único jeito de encontrar uma coisa que você nem sabia que estava procurando.

— Sei muito bem o que eu estava procurando hoje. Ramen.

— Tem vários bons restaurantes de ramen nesta cidade. Por que a senhora veio justamente neste?

— Eu morava no bairro quando era mais nova. Sempre comia aqui.

— Mas a senhora já deve ter comido ramen melhor por aí desde então, não?

— Já, lógico, mas…

— E uma mulher como a senhora com certeza poderia pagar para comer em um lugar mais elegante.

Izumi girou as pérolas em seu pescoço, com os olhos fixos no chá.

— Mas este não é um restaurante qualquer, é? — perguntou Toshio.

Izumi desviou o olhar.

— Não se preocupe, Takeda-sama. Eu não quero me intrometer. Não preciso disso. Já sei por que a senhora veio até este restaurante hoje.

Izumi arregalou os olhos sob as sobrancelhas finas.

— A senhora disse que comia aqui quando era mais nova. — Toshio juntou as mãos sobre a mesa. — As pessoas revisitam o passado para reviver lembranças felizes, para afastar as ruins, ou as duas coisas.

— Já que o senhor acha que me conhece tão bem assim e não quer aceitar que a explicação de eu ter vindo até aqui é simplesmente porque eu queria comer ramen, pode me dizer por que acha que estou aqui? — perguntou Izumi.

— A senhora veio até aqui para jantar com um fantasma.

— Isso é... — A voz de Izumi ficou entalada na garganta. — Isso é ridículo.

— Então a senhora veio jantar com um amigo?

— Bem... Eu... Não. Eu ia comer sozinha. Gosto de vir aqui sozinha. Venho pelo menos uma vez por ano, no outono.

— Mas ninguém nunca come sozinho, não é verdade? — ponderou Toshio. — Os nossos pensamentos comem com a gente. Eles nos fazem companhia, quer tenham sido convidados ou não, e falam bem alto quando são os únicos à mesa. Eles falam tudo que não podemos dizer em voz alta. No seu caso, acho que eles gostam de se lembrar de uma época em que a senhora não era a mulher que é hoje, uma época, talvez, em que a senhora gostava de se sentar à mesa do restaurante de ramen com outra pessoa.

— Pare.

— A senhora briga com os seus pensamentos e insiste que eles estão errados, mas eles continuam lhe ocorrendo até o ramen esfriar. Mesmo assim, a senhora volta sempre que pode, porque um bowl frio de ramen ainda é melhor do que qualquer refeição quente na sua casa.

— Pare. — Os olhos de Izumi se encheram de lágrimas, e elas escorreram por seu rosto pálido. — Por favor, pare.

— Desculpe. A senhora me fez uma pergunta, e eu respondi. Tem um monte de coisas que eu preferia não saber, mas, por ter passado a vida inteira nesta casa de penhores, consigo ler as histórias dos meus clientes como se estivessem escritas no rosto deles.

Izumi secou os olhos.

— Eu não sou sua cliente.

— É verdade. — Toshio entrelaçou os dedos. — Ainda não decidi se o que a senhora deseja trocar tem algum valor.

— Já chega. Cansei desse joguinho. — Seus olhos voltaram a se encher de lágrimas. — Quem é o senhor?

— Sou apenas um homem que oferece um serviço único a quem precisa, um homem que sabe que a senhora está chorando não porque está triste, mas porque está com raiva. Mas não de mim. A senhora queria estar com raiva de mim, mas não está. A senhora já estava furiosa antes mesmo de pisar nesta loja.

Izumi olhou com irritação para ele, começando a ficar vermelha.

— É lógico que estou com raiva. Odeio ter todos os motivos do mundo para ser feliz, mas tudo o que consigo sentir são as rachaduras se abrindo dentro de mim toda vez que eu me obrigo a sorrir. É isso que o senhor queria que eu dissesse? É isso que o senhor quer que eu penhore? Um sorriso quebrado remendado com ouro, igual ao seu jogo de chá? Porque, se o senhor quiser, eu dou agora mesmo.

— Então a senhora acredita no que eu falei sobre a casa de penhores?

— Prove. Faça com que eu acredite.

— Muito bem. Me mostre a sua escolha, que eu digo quanto ela vale.

— Mostrar ao senhor? Como? Uma escolha não é algo que você guarda no bolso ou na carteira.

— A senhora carrega consigo todas as decisões que já tomou na vida, Takeda-sama. Com essa escolha é a mesma coisa — explicou Toshio. — E acho que a senhora já sabe exatamente onde ela está.

CAPÍTULO TRÊS

Passagem de ônibus

Um espelho de bolso. Um tubo dourado de batom matte. Chaves de casa. Takeda Izumi sabe que, na maioria das vezes, você tem de tirar da frente pelo menos uns três itens que leva na bolsa até achar o que está procurando.

Ela deixou de lado as chaves. Atrás do pacote de lenço umedecido sem perfume, havia um porta-moedas de couro vermelho. Izumi o tirou da bolsa, do mesmo jeito que sempre fazia quando comprava seus doces favoritos na *konbini*, no térreo do prédio dela. Ela não confiava em si mesma para estocá-los na despensa de casa, preferia matar a vontade toda vez que acumulava o valor em trocado. Quando era jovem, era mais fácil manter a forma, mas, agora, só de olhar de relance para a barraca de *imagawayaki* no caminho até a sua floricultura que ela já ganhava peso. Mesmo assim, tinha dias em que era impossível resistir ao cheiro da panqueca recheada feita na hora. Sua preferida era a com recheio de creme de feijão-vermelho doce. Nesses dias, ela não jantava. Por sorte, o marido não se incomodava de comer sozinho. Às vezes, parecia até preferir.

Se tivessem tido filhos, teria sido diferente. Izumi achava que eles jantariam juntos toda noite, sempre na mesma hora, com o filho respondendo educadamente como tinha sido seu dia. A filha, a mais tagarela das crianças, iria rir baixinho, enquanto contava das amigas. O marido comeria em silêncio, assentindo aqui e ali, quando achasse que alguém tinha dito algo interessante. Izumi tentou imaginá-lo mais falante, só que, depois de quase três décadas de casamento, seus pensamentos não iam tão longe quanto antigamente. Mas isso não a incomodava. Só quem ainda sonhava precisava de imaginação fértil.

Viver sem sonhos facilitava tudo. A rotina era um bom substituto para tudo o que faltava na vida. Se planejasse bem o dia, conseguiria ir do instante em que abria os olhos de manhã até o momento em que pegava no sono à noite sem devaneios, desejos desgastados ou pensamentos embolorados. Izumi quase gostava de sua rotina de sempre de tocar a pequena floricultura, voltar para casa a tempo de fazer o jantar para Yoshi e passar na *konbini* para reabastecer os doces na bolsa.

Mas, naquele dia, ela tirou o porta-moedas da bolsa por um motivo totalmente diferente. O estranho dono da casa de penhores tinha pedido para ver uma escolha que ela fizera havia uma vida atrás, e por algum motivo que jamais conseguiria explicar, ela sabia que essa escolha estava guardada no porta-moedas, tilintando com seu troco.

Izumi abriu o zíper da bolsinha e fez uma conta rápida de cabeça. Ela mexeu nas moedas e tirou a quantia necessária para pagar o ônibus da casa onde foi criada até o restaurante de ramen. Colocou as moedas na mesa.

Hoje, não daria para fazer a mesma viagem com aquilo, mas, anos atrás, ela teria pagado a passagem de ônibus e ainda sobraria um dinheirinho para comprar alguns de seus doces preferidos. E, naquela época, ela não precisava se preocupar com a balança. Porque, ao contrário do marido, Junichiro a amava independentemente de seu peso. Inclusive, fora por causa de Junichiro que seus vestidos ficaram mais apertados, desde que começaram a se encontrar duas vezes por semana no restaurante de ramen onde ele trabalhava.

Junichiro já tinha saído do restaurante havia muito tempo, mas sempre que as folhas adquiriam aquele tom vermelho-dourado nas árvores e o vapor do ramen fumegante permeava o ar frio com seu sabor, Izumi voltava ali. Ela gostava de respirar fundo aquele cheiro, aquecendo-se com lembranças antigas de sorrisos fáceis e conversas mais fáceis ainda. Hoje fora um desses dias de outono, mas, desta vez, havia uma casa de penhores no lugar do restaurante.

— Posso? — Toshio apontou para as moedas que Izumi havia colocado na mesa entre eles. Ele pegou e sentiu o peso. — Pesam mais do que parece. É assim com a maioria das escolhas. Preciso examinar melhor para dar um preço justo.

Toshio tirou uns óculos antigos do bolso da camisa e colocou no rosto. Eram idênticos aos da esposa, só que o aro era de prata, enquanto o dela era de ouro. Ele ficava parecendo uma coruja com aqueles óculos.

— Não ligo para o preço. Pode ficar com elas.

— Infelizmente não é assim que funciona. Se eu não lhe der algo em troca, a senhora ficará se perguntando para sempre o que deixou para trás. — Toshio examinou cada moeda e assentiu lentamente. — Entendi — disse ele, num tom mais leve e gentil.

— Entendeu o quê?

— Por que a senhora não pegou o ônibus naquela época para se encontrar com Junichiro no restaurante de ramen, conforme tinha combinado com ele.

Izumi baixou a cabeça.

— Eu... eu não tinha escolha.

— E, mesmo assim, aqui está. — Toshio organizou as moedas em linha reta sobre a mesa.

— Eu...

— Não precisa explicar. Examinei suas moedas. E sei a escolha que a senhora fez e por que a fez.

— O senhor deve estar me achando uma pessoa horrível.

— Eu acho que a senhora é uma cliente que precisa dos nossos serviços. Com certeza está cansada de viver com essa escolha.

— Meu marido é um homem bom e leal. Ele merece uma esposa que não viva no passado.

— A senhora o ama?

Izumi fitou as mãos.

— Ele ama a senhora?

— O amor é uma coisa que as pessoas são ensinadas a querer. Mas o que nós precisamos mesmo é chegar em casa e não estarmos sozinhos, e ter alguém para dizer tchau quando saímos.

— E isso já é mais do que muita gente tem. — Toshio sorriu, e, ao tocar seus lábios, o sorriso o fez parecer mais velho e cansado. — Acho que a senhora vai gostar de saber o valor da sua escolha. Posso ficar com ela agora mesmo, e a senhora nunca mais vai sentir vontade de comer ramen no outono.

Hana enrolou a caixinha de madeira num corte de seda que parecia a primavera. Ela mesma tinha pintado as flores no tecido, com todo o cuidado de fazer do embrulho algo único, embora os conteúdos fossem todos iguais. O pai sempre oferecia a mesma coisa em troca das escolhas de seus clientes, não importava o valor. Todas as caixas tinham a mesma quantidade de chá verde.

Quando ela era mais nova, o pai brincava de esconder as caixas de chá pela casa e deixava um monte de pistas para ela encontrar. Charadas dentro de garrafas vazias de saquê. Enigmas matemáticos dobrados em raposas de origami. Um vaso lascado fora do lugar. Ela não podia deixar passar nada. Essas pequenas caças ao tesouro a entretinham enquanto ele estava ocupado com o inventário ou atendendo clientes. De vez em quando, Hana o pegava disfarçando um sorriso quando as pistas a confundiam, fazendo-a ir para a esquerda em vez de para a direita. Com o tempo, ela foi ficando boa em resolver os enigmas do pai, mesmo que, a princípio, eles não parecessem pistas. O maior orgulho de Toshio eram as pistas que ele escondia nos lugares mais fáceis.

Esses enigmas foram a primeira lição de Hana na arte de lidar com os clientes. Ela invocava a mesma prática e o mesmo olhar aguçado que usava para procurar as pistas do pai quando queria enxergar a verdade que um cliente tentava esconder com tanta clareza quanto as feições em seu rosto. Mas, para Hana, as pequenas caças ao tesouro nunca foram aulas. Ela gostava de fingir que as caixas que encontrava eram presentes da falecida mãe, e que cada pista era uma mensagem codificada que, na verdade, queria dizer "eu te amo", "estou com saudade" e "até breve".

Hana havia escolhido uma de suas sedas preferidas para fazer o embrulho de Takeda Izumi. Ela parecia ter a idade que a mãe dela teria se ainda estivesse viva. Com base na única foto que Hana possuía da mãe, elas tinham os mesmos lábios finos e formato de rosto. Os olhos eram diferentes, mas tudo bem. Hana deu dois nós no tecido, pousou a caixa de chá na bandeja de laca e foi até a parte da frente da loja, onde Takeda Izumi aguardava.

Izumi admirou o jardim pintado no embrulho de seda. Mesmo sem saber o que havia dentro, ela curvou os lábios em um sorriso.

— Por favor, abra — pediu Toshio.

Izumi desatou o nó, e a seda se soltou, revelando uma caixa simples de madeira. Ela abriu a tampa. Um perfume fresco e verde, combinado com uma fragrância doce de frutas cristalizadas, emanou da caixa. Izumi sorriu ainda mais ao reparar nas folhas verde-escuras de onde vinha o cheiro. *Gyokuro*. O chá de mais alta qualidade, cultivado com muito esmero em plantações protegidas pelas sombras. Fazer o chá exigia o mesmo nível de cuidado, mas Izumi não via a hora de seguir cada um dos passos meticulosos. O tempo que levava para extrair aqueles sabores valia o luxo que era entregar-se a eles.

— Espero que goste — disse Toshio. — É o que ofereço em troca de todos os itens que trazem até a casa de penhores.

— Todos eles? Então por que o senhor teve que avaliar a minha escolha?

— Para ver se valia o chá.

— Eu mesma podia ter comprado o chá.

— Podia, e provavelmente seria um ótimo chá. Mas não ia ser o chá que estou lhe oferecendo agora. Não ia ser o chá que a senhora vai tomar em troca de uma escolha que marcou a sua vida. Não ia ser o chá que a senhora finalmente vai poder desfrutar sem ter que pensar em uma loja de ramen e no homem a esperando lá dentro. Posso mandar todos os meus clientes de volta para casa com este chá, mas, quando eles o tomarem de seus copos, já não vai mais ser o mesmo chá.

— Como assim?

— Ninguém pode se libertar da mesma escolha que o outro. Cada pessoa tem uma ideia do gosto da liberdade. Para a senhora, a liberdade pode ser acolhedora e lhe dar um quentinho no peito, como a alegria de olhar pela janela num dia chuvoso e não querer estar em nenhum outro lugar. Para o meu próximo cliente, ela pode ser inebriante, destemida, e ter um gosto doce e forte.

Izumi fechou a caixa.

— A senhora concorda com a troca? — perguntou Toshio.

— Tudo que me resta de Junichiro é essa dor. Tem tanto tempo que convivo com ela, que nem sei se vou conseguir me reconhecer sem.

— Então pense nisto como uma oportunidade de descobrir.

— Mas e se eu mudar de ideia? E se eu quiser a minha escolha de volta?

— Isto é uma casa de penhores, e não uma loja comercial. Se a senhora quiser recuperar a sua escolha, é só me pagar de volta.

Izumi soltou o ar devagar, relaxando os ombros.

— Que bom.

— Com juros.

— Como se calcula os juros de um chá?

— Se a senhora mudar de ideia, podemos conversar sobre isso, mas seria a primeira vez que isso aconteceria.

— Nenhum cliente seu nunca veio pedir a escolha de volta?

— Nunca — respondeu Toshio. — E, se depois de uma semana ninguém voltar para reaver a escolha, a casa de penhores fica com ela.

Izumi mordeu o lábio inferior.

— Me parece tão pouco tempo...

— Quanto tempo a senhora precisa para decidir se quer ou não sorrir? Eu não estou obrigando a senhora a fazer a troca, Takeda-sama. Se estiver na dúvida, pode pegar sua escolha e voltar para o restaurante de ramen.

— E eu vou conseguir achar o senhor de novo?

— Eu não decido quem entra pela porta da casa de penhores.

— Então esta pode ser a minha última chance de deixar minha escolha para trás.

— Pode.

— Então eu aceito o chá.

— Tem certeza?

— Certeza? — Ela deixou escapar uma risada seca. — Acho que não sei mais o que é isso. Não desde que abri a porta de um restaurante de ramen e vim parar aqui, nesta casa de penhores. Eu não sei nem se isto está mesmo acontecendo ou se é só um sonho estranho. A única coisa que eu sei é que não posso sair por aí com outro arrependimento nas costas. Se isto estiver mesmo acontecendo, então não estou aqui por acaso. Eu tinha que encontrar o senhor e fazer essa troca.

— Então está feito. O chá é seu. Espero que goste e lhe desejo muita saúde.

— Como assim? É só isso?

— É. Só isso. Aqui, levamos tudo de um jeito muito simples. A senhora não precisa fazer mais nada — concluiu Toshio, e coletou as moedas de Izumi da mesa.

— Mas eu não estou sentindo nada de diferente.

— A mudança vai acontecer quando a senhora voltar para o seu mundo.

— E se não funcionar?

— A senhora não comprou um rádio ou um relógio, Takeda-sama. A senhora fez uma troca simples. Não tem nenhuma peça para quebrar ou parar de funcionar.

Izumi guardou com cuidado a caixa de chá na bolsa.

— Obrigada.

Toshio sorriu e curvou a cabeça em uma reverência.

Izumi foi até a porta e pegou na maçaneta gasta de latão. Então, girou e puxou abrindo uma fresta. Ela parou e se virou para encarar Toshio.

— Ishikawa-san?

— Pois não?

— Eu estava tão preocupada, pensando se me livrava da minha escolha, que nem perguntei. Por que o senhor coleciona escolhas? Que uso elas têm para o senhor?

CAPÍTULO QUATRO

Saquê e silêncio

Hana virou o terceiro copo de saquê e sentiu aquele gosto adocicado na boca. Era boa de copo, melhor que muita gente, e seu pai se orgulhava que tivesse aprendido com ele.

Se a mãe estivesse viva, ou se Toshio tivesse amigos com quem sair para beber, a rotina noturna deles talvez fosse outra. Mas Toshio parecia perfeitamente feliz com a companhia silenciosa da filha à mesa, os dois tomando saquê até ele ficar com as pálpebras pesadas demais para manter os olhos abertos. Suas noites se desenrolavam com mais goles silenciosos do que conversas, mas mesmo assim Hana achava que era uma troca justa. A espera fazia com que a noite parecesse ter mais horas, e qualquer coisa que adiasse a chegada do amanhecer era bem-vinda para ela.

Mas, na véspera da aposentadoria do pai, nem as pausas mais longas, nem os goles mais lentos, serviram para prolongar a espera.

— Hana — anunciou Toshio, pousando a caixa embrulhada na mesa. — Isso é para você.

— Para mim?

Hana olhou a caixa e notou que o embrulho tinha sido feito com uma seda que ela própria havia pintado recentemente.

— Uma lembrancinha para comemorar o próximo capítulo da sua vida.

— Obrigada, *Otou-san*.

Seu pai era um homem prático, então não era uma surpresa que estivesse lhe dando uma caixa de chá do estoque dos clientes. A lembrança das caças ao tesouro de sua infância que o presente evocava compensava a falta de criatividade. Seu pai não precisava dizer nada para demonstrar sua intenção. Os olhos marejados diziam tudo.

— Você lembra o que eu sempre digo do chá para os clientes?

— Que ele tem um gosto diferente para cada pessoa.

— Essa regra também se aplica a você. Você conhece este chá a sua vida toda, mas amanhã, quando tomar seu primeiro chá como a nova dona desta casa de penhores, talvez se surpreenda com quanto as coisas vão mudar, mesmo que, a princípio, tudo pareça estar igual. Acha que está pronta para isso?

— Esta noite não é sobre mim, *Otou-san*. Nós estamos comemorando a sua aposentadoria.

— Finais e começos são o mesmo ponto na linha do tempo. Esta noite é tão significativa para você quanto para mim — disse ele. — Talvez até mais. Sei que está pensando um monte de coisas.

Hana ainda segurava a caixa de chá, tentando encontrar algum consolo nas dobras frias da seda.

— Você... — Então, desviou o olhar, decidindo não revelar os pensamentos.

— Pode falar.

— Você foi feliz?

— Como assim?

— Aqui na loja.

— Ah. — Toshio assentiu lentamente, servindo-se de mais saquê. — Amanhã, a casa de penhores será sua, e você está na dúvida se vai ser tão triste aqui quanto acredita que eu sou.

— Não... Não... *Otou-san*, não foi isso que eu quis dizer. — Hana sentiu as bochechas ficando vermelhas. — Eu não falei isso.

— Desde quando precisamos de palavras para dizer um ao outro exatamente o que estamos sentindo? Eu não estaria passando a casa de penhores para você se você não tivesse aprendido isso. Nós perderíamos metade dos nossos negócios se não conseguíssemos ouvir tudo o que os clientes não falam em voz alta. Você tem o dom de ler essas pessoas, Hana. Você as lê quase tão bem quanto me lê. O meu trabalho aqui nunca foi sobre tentar ser feliz. Nós dois sabemos para que a casa de penhores serve de verdade, o serviço que nós prestamos.

Hana fitou o próprio reflexo na janela.

— Você já sentiu inveja deles, *Otou-san*?

— Inveja de quem?

— Dos nossos clientes. Sei que eu não devia, mas às vezes...

Toshio bateu o copo de saquê na mesa.

— Quer que eu repita o que aconteceu com a sua mãe?

Hana baixou a cabeça, engolindo em seco.

— Ela roubou uma escolha do cofre.

Toshio ergueu o queixo de Hana, forçando-a a encará-lo.

— E?

— E pagou por esse crime com a própria vida.

Toshio pousou as mãos na mesa e soltou um suspiro que reverberou em seu peito. Quando voltou a falar, passou a usar o tom gentil que guardava para os clientes mais ansiosos.

— Sei que você não quer esta vida. Nunca quis. É o mais cruel dos deveres, mas é também o mais importante.

— Eu sei, *Otou-san*. Eu sei.

— Eu não fui o marido que sua mãe merecia, nem fui o melhor pai para você. Mas eu toquei esta casa de penhores da melhor forma que pude e tentei treinar você para fazer o mesmo. É tudo que eu sei e tudo que posso lhe dar. Eu falhei com a sua mãe da pior maneira possível, mas espero ter me saído melhor com você. Amanhã, esta casa de penhores vai ser sua e, com ela, todas as suas regras e consequências. Não vou estar sempre por perto para proteger você, Hana. Me prometa que não vai cometer o mesmo erro que a sua mãe. Você pode esquecer todas as lições que eu te ensinei, mas nunca se esqueça que a única escolha que podemos fazer neste mundo é entre a morte e o...

— Destino. — Hana abaixou a cabeça. — Eu não me esquecerei.

Hana desabou na cama de futon, sentindo-se tonta. Não sabia se era por causa do saquê ou das palavras do pai. Achou difícil concluir se aquilo fora um aviso ou um adeus. Tinha mais familiaridade com avisos do que a maioria das pessoas. O fantasma da mãe permanecia em todos os cômodos da casa, um lembrete do que acontecia com os que quebravam a regra mais importante da casa de penhores: *esquecer*.

Toshio a ensinara a dizer essa palavra antes de qualquer outra, fazendo com que ela a repetisse como uma oração sempre que abriam a loja de manhã e quando a fechavam, no fim do dia. Assim que as escolhas penhoradas eram trancadas no cofre, Hana tinha de afastá-las completamente da cabeça. Por mais reluzentes, bonitas ou fascinantes que fossem.

A cada lua nova, novos donos vinham coletar as escolhas dos clientes do estabelecimento, e eles não gostavam de compartilhar aqueles achados preciosos. Era esse o motivo, pensou Hana, do pai ter escondido o cofre atrás de uma estante na sala dos fundos da casa de penhores. Devaneios eram os mais furtivos dos ladrões, e Hana nunca podia se esquecer das consequências de ficar pensando em escolhas que jamais poderiam ser suas. Mas, embora estivesse habituada aos avisos, ela não tinha muita experiência com despedidas. Seu pai era tão leal quanto a lua, a única exceção fora aquela manhã silenciosa, em que ele não fora.

Fazia oito meses que Hana encontrara Toshio caído, sem se mexer, ao pé da escada, depois de sofrer um ataque cardíaco. A imagem ficara gravada em suas pálpebras. Era a última coisa que ela via antes de pegar no sono e a primeira a lhe saudar quando seus sonhos findavam. O coração de Toshio nunca se recuperou completamente. Nem o de Hana. Ela sentia um aperto no peito sempre que ele parecia cansado ou com falta de ar. Então, quando Hana acordou no primeiro dia da aposentadoria dele só com o som de seus pensamentos, imaginou o pior. Correu até o quarto do pai, sem nem calçar as pantufas.

A porta estava entreaberta.

— *Otou-san*? — chamou Hana, dando uma olhada dentro do quarto.

Deparou-se com a cama vazia. Ela correu até a escada, prendendo a respiração.

Tanto a escada quanto o corredor lá embaixo estavam vazios. Hana soltou o ar. Convenceu a si mesma de que o pai devia estar tão ansioso quanto ela com seu primeiro dia à frente dos negócios da família que fora mais cedo até a loja. Hana desceu a escada devagar, evocando imagens de Toshio dando uma olhada nos livros de registro e no estoque de chá.

Era uma explicação muito mais agradável para o silêncio da casa do que a segunda possibilidade, que Hana estava tentando afastar da cabeça com muito custo. Ela era nova demais para se lembrar da manhã particularmente silenciosa em que sua mãe havia morrido, mas, quando tinha idade suficiente para entender, Toshio descreveu para ela o dia da execução de sua mãe pela primeira e última vez.

Hana chegou ao pé da escada e seu pé bateu em algo pequeno e duro. Uma caixa de chá de madeira sem tampa deslizou pelo chão e se chocou na mesa tombada do pai. Um fraco raio de sol revelou o restante do caos a seus pés. Livros de registros espalhados por toda parte. Cadeiras derrubadas. Prateleiras de vidro estilhaçadas. Hana cambaleou para trás, tropeçou e bateu com o cóccix nos degraus da escada, sentindo a dor irradiando-se na hora.

Ela conteve o grito e se concentrou em se levantar. Correu os olhos pela loja saqueada até parar no feixe de luz incidindo nas tábuas do assoalho, entrando na sala pela porta da frente, totalmente escancarada.

CAPÍTULO CINCO

O cofre

Ninguém que entrasse na fila em frente àquela porta de madeira escura tinha noção de suas atribuições. Enquanto outras portas tinham a obrigação de separar o interior do exterior, aquela, entre uma multidão de famintos e uma casa de penhores que a maioria deles jamais enxergaria, tinha uma responsabilidade muito maior do que essa.

Até onde Hana sabia, era a única porta da história que havia sido construída para proteger um mundo inteiro. E agora ela estava escancarada, permitindo que o amanhecer de outro mundo invadisse a casa de Hana.

Hana correu até lá, sem se preocupar com as prateleiras tombadas e os cacos de vidro no chão. Bateu a porta com força e se apoiou nela, sentindo seus batimentos nos ouvidos. Então, ela se aninhou no chão, abraçando os joelhos junto do peito.

Um brilho dourado perto da soleira da porta atraiu sua atenção. Ela respirou fundo e esticou o braço. Seus dedos reconheceram na mesma hora o peso e o formato do objeto.

Hana pegou os óculos antigos da mãe, procurando por algum dano. Era quase um milagre que talvez a coisa mais frágil de toda a casa de penhores tenha cruzado ilesa todo aquele espaço entre a gaveta trancada de sua mesa e a porta da frente. Sua única esperança era de encontrar o pai em condição semelhante.

A única coisa pior do que imaginar um estranho invadindo e saqueando sua casa de penhores era imaginar o que poderia ter acontecido quando Toshio deu de cara com ele. Por mais que tentasse, não conseguia se convencer de que seu pai sabia a diferença entre ser corajoso e ser tolo. Hana se levantou e correu até o único lugar da loja onde ele poderia ter se escondido em segurança.

As árvores do *tsubo-niwa* nos fundos da casa farfalhavam com a brisa. O pequeno quintal era o cantinho preferido de Hana na casa, um lugar onde, em noites sem nuvens, a lua nadava com as carpas no espelho de água do pátio.

Mas ainda faltava um dia inteiro para a lua nascer, e Hana não estava indo até o *tsubo-niwa*, e sim até a estante que ficava do lado da porta que dava para o quintal. Ela deslizou os dedos pela lateral da estante e alisou um entalhe na madeira. Então, apertou o entalhe e deu um passo para trás. A estante se abriu, revelando uma parede de pedra sólida. Hana botou os óculos da mãe. Uma porta grossa de madeira apareceu diante dela. Atrás da porta, ouviu o canto abafado de pássaros a convidando a entrar.

Hana não costumava entrar no cofre. A responsabilidade de armazenar as aquisições da loja ficava a cargo do pai. Ela imaginou que, se ele estivesse em perigo, teria buscado refúgio ali.

Só era possível enxergar o cofre com os óculos de Toshio ou de sua mãe, e ele se expandia e se contraía conforme a necessidade. Três outonos antes, ficara três vezes maior que a loja. Num verão de pouco movimento, ficara menor que o quarto dela. Ali dentro, as escolhas penhoradas cantavam a mesma música de sempre, empoleiradas nas gaiolas de madeira penduradas em fileiras e identificadas com etiquetas de papel. Quando era criança, Hana achava aquela melodia a mais bonita do mundo. Mais tarde, se deu conta de que era a mais triste. Era uma canção de despedida para os donos que as tinham deixado para trás, e agora, ao entrar no cofre para tentar achar Toshio, Hana não conseguia se livrar da impressão de que as escolhas também cantavam para ele.

Hana se viu cercada pelo brilho de mais de cem pássaros, reluzindo e se ofuscando ao ritmo do canto. Ela não parou para ouvir. Correu por entre as fileiras de gaiolas, com as sombras dançando em seu rosto.

— *Otou-san*?

Um chilrear frenético abafou sua voz. As penas dos pássaros brilharam mais forte, iluminando o cofre em todas as dimensões. Hana correu os olhos ao redor. Toshio não estava ali. Suas pernas fraquejaram e ela caiu de joelhos. Sentiu algo de madeira espetando a canela. Olhou para baixo. O chão estava coberto com os estilhaços de uma gaiola quebrada, e a escolha que ela guardava tinha desaparecido. Ao lado do poleiro partido, avistou uma carta de baralho pintada à mão e a etiqueta amassada da gaiola. Hana pegou as duas coisas.

Era uma carta do baralho *hanafuda* de Toshio, com uma lua cheia pintada sobre um fundo vermelho e preto. Hana franziu o cenho, tentando imaginar como aquilo fora parar dentro do cofre. Ela pousou a carta no chão e desamassou a etiqueta de papel. E leu, escrito com a caligrafia elegante do pai, o nome da antiga dona da escolha desaparecida.

CAPÍTULO SEIS

A escolha de Takeda Izumi

A noite anterior

O passarinho pousou no dedo de Toshio e abriu as asas reluzentes. Toshio o aproximou do rosto, admirando-o com os óculos.

— Não é todo dia que aparece uma escolha dessas, Hana. Venha ver.

Hana deixou de lado a gaiola que estava arrumando e botou os óculos da mãe. As moedas de Takeda Izumi transformaram-se num pássaro do tom mais resplandecente de azul. No céu noturno, teria feito as estrelas se envergonharem.

— Nossa... nunca vi uma dessas.

— Eu já.

— Quando?

— Uma vez. Antes de você nascer. Achei que nunca mais ia ver algo brilhar tanto assim.

Hana semicerrou os olhos para o passarinho.

— Por que ele brilha tanto?

Toshio colocou o pássaro com cuidado na gaiola.

— As escolhas irradiam a luz de todas as possibilidades que contêm. A maioria delas causa no máximo uma marola. Mas essa aqui, se não tivesse sido abandonada, teria enviado ondas imensas e fortes em todas as direções.

— Será que Takeda-sama tinha alguma noção do que poderia ter acontecido? — perguntou Hana, e entregou uma etiqueta em branco a Toshio.

— Nossos clientes só costumam enxergar o que está bem debaixo do nariz deles. E tem uns que não veem nem isso.

Toshio mergulhou o pincel num potinho de tinta e, com pinceladas rápidas e certeiras, escreveu o nome de Takeda Izumi na etiqueta.

— Vai ver é melhor assim — comentou Hana. Em seguida, passou o barbante vermelho num buraco na etiqueta e a amarrou à gaiola.

O pássaro guinchou e voou freneticamente em sua nova casa.

— Shh. Shh — disse Hana enquanto levava a mão ao trinco da porta da gaiola.

— Não — advertiu Toshio, segurando seu pulso.

— Mas passarinho nenhum nunca fez isso. Será que está machucado? Eu posso tentar acalmá-lo...

— Não.

O pássaro bicou furiosamente a gaiola, sacudindo as grades.

— Nunca tire um pássaro da gaiola. Você conhece a regra.

— Vou tomar cuidado. Ele não vai escapar.

Toshio balançou a cabeça.

— Foi a mesma coisa que falei antes de um passarinho voar das minhas mãos, quando eu era criança.

— Você... — Hana sentiu a boca ficando seca. — Você perdeu um passarinho?

— Meu pai o pegou antes de chegar à porta. Se não tivesse pegado... — Ele fechou os olhos, com o lábio inferior tremendo.

— O que teria acontecido, *Otou-san*? — perguntou Hana baixinho, aproximando-se dele.

— Ele teria voado de volta para o momento em que foi feito.

— Voado de volta? — Hana arregalou os olhos. — Para o passado?

Toshio assentiu.

— Um pássaro que já foi livre faria qualquer coisa para não ficar preso de novo. Ele mudaria o próprio tempo para transformar seu destino.

— Mas aí...

— Mudaria tudo que há atrás daquela porta. Coisas pequenas. Coisas grandes. Histórias esquecidas seriam escritas, amantes perdidos se encontrariam. O caminho não percorrido e todas as suas ramificações levariam o dono da escolha a uma vida totalmente diferente.

— Mas seria melhor ou pior do que a vida que eles tinham antes? — perguntou Hana.

Toshio olhou para ela.

— E faz diferença? Eu não te ensinei nada? Se você perder um passarinho, o tipo de vida que seu cliente vai levar é a última coisa com que tem que se preocupar. — Ele desviou os olhos, balançando a cabeça. — Vá. Leve a gaiola para o cofre.

— Eu? — Hana chegou a se sobressaltar.

— Amanhã, esta casa de penhores será sua responsabilidade. Você pode muito bem começar hoje.

Hana assentiu e levou a gaiola até a estante que escondia a entrada do cofre. Ela tocou o entalhe na lateral da estante.

— Hana?

Ela fitou o pai.

— Sim, *Otou-san*?

— Daqui a três dias é lua nova. — Toshio baixou a voz. — Tem que estar tudo em ordem para quando os Shiikuin vierem recolher os pássaros.

Hana permaneceu com os dedos imóveis na estante. Eles não costumavam dizer o nome Shiikuin em voz alta. E, embora quase não tenha dado para ouvir o sussurro do pai, já era o bastante para corromper o ar com a memória da podridão que preenchia a casa deles sempre que os Shiikuin apareciam. Os quimonos e as máscaras brancas de *nō* não escondiam o fedor de metal enferrujado e carne em decomposição dos corpos feitos de retalhos. Hana apertou os lábios, fazendo força para não vomitar.

— Está tudo bem? — perguntou Toshio.

Ela fez que sim, sentindo o enjoo subir pela garganta junto de algo que acabara de se dar conta. Como a nova proprietária da casa de penhores, seria responsabilidade sua supervisionar a entrega das escolhas penhoradas aos Shiikuin. Ela crescera acompanhando as visitas silenciosas deles do topo da escada, sem jamais ousar se aproximar mais do que isso. Uma vez, cometera o erro de se demorar um instante a mais, observando a máscara de um Shiikuin. Ele a encarou com aquele sorriso duro e esculpido. E a escuridão daqueles poços, que talvez um dia tenham sido olhos, a dominou.

— Vai… vai estar tudo pronto. Os registros, as etiquetas, as gaiolas…

— Você. — Toshio apertou o ombro dela.

— Sim, *Otou-san*.

Hana curvou-se em uma reverência e deu um passo para o lado quando a estante se abriu. A mais triste das canções a convidou a entrar. Hana caminhou pelas fileiras de gaiolas, procurando por um gancho vazio para pendurar a escolha de Takeda Izumi.

CAPÍTULO SETE

Regra número 2

Hana parou diante da porta da casa de penhores, segurando a maçaneta de latão enferrujado. Ela sentiu o toque frio do metal. Já tinha visto vários clientes entrando e saindo da loja, mas nunca se atrevera a ir atrás deles. Os clientes não estavam sujeitos às mesmas regras que ela, e aquela regra específica não precisava de policiamento.

As coisas que Hana ouvira sobre o mundo lá fora eram o tipo de história que as mães contam para que os filhos se comportem. Segundo o que tinha ouvido, havia um tempo em que talvez fosse difícil distinguir os dois mundos, mas hoje eles eram completamente diferentes. O mundo dos clientes dela era um labirinto sinuoso de curvas sem visibilidade e caminhos sombrios de arrependimento. Hana nunca tinha visto um cliente que não estivesse perdido. Criada num mundo em que era proibido fazer desvios e no qual a pessoa tinha a vida inteira planejada, não conseguia imaginar uma perspectiva mais aterrorizante. Quando alguém era mandado para o outro mundo, aquilo era chamado de "exílio", embora Hana soubesse que não passava de uma palavra mais gentil para o que acontecia de verdade. Quem ficava do outro lado da porta era apagado até não restar mais um fio de cabelo, um centímetro de pele ou um fragmento de osso.

O pai de Hana tinha lhe dito que ser apagado não doía, mas o que seu olhar lhe dizia era que ele simplesmente escolhera acreditar naquilo. Ela também. Hana não gostava de pensar que a mãe tinha sofrido quando os Shiikuin a condenaram ao exílio, arrastando-a porta afora e abandonando-a lá, mesmo sabendo que ela ia morrer.

Hana segurou a maçaneta com força, se perguntando quanto tempo teria do outro lado até desaparecer. Seu pai e a escolha de Takeda Izumi tinham sumido, e estava mais do que evidente para onde eles tinham ido — ambos tinham saído por aquela porta. De nada importava se a escolha tinha sido roubada ou se havia escapado. Não recuperar o pássaro daria no mesmo. O maior prazer dos Shiikuin era a crueldade.

Hana imaginou o pai perseguindo a escolha perdida, quebrando todas as regras. E agora ela estava prestes a fazer o mesmo. Cerrou os dentes e abriu a porta. Uma silhueta escura e alta apareceu diante dela. Hana pulou para trás e deu um grito.

— Ah… Desculpe — disse uma voz tão suave e encorpada quanto o uísque que seu pai guardava para ocasiões especiais.

Hana tirou os óculos da mãe e espremeu os olhos, tentando enxergar a figura de pé contra a luz do sol. Era um homem alto, magro e com a postura perfeita.

— Quem é você?

— Desculpe o susto. Eu estava prestes a bater na sua porta. Meu nome é Minatozaki Keishin.

Hana avaliou o rosto dele, tentando conciliar o sotaque com as feições. Embora não houvesse nenhum problema com sua escolha de palavras, o jeito como ele as pronunciava indicava que não era de Tóquio. Ela observou a linha pronunciada do queixo e a simetria elegante do nariz e dos lábios, mas o calor em seu olhar sob os cílios escuros fez com que ela o encarasse por um bom tempo. Hana teve de piscar para não se perder neles.

— O que você quer?

— Uma cura para o jet lag. — Keishin lhe ofereceu um sorriso de canto. — Mas uma tigela de ramen já ajudaria. Um colega do trabalho me recomendou muito este restaurante. Cheguei de avião ontem à noite e não consegui dormir, então resolvi ver se vocês abriam para o café da manhã.

— Aqui não é o restaurante — disse Hana devagar, tentando manter a voz firme.

— Mas a placa lá fora dizia...

— Aqui é a minha casa de penhores. — *A minha casa de penhores*. As palavras pareciam objetos cortantes saindo pela boca de Hana.

— Ah. Erro meu. Desculpe incomodar. — Ele fez uma pequena reverência, mas parou no meio do movimento, fixando os olhos nos pés descalços de Hana. — Você está sangrando.

Hana olhou para baixo. Havia uma poça de sangue sob seu calcanhar esquerdo. Ela estremeceu, só então se dando conta da dor.

— Parece que foi um corte bem profundo.

— Está tudo bem. — Hana se segurou na beirada da porta, aliviando o peso do pé machucado.

Keishin viu de relance o caos atrás dela.

— *Cacete* — disse ele, xingando numa língua que Hana não entendia. Ele enfiou a mão no bolso e pegou o celular. — Vou chamar a polícia.

— Não.

Hana segurou o pulso do homem. Ela sentiu o calor da pele dele penetrando em seus dedos e perdeu o fôlego por um segundo. Era a primeira vez que tocava alguém do outro lado da porta.

Hana tomava muito cuidado para manter certa distância dos clientes, não importava o quanto chorassem ou passassem a impressão de quererem ser abraçados. Achou que eles seriam frios e rígidos, como as etiquetas em que ela escrevia seus nomes. Como seu pai costumava dizer, as transações não precisavam ser calorosas. Ela puxou Keishin para dentro da casa de penhores e fechou a porta. Soltou o braço dele e enfiou as mãos nos bolsos, muito ciente do calor demorando-se em sua pele.

— Não precisa chamar a polícia.

Keishin correu o dedo pelo ponto em que Hana o segurara, aparentemente na dúvida se devia ficar assustado ou confuso. Hana se perguntou se ele também achara a pele dela quente. Ele olhou ao redor da loja, franzindo a testa.

— O que aconteceu aqui?

— Foi… um acidente.

Keishin semicerrou os olhos.

— Que tipo de acidente?

O corte latejava em seu pé. Hana tentou conter a dor.

— É melhor a gente dar uma olhada nesse corte. Tem alguma coisa para limpar?

— Tenho, mas…

— Ótimo. Espero que não seja muito profundo e que você não precise de pontos.

— Obrigada, mas eu…

— Não se preocupe. Eu sou doutor.

CAPÍTULO OITO

Mentiras

Keishin não tinha o hábito de mentir, mas ali, meio ajoelhado nos fundos de uma pequena e estranha casa de penhores, diante da proprietária machucada, ele abriu uma exceção. Caso contrário, a mulher com o pé sangrando apoiado em seu joelho não teria aceitado ajuda. Segurando uma pinça sobre o caco de vidro preso no calcanhar dela, ele tentou não tremer.

— Vou puxar. Tente não se mexer, está bem?

A mulher assentiu, com as costas rígidas na cadeira.

— Obrigada.

— Ainda não fiz nada.

Ela olhou para ele.

— Você ficou.

— Achei que não queria que eu ficasse.

— E não queria mesmo. O que queremos e o que precisamos são duas coisas muito diferentes.

Keishin arqueou a sobrancelha, e então fez um esforço para relaxar o rosto. Numa manhã tão inusitada, aquela mulher era a coisa mais extraordinária de todas. Ela falava com uma calma, uma firmeza, que ele não esperava de alguém naquelas circunstâncias. Os grandes olhos castanhos refletiam sua compostura silenciosa, cheios de algo que ele desejava para si havia muito tempo.

Uma certeza absoluta de propósito.

Ele ainda não sabia que propósito era esse, só que essa pergunta o atormentaria até ele encontrar a resposta.

— Não se mexa. — Ele puxou o caco de vidro num movimento suave. — Pronto.

A mulher soltou a respiração.

Keishin passou o pano limpo embebido em álcool na ferida e a enfaixou.

— Como está?

— Bem melhor. Obrigada.

A mulher se levantou e guardou os remédios numa cestinha. Ela parou e olhou fixamente para o espaço entre duas garrafas de âmbar. A testa franzida.

— Algum problema?

— Não. — Ela relaxou a expressão antes de se voltar para ele. — Obrigada por me ajudar.

— Era o mínimo que eu podia fazer. Você não teria pisado no vidro se eu não tivesse te assustado. Tem certeza de que não quer chamar a polícia?

— Tenho.

— Por que não?

— Eles... A polícia não tem como me ajudar.

Keishin olhou para a sala à sua volta e baixou a voz:

— Você está encrencada com alguma coisa?

— Fico muito agradecida pela sua preocupação e por me ajudar com meu pé, Minatozaki-san, mas...

— Pode me chamar de Kei, por favor.

— Kei... — A mulher disse seu nome baixinho e devagar, como se para ganhar tempo e pensar no que dizer em seguida. — Você não devia estar aqui. Não é seguro.

— Não é seguro? Então você também não devia estar aqui. Tem algum lugar para onde eu possa levar você? Algum familiar com quem possa ficar? Amigos?

— Por favor, vá embora.

— Você não acha que vou simplesmente sair e deixar você aqui, acha? Você foi roubada? Sabe quem fez isso?

— Sei que tem boas intenções, mas se insistir em fazer perguntas... — A mulher cruzou os braços sobre o peito. — Eu vou ter que mentir.

— Olha, pode dizer o que quiser, mas não vai mudar o que eu estou vendo bem na minha frente. Sei que aconteceu alguma coisa horrível aqui — disse Keishin. — Mas pode mentir se quiser. Nada mais justo.

— Nada mais justo?

— Porque eu também menti para você.

A mulher deu um passo para trás.

— Sobre o quê?

— Sobre quem eu sou de verdade.

CAPÍTULO NOVE

Cara

Um mês antes

O verão já tinha acabado oficialmente, mas ninguém se lembrara de avisar ao sol. A cidade estava um forno, e Keishin seguia debaixo daquele calor. Se não tivesse aceitado o convite para dar uma aula inaugural naquela tarde, teria passado o dia sentado na frente da geladeira. E Keishin não teria aceitado se não tivesse sido convidado por Ramesh Kashyap.

Só de caminhar até o auditório B, já estava com o colarinho banhado em suor. Isso poderia tê-lo deixado preocupado, caso estivesse querendo causar uma boa impressão, mas a nova leva de calouros não estava no topo da lista de pessoas que importavam para ele. Metade da turma abandonaria o curso antes do fim do semestre. A outra metade ainda tinha que provar que era interessante o suficiente para ele se dar ao trabalho de decorar os seus nomes.

Ramesh gostava de torturá-lo assim. Ele se recostava em sua cadeira e, quase com um sorriso no rosto, assistia a Keishin receber a turma nova de graduandos em física com uma aula que massacrava qualquer ilusão que eles pudessem ter de que a faculdade iria ser moleza. E conseguir um quase sorriso dele era praticamente tão raro quanto encontrar um neutrino. Keishin deixava Ramesh ter suas pequenas alegrias. E, na temperatura um pouco mais amena do auditório, por causa do ar-condicionado central, Keishin chegou até a admitir para si mesmo que estava feliz por ter aceitado o convite do orientador, ainda que, tecnicamente, seu alívio se devesse à segunda lei da termodinâmica.

Isso era o que Keishin mais gostava na física. O fato de ela ser previsível e confiável. Ao contrário do clima. Desde que ele se entendia por gente, o clima nunca estivera a seu favor.

Quando a aula terminou, Keishin ficou observando os alunos saírem do auditório, cada um com a testa mais franzida que o outro. Em geral, quanto mais franzido o cenho, melhor o aluno se sairia. Esses eram os que tinham mais perguntas. A curiosidade era um combustível, e, sem combustível, o motor engasgava, morria e você acabava concluindo que era melhor se formar em uma coisa mais útil, como ciência da computação.

— Você era igualzinho a eles quando era calouro, Kei — disse Ramesh, com aquele tom monótono de sempre. Mas quem o conhecia notava o leve tique logo abaixo do olho esquerdo que indicava se ele estava sério, feliz, irritado ou triste. Perceber que ele estava contando uma piada era mais difícil. As piadas de Ramesh nunca tinham graça, não importava quanto seu olho esquerdo tremesse. — Só que tinha uma cara dez vezes mais deprimente.

— Que mentira — disse Keishin. — Você só foi gravar meu nome quando eu estava no segundo ano de faculdade.

Ramesh ajeitou os óculos grossos no nariz adunco. Com o cabelo grisalho e liso penteado para trás e os olhos estreitos, ele parecia uma águia prestes a atacar a presa.

— Eu sabia exatamente quem você era no minuto em que entrou na minha sala de aula. Só fingi que não sabia. Não queria você ainda mais convencido do que já era. O menino prodígio do campus. Como eu não ia saber seu nome?

Keishin pegou as anotações do pódio, tentando se lembrar do momento exato em que sua relação com Ramesh passou de orientador para amigo.

— Você merece um Oscar. Eu tinha certeza de que, para você, naquela época, eu era invisível.

— As coisas mais interessantes são invisíveis. — Ramesh deu de ombros. — Por falar nisso, já respondeu ao e-mail do Takahiro sobre ir trabalhar com ele no Japão?

— Ainda não.

— Está esperando o quê? Trabalhar no detector Super-K é uma oportunidade única. Você vai acabar ganhando o Nobel antes de mim.

— Então por que você não vai? Takahiro convidou você, e não a mim. Eu sou a segunda opção.

— Eu não gosto de sushi.

— Outra mentira — apontou Keishin. — Melhor parar com isso. Você não mente bem.

Um quase sorriso. Ramesh se apoiou na bengala, aliviando o peso da perna ruim.

— A verdade é que, se essa oportunidade tivesse chegado há vinte anos, eu pegaria o primeiro voo para Tóquio, mais rápido do que você consegue dizer "neutrino". Mas acabei me apegando demais à minha cadeira velha de couro e às caminhadas tranquilas pelo campus. Eu gosto que o pessoal do café da esquina sabe exatamente o que vou pedir quando entro pela porta. Finalmente ganhei o direito de ser velho e chato. Você, não. Além do mais, não queria voltar para o lugar onde nasceu?

— Queria, mas...

— Mas o quê?

— Faz tanto tempo que tenho essa ideia do Japão na minha cabeça, um lugar para onde eu poderia voltar sempre que... — Keishin balançou a cabeça. — Deixa pra lá. Sinto como se estivesse na escola de novo, essa angústia adolescente de não me enquadrar.

— Tem medo de que a realidade não corresponda ao que você se lembra — disse Ramesh. — E tem toda razão. Aquele lugar parou de existir no momento em que você foi embora. Vai ver nunca existiu. A memória sempre suaviza e atenua as coisas. Eu te conheço há muito tempo, Kei. Acho que você nunca se enquadrou em lugar algum.

— Nossa. Obrigado, Ramesh. Era bem o que eu estava precisando ouvir. Confirmou todos os meus traumas de infância, "o único japonês da turma" e "abandonado pela mãe".

— Eu não quis dizer de um jeito negativo. Foi um elogio. Sua dedicação, todas as suas conquistas... você não teria feito nada disso caso "se enquadrasse". Tem pessoas que logo encontram o lugar delas no cantinho do quebra-cabeça da vida, já você é alguém que precisa ver e entender o quebra-cabeça por inteiro.

Keishin passou a mão pelo cabelo, ajeitando uma mecha na têmpora esquerda que embranquecera prematuramente. Então, soltou o ar devagar.

— Um quebra-cabeça que parece não ter fim.

— Então vai ver é aí que você vai encontrar seu lugar, nesse pedaço que está sempre se expandindo. Quem sabe o seu lugar não é no Japão?

— Quem me dera fosse assim tão simples.

— Mas é, Kei. Tem só uma pergunta que precisa de resposta. Todas as outras girando em volta dela é que fazem tudo parecer mais complicado do que realmente é. — Ramesh enfiou a mão no bolso e sacou uma moeda. Ele a colocou na palma da mão de Keishin. — Aqui. Você sabe o que tem que fazer.

Oito anos antes

O pai de Keishin gostava de dizer que ele já tinha nascido com pressa. Ele estourou a bolsa da mãe um mês e meio antes da hora e a fez dar à luz no chão de um restaurante. Ele começou a falar aos seis meses e, aos dois anos, já tinha aprendido a ler por conta própria. Keishin entrou na faculdade aos quinze anos, e isso só porque o pai insistiu que ele adiasse a matrícula por um ano. "Por que tanta pressa para crescer?", perguntou ele. Keishin teria respondido, se achasse que o pai entenderia. Desacelerar não era uma opção. As perguntas que o perseguiam eram muito rápidas. Se parasse, acabaria sendo soterrado por elas. Até conhecer Ramesh

Kashyap, Keishin não achava possível que existisse outra pessoa com tanto medo de ficar parado quanto ele.

— A primeira coisa que você precisa aceitar é que a maioria das suas perguntas, talvez todas elas, vão continuar existindo mesmo depois que você morrer.

No terraço do prédio de física da universidade, Ramesh fitou o horizonte e deu uma longa tragada no cigarro.

— Esse seu hábito asqueroso não vai ajudar em nada — comentou Keishin. — Você devia parar de fumar.

— E você devia começar.

— Você é meu orientador, e eu sigo a maioria dos seus conselhos, mas acho que reduzir conscientemente minha expectativa de vida já é demais. Esqueceu que meu pai morreu de câncer de pulmão?

Ramesh deu de ombros.

— É lógico que esqueci. Já me conhece há tempo suficiente para saber que eu não sou bom com essas coisas. Mas você precisa arrumar alguma coisa para fazer por pelo menos alguns minutos por dia que não seja tentar descobrir como o universo funciona. Eu odeio desacelerar tanto quanto você, mas, se quiser manter a sanidade até conseguir comprovar pelo menos uma das suas teorias, é melhor me ouvir. Vai fumar. Ver vídeo engraçadinhos de cachorro. Tricotar, pra mim, tanto faz. Mas vai para algum lugar tranquilo e desacelera. Aqui, não. Este terraço já tem dono. Encontre o seu. Vai até o prédio de economia. Tem uma vista bonita.

Keishin cruzou os braços.

— E se eu não fizer isso?

— É basicamente escolher entre pular de um avião com ou sem paraquedas. Velocidade terminal. Você se formou em física. Resolva aí.

Keishin não começou a fumar nem aprendeu a tricotar. Mas achou um cantinho para chamar de seu. Ramesh tinha razão sobre o prédio de economia. Keishin combinou com o zelador de deixar a porta de acesso ao terraço aberta à noite. O lugar ficava melhor no escuro. Era mais difícil ver onde o parapeito acabava e o vazio até o pátio do campus começava.

Keishin gostava de colocar moedas para girar no parapeito, prendendo a respiração, se perguntando se iam cair do prédio ou parar antes. Se tivesse um pouco mais de coragem, talvez conseguisse caminhar ele mesmo ao longo da borda. Mas nunca foi esse tipo de pessoa. Contentava-se em transferir o risco para os trocados que tinha. Perdeu metade das moedas que colocou para girar, mas era um pequeno preço a pagar por um instante de silêncio. O momento de maior paz que sua mente tinha era quando se debruçava na espessura de uma moeda. Enquanto a moeda girava no parapeito do terraço, Keishin não conseguia pensar em mais nada que não seu destino. Não havia fração de tempo antes ou depois que importasse mais. Ramesh lhe ensinara que a melhor maneira de lidar com as dúvidas era deixando-as de lado. Quando a moeda parava, as respostas que ele procurava, em geral, estavam esperando por ele, com as mãos unidas, girando os polegares um por cima do outro, e se perguntando onde ele tinha se enfiado.

Um mês antes

A moeda caiu do parapeito, deixando Keishin sozinho no terraço molhado do prédio de economia. O chão estava cheio de poças, por causa de uma tempestade que havia terminado tão subitamente quanto tinha começado, e Keishin estava encharcado. Isso não o surpreendeu. O clima sempre fazia questão de demonstrar o desdém que tinha por ele.

Ele afastou o cabelo molhado do rosto e se sentou no parapeito liso, ainda longe de saber se aceitava a vaga no maior detector de neutrinos do mundo, no Japão. Fitou o céu noturno, procurando constelações por entre as nuvens. Quando menino, se orgulhava de saber o nome de todas. Depois, entendeu que nomes eram só mais uma das primeiras tentativas do homem de impor uma ordem a coisas que ele não entendia. Gerações inteiras tinham se voltado para as estrelas em busca de significado, mas, naquela noite, Keishin precisava decidir se estava disposto a virar sua vida de ponta-cabeça e passar a procurar por respostas nas profundezas do solo.

O detector Super-Kamiokande ficava a mil metros de profundidade do chão, sob o Monte Ikeno, no distrito de Gifu, no Japão, e monitorava silenciosamente estrelas à beira da morte e os neutrinos que suas explosões enviavam para a Terra. Essas partículas invisíveis e indescritíveis eram as migalhas mais raras, pistas de como o universo começara. Sem massa nem carga elétrica, por pouco não eram consideradas fantasmas. Ramesh gostava de brincar que estudar neutrinos era procurar por nada para descobrir tudo. Keishin fingir rir, embora não achasse graça. Trabalhar no detector era basicamente se comprometer a esperar por algo que talvez nunca acontecesse, e Keishin sabia que de paciente ele não tinha nada.

Ele girou mais uma moeda e ficou observando enquanto ela seguia na direção da beirada. Então, esticou o braço e a pegou de volta. Keishin a apertou com força, cravando as unhas na palma da mão. Jamais venceria um debate consigo mesmo. Seria capaz de virar a noite pensando na mesma quantidade de motivos tanto para ir quanto para ficar. Keishin afastou-se da beirada e pisou numa poça, fazendo a lua que flutuava dentro dela ondular.

— *Kyouka suigetsu* — sussurrou para si mesmo. "Flor do espelho, lua de água."

Era uma frase que tinha aprendido com a madrasta. Ela gostava de passar as tarde de domingo pintando, e seu tema preferido eram reflexos. Ela fazia crisântemos florescerem dentro de potes cristalinos de vidro e mergulhava o céu no mar. Também pintou o pai de Keishin, capturando o sorriso dele em um espelho, fixando-o num tempo em que ainda não estava doente.

Quando Keishin perguntou por que gostava de pintar reflexos, ela respondeu que era porque as coisas que as pessoas mais queriam eram as que elas conseguiam ver, mas nunca tocar. Keishin se agachou junto da pequena lua flutuando na poça e se perguntou se a lua ansiava pelo céu. Seu próprio reflexo o mirou da água, parecendo mais preso do que contente.

Keishin ficou de pé e olhou para a moeda na mão. Jogou a lógica e a moeda pelos ares e, pela primeira vez, confiou uma das escolhas mais importantes de sua vida ao destino.

— Cara.

CAPÍTULO DEZ

Coroa e caixas de chá

Por si só, os olhos de um homem não eram mais memoráveis do que os de outro. O que fazia você se lembrar deles era o jeito como olhavam para você. No momento em que Minatozaki Keishin contou da mentira, Hana entendeu que jamais esqueceria os olhos dele. Ninguém jamais a olhara com olhos que a convidassem a entrar. Seu pai sempre fora cauteloso, os clientes deles mais ainda. Mas os olhos de Keishin eram uma porta aberta que a atraía para dentro e lhe oferecia assento e chá verde quentinho.

— Me desculpe por ter mentido. Eu só queria ajudar — justificou-se Keishin. — Como você sabe agora, eu sou doutor, mas não do tipo que sabe suturar feridas.

— Entendi — disse Hana.

— E você tinha toda razão quando falou que eu não devia estar aqui. E eu não estaria se tivesse seguido a lógica. Cara ou coroa não é jeito de tomar decisões. Acho que não pega bem para mim, como cientista, mas, como disse antes, eu escolhi cara, e aqui estou. Eu podia ter aberto outra porta e estar comendo um bowl quente de ramen agora, mas não. Em vez disso, abri a sua porta e achei você, com o pé sangrando e uma casa de penhores de cabeça para baixo.

— A porta não está trancada. Você pode sair a hora que quiser.

— Posso, mas meu pai me ensinou que não se deve abandonar alguém só porque é mais fácil ir embora.

— Você nem me conhece.

— Podemos mudar isso. Você podia começar me dizendo seu nome.

— Eu... — Hana fitou os lábios dele. Seu nome na boca dele era uma coisa perigosa. Ela imaginou como aqueles lábios poderiam moldar suas sílabas e como sua voz poderia transformá-las num rio de hidromel. As bebidas doces eram as mais traiçoeiras. Você se afogava nelas sorrindo. — Não posso.

— Vou fazer um acordo com você. Como já sabe meu nome, eu vou contar um segredinho sobre mim, de boa-fé. Talvez você me ache ainda mais estranho, mas é um risco que estou disposto a correr. O que você acha? Seu nome em troca de algo que ninguém mais no mundo sabe?

— Eu cresci trabalhando nesta casa de penhores — disse Hana. — Você quer mesmo negociar comigo?

— Eu não ligo de ganhar. Quero ajudar. Só isso.

— E, neste momento, você acabou de perder — disse Hana. — Você me mostrou todas as suas cartas.

— Você pode estar na vantagem com suas habilidades de negociação, mas eu passei muitos anos dentro de um laboratório e aprendi uma coisa ou outra sobre observação.

Hana semicerrou os olhos para ele.

— E o que você observou sobre mim?

— Que ainda não decidiu o que fazer comigo. Se quisesse mesmo se livrar de mim, já teria me colocado para fora. Mas eu continuo aqui, enquanto você pensa se vale a pena ou não saber um segredo meu.

— Não devia ser tão descuidado com os seus segredos.

— Tem razão — concordou Keishin. — Mas eu confio em você.

Hana desviou o olhar. Se Keishin estivesse fazendo negócios com ela, teria ficado encantada. Em vez disso, os gritos dos Shiikuin varavam sua mente. Ela tinha permitido que Keishin entrasse num mundo cujos perigos ele não conseguia nem começar a compreender. Dizer a ele seu nome era trazê-lo um passo a mais para perto de si. E de todos os segredos que a porta escondia.

— Talvez não devesse.

Keishin deu de ombros.

— É só minha credibilidade e toda a minha reputação como cientista que está em jogo. Nada de mais.

— Você está cometendo um...

— Sempre que empaco num problema, eu evoco meu orientador, Ramesh, para me ajudar, num restaurante indonésio imaginário, que serve o melhor *nasi goreng* e *pecel lele*. Às vezes a gente toma uma cerveja. E pede sobremesa. Eles têm uma maravilha de um...

— Hana. — Ela suspirou e fechou os olhos. — Meu nome é Hana.

— Hana... "flor" — disse ele, traduzindo o nome dela para uma língua que Hana não entendia. — Espero que minha pronúncia esteja correta. Meu japonês está meio enferrujado. Desculpa.

Hana assentiu. Nunca tinha ouvido seu nome ser dito com tanta delicadeza.

— Então você vai deixar eu te ajudar, Hana?

Hana endireitou os ombros e levantou o queixo.

— Cara.

— Oi?

— Eu escolho cara.

— Cara?

— Sei que você é teimoso, porque eu também sou — continuou Hana. — Você vai continuar insistindo em me ajudar, e eu vou continuar recusando. É igual o debate que você teve consigo mesmo naquele terraço, antes de vir pra cá. Que nem você disse, não dá para vencer uma discussão consigo mesmo. Sua chance de ganhar de mim é menor ainda. Então vamos deixar a moeda decidir. Você se mudou para o outro lado do mundo por causa de uma moeda. Por que não confiar numa moeda e deixá-la decidir se é para você ficar ou ir embora? Cara, você vai embora.

— Coroa, você me conta o que aconteceu aqui.

Hana assentiu.

— Combinado.

Keishin pegou uma moeda no bolso. Ele a jogou para cima com o polegar.

Hana a observou cair. Ela não entendia nada do mundo de partículas subatômicas e detectores subterrâneos de neutrinos em que Keishin vivia, mas entendia o destino. Seu pai fizera questão. *A morte ou o destino. A única escolha possível para alguém no mundo deles.* Ela pegou a moeda no ar, espalmou-a nas costas da outra mão e tirou os dedos de cima para revelar o que a moeda havia decidido.

Keishin olhou para a moeda, depois para ela.

— Coroa.

Hana respirou fundo.

— Eu ganhei — disse Keishin.

— Meu pai sumiu — contou Hana, deixando as palavras escaparem de sua boca antes que pudesse mudar de ideia.

— *O quê?*

— Achei que talvez ele pudesse ter ouvido o intruso e o perseguido até o lado de fora. Mas agora... — Ela apertou a moeda. — Acho que posso ter me enganado.

— Se enganado? Como?

Hana cravou os olhos nos óculos de armação dourada e na carta de baralho pintada à mão na mesa.

— Acho que meu pai armou tudo isso para parecer um roubo.

— Você acha que seu pai fez isso de propósito? — Keishin olhou ao redor. — Por quê?

— Por causa disso. — Hana pegou os óculos da mãe e a carta de baralho de Toshio. — E por causa de uma infância inteira procurando caixas de chá.

Onze anos antes, quando Hana completou dez anos, foi ficando mais difícil encontrar as caixas de chá que o pai escondia. Ela passou a manhã inteira procurando por uma, mas não conseguiu nada, a não ser ficar com o pescoço suado. Seguir as pistas de Toshio a fizera subir e descer a escada, entrar e sair do próprio quarto e passar pela cozinha três vezes. A última pista a levou à mesa de jantar. Ela examinou o baralho de cartas em cima da mesa.

O baralho *hanafuda* do pai tinha 48 cartas pintadas à mão, divididas entre os 12 meses do ano. Para cada mês, havia uma carta de cada naipe, que era representado por uma flor específica. Quando dispostas lado a lado, na ordem certa, as quatro cartas formavam uma cena panorâmica. O pai quase não jogava, mas usava o baralho para ensinar truques de mágica a Hana. Ele fazia as cartas desaparecerem de sua mão e reaparecerem atrás da orelha dela ou dentro do bolso. Os truques, dizia ele, serviam para aprimorar duas das habilidades mais importantes de um penhorista: distrair e manipular.

Hana examinou atentamente cada fileira de cartas. Janeiro tinha um grou entre pinheiros, fevereiro era um rouxinol nas ameixeiras. Março. Abril. Maio. Junho. Julho. Agosto. Setembro. Outubro. Novembro. Dezembro. Os meses pareciam todos certos. Ela olhou as cartas de novo e parou em agosto. Então, fechou os olhos, tentando lembrar como a cena deveria ser. *Susuki ni tsuki — kari*. "Lua sobre a grama dos pampas — gansos selvagens." Hana olhou para as cartas e percebeu o erro. A carta dos gansos deveria vir depois da lua, mas estava antes dela. Hana sorriu, e uma covinha surgiu em sua bochecha esquerda. Era o tipo preferido de pista do pai, sutil e pequena. Se ao menos ela soubesse o que significava. Ela pegou as duas cartas e segurou diante de si.

Hana as examinou e pensou em duas listas: coisas que ela sabia e coisas que ela não sabia. Agosto, pensou, era o mês em que as folhas começavam a cair com a mudança de estação. No calendário tradicional, também era o mês do Tsukimi, o festival para ver a lua de outono. Hana passou o polegar sobre a lua cheia da primeira carta e deu uma olhada no relógio. Faltavam poucas horas para o sol se pôr, e ela não imaginava que o pai fosse deixar a caça ao tesouro durar tanto assim. Para ele, o jantar era tão sagrado quanto o saquê que bebia antes de dormir. Mas ela também sabia que o fato de as cartas estarem fora de ordem não era coincidência. Tinha algum motivo para Toshio estar voltando a atenção dela para a lua, e Hana só conseguia pensar em um lugar para o qual a pista apontava. Com um movimento bem ensaiado do pulso e um sorriso, ela escondeu as cartas na manga.

Àquela hora do dia, o espelho de água no quintal dos fundos refletia o céu azul. Em noites claras, ele revelava seu verdadeiro propósito. Hana foi até ele, pensando em como gerações de sua família tinham pisado naquelas mesmas pedras no caminho. Ela parou diante do pequeno lago e ficou olhando o sol brilhar lá dentro. Era bonito, mas não chegava aos pés da beleza da visitante que vinha se banhar em suas águas à noite. O espelho de água existia para refletir a lua e, quando ela estava cheia, preenchia o lago inteiro.

Hana tirou as cartas da lua e dos gansos da manga, perguntando-se o que fazer a seguir. Na mesa, os gansos estavam à esquerda da lua, mas agora Hana as segurou na ordem certa, com os gansos à direita. Ela foi até à direita do lago e se ajoelhou na grama. Atrás do arbusto, havia a pontinha de uma caixa de madeira. Hana a pegou, com um sorriso enorme no rosto. Ela abriu a tampa e olhou lá dentro. Estava vazia. Seu pai costumava encher a caixa com doces diversos, e aquela foi a primeira vez que ele não tinha colocado nada dentro. Hana teve dúvida se ele simplesmente tinha se esquecido ou se era outra pista.

Toshio se aproximou por trás dela.

— Achou?

— Achei, *Otou-san*. Mas…

— Está vazia? Você achou a caixa errada. — Toshio foi até a borda esquerda e pegou a caixa escondida atrás de uma pedra. Ele a abriu, revelando cubinhos de *yōkan* embrulhados, os doces de feijão-vermelho que Hana adorava comer com chá. — Esta é a caixa certa.

— Mas a carta dos gansos devia estar do lado direito da lua.

— Não neste espelho de água.

Ele pegou as cartas de Hana e as segurou sobre a água.

Hana olhou para o reflexo e viu onde tinha errado. No espelho de água, a direita ficava à esquerda e a esquerda ficava à direita. Ela deu um suspiro, e seus ombros murcharam.

Toshio ofereceu a caixa de doces para ela.

— Aqui.

— Mas eu falhei. Eu não achei.

Toshio sorriu e desembrulhou um doce para Hana.

— Desta vez, foi a caixa que achou você.

— Obrigada, *Otou-san*.

Hana pegou o doce e colocou na boca. Uma gota de chuva respingou em sua testa.

Toshio olhou para o céu escuro. Um relâmpago atravessou uma nuvem cinzenta. O sorriso sumiu de seu rosto.

— Entra depressa, Hana. Vai chover.

CAPÍTULO ONZE

O deus na prateleira

A garrafa marrom-escura de cerveja gelada estava coberta de pequenas gotas de condensação. Keishin a enxugou com o polegar antes de servir a cerveja no copo. O líquido dourado borbulhou, e o som se misturou ao burburinho do restaurante. O barulho das pessoas conversando, com uma risada aqui e outra ali, se somava à melodia de pratos e talheres tilintando no pequeno restaurante indonésio. Keishin deu um gole na cerveja, determinado a apreciá-la mesmo não sendo real: o Ramesh imaginário que vivia em seu inconsciente sempre escolhia aquele restaurante para irem conversar.

Um garçom usando um colete de batik intrincado caminhou com habilidade por entre o labirinto de mesas quadradas, carregando uma bandeja grande com pratos coloridos. O cheiro inebriante de coco, capim-limão e coentro o seguia. Ele parou diante da mesa de Keishin e Ramesh e serviu uma tigela de arroz branco e vários pratinhos nas chapas de aço para esquentar comida na frente deles. Um abajur de ferro projetava um brilho amarelo-alaranjado sobre o pequeno banquete. Keishin correu os olhos pelos aperitivos, porções de *satay*, vegetais marinados, *curries*, bananas fritas, rolinhos primavera, nozes e compota de frutas. Só de olhar, sentiu-se empanturrado.

— Você sempre pede comida de mais — disse ele, olhando para Ramesh.

Ramesh deu de ombros e serviu-se de um montinho de arroz fumegante e aromático.

— Nunca sei quanto tempo nossas conversas vão levar. Não quero ficar com fome. O que foi? Se arrependeu de ter ido trabalhar no Super-K?

Keishin fez que não com a cabeça e deu um gole na cerveja imaginária.

— Não.

— Quer falar sobre o que, então? — Ramesh fechou os olhos, saboreando a comida.

— Sobre um quebra-cabeça.

— Um quebra-cabeça? — Ramesh pousou a colher na mesa e sorriu. — Sou todo ouvidos.

— Eu conheci uma mulher. O nome dela é Hana.

Ramesh ergueu a mão.

— Pode parar aí mesmo. Não dou conselhos sobre mulheres... nem na sua imaginação, nem na vida real. Lembra? Minha esposa é a primeira a dizer que eu não entendo nada de mulheres.

— O quebra-cabeça não é a Hana — explicou Keishin, embora não tivesse muita certeza. Tinha alguma coisa a respeito dela e de suas histórias estranhas sobre caixas de chá e caças ao tesouro que despertavam sua curiosidade, algo que não acontecia fora do laboratório havia muito tempo. Já tinha conhecido várias mulheres bonitas, mas não era por causa da beleza natural e delicada de Hana que eu estava contente por ter entrado sem querer em sua loja. Por trás da tranquilidade dos olhos dela, espreitavam as sombras dos segredos, espiando de relance e desaparecendo em seguida, como se o desafiasse a segui-los. E Keishin adorava um bom quebra-cabeça. — O quebra-cabeça é a casa de penhores dela.

— Casa de penhores?

— Foi roubada e revirada. Ela acha que o pai está envolvido.

— E o que você acha?

— Sendo bem sincero, não faço ideia. Tentei chamar a polícia, mas ela não quis.

— Ah, um temperamento teimoso. — Ramesh fitou Keishin por cima da garrafa de cerveja. — Parece muito alguém que eu conheço.

Keishin revirou os olhos.

— Enfim, a questão é que eu quero ajudar, mas não posso.

— Por que quer tanto ajudar?

— Você sabe por quê.

— Eu não gosto de pensar nisso.

— Ninguém te ajudou, Ramesh. Ficou todo mundo lá, olhando aquele homem te atacar como se você fosse invisível. Mas eles estavam te vendo. Só escolheram não dar a mínima.

— Você, não. Você me levou para o hospital.

— Queria ter chegado antes. Talvez você…

— Talvez eu fosse mais do que só um produto da sua imaginação? Não adianta desejar esse tipo de coisa. Podemos teorizar quanto quisermos sobre dobrar o espaço-tempo, mas não dá para mudar o passado.

— E é exatamente por isso que eu quero ajudar a Hana. Eu sei o que acontece quando as pessoas fingem não te ver. Nunca vou saber com toda a certeza se eu teria feito igual às pessoas que escolheram fingir que não estavam vendo quando você foi agredido. Descobrir se você é um covarde não é algo que um cenário hipotético saiba responder. Eu me recuso a ser o tipo de pessoa que finge que não viu. — Keishin tentou afastar da cabeça a imagem de Ramesh sangrando na calçada. Ele respirou fundo. — Preciso ser melhor do que isso, mas…

— Mas o quê?

— Mas eu não sou um detetive. Sou um cientista.

— Então seja um cientista — disse Ramesh. — Não se subestime. Os físicos resolveram alguns dos maiores mistérios do universo. Você se lembra do caso dos neutrinos solares desaparecidos?

— O que os neutrinos solares têm a ver com isso?

— Nós passamos anos sem entender por que, comparando com as previsões dos nossos modelos, menos neutrinos chegavam à Terra depois de serem emitidos pelo sol. A conclusão era que ou os nossos modelos estavam errados ou alguma coisa acontecia com os neutrinos no caminho.

— Mas o mistério foi resolvido quando os físicos descobriram que os neutrinos que todos achavam que tinham sumido, na verdade, não tinham — disse Keishin, assentindo.

— Pois é — disse Ramesh. — Eles mudaram de um tipo de neutrino para outro, um tipo que por acaso era muito mais difícil de encontrar. Estavam só...

— Disfarçados. — Keishin sorriu. — É lógico. Obrigado, Ramesh.

— Boa sorte com o seu quebra-cabeça.

— Obrigado.

— E com a mulher que você está se esforçando muito para fingir que não te intriga.

Keishin ergueu os olhos da carta de baralho pintada à mão e dos óculos de aro dourado que Hana estava mostrando a ele. A casa de penhores se transformou ao seu redor. Não era mais o local em que ele havia entrado, embora tudo continuasse a mesma coisa. Como os neutrinos, as mudanças eram intangíveis e invisíveis, mas eram um disfarce. As mesas continuavam tombadas, o vidro continuava estilhaçado, e os papéis, espalhados por todos os lados, mas Keishin começou então a enxergar como o design se disfarçava de desordem. As cadeiras não foram simplesmente arremessadas ao acaso, e as prateleiras não foram derrubadas com raiva. A mobília espalhada não estava arranhada, nem com marcas, e sim deitadas de lado com todo o cuidado, arrumada de um jeito quase que artístico. Tal como com o universo, este caos tinha um autor.

— Acho que você pode ter razão sobre isso ter sido encenado — disse Keishin. — Mas por que acha que foi seu pai que armou tudo?

— Uma vez ele me deixou essa mesma carta como uma pista — respondeu Hana. — Não pode ser coincidência eu tê-la achado no cofre.

— Mas e os óculos? Por que acha que eles são uma pista? O intruso pode ter apenas o deixado cair perto da porta quando estava indo embora.

— Então estes teriam sido os óculos mais sortudos do mundo. — Hana fez que não com a cabeça. — Eles foram colocados perto da porta, num lugar onde seriam vistos, mas convenientemente fora de perigo.

— Isso ainda não é motivo para achar que é seu pai que está por trás disso tudo.

— Tem razão. Não é — concordou Hana. — Mas o frasco que está faltando na caixa de remédios é, já que é o remédio que ele toma para dormir. Eu não estava entendendo como eu não acordei enquanto tudo isso acontecia. Agora eu sei. Meu pai deve ter colocado o remédio dele no meu saquê ontem à noite.

— Você acha que ele te *drogou*? Por que ele faria uma coisa dessas?

— Isso não importa agora. Só preciso encontrar meu pai antes… — Hana mordeu o lábio.

— Antes do quê?

— Nada. — Hana balançou a cabeça. — Deixa pra lá. O importante é achar ele logo.

— Então chame a polícia. Eles podem revirar a cidade mais rápido do que qualquer um.

— Meu pai não está em Tóquio.

Keishin franziu a testa.

— Como você sabe disso?

— Porque os óculos estavam na porta exatamente para isso. Eles foram colocados ali para dar a impressão de que meu pai saiu perseguindo um intruso pelas ruas da cidade. — Ela pegou a carta da lua. — Mas esta carta me disse a verdade, igual naquela caça ao tesouro, quando eu era criança. A carta estava me dizendo para a esquerda, e eu achei que tinha que ir para a direita.

— Então… — Keishin esfregou o queixo. Uma casa de penhores saqueada, o dono desaparecido e uma mulher determinada a seguir pistas estranhas não era o que ele esperava encontrar na sua primeira manhã em Tóquio. Mas, em algum momento entre entrar na casa de penhores e ver a convicção nos olhos de Hana, as perguntas dela se tornaram as perguntas dele. E agora elas o incomodavam com a mesma intensidade com que ele queria resolvê-las. — Para que lado é a "esquerda"?

— Essa é uma pergunta para o deus na prateleira.

O altar *kamidana* ficava no corredor, na parede em frente ao quarto de Hana. O pai de Keishin tinha um parecido no quarto de hóspedes do sótão, o ponto mais alto da casa. Quando ele era criança e os amigos perguntavam sobre o *kamidana*, ele simplesmente dizia o que era. Uma prateleira de deus. Depois disso, eles não perguntavam mais nada. O altar doméstico de madeira parecia um santuário xintoísta em miniatura e fora construído para abrigar uma divindade específica. O pai dele acendia duas velas minúsculas de cada lado do altar, fazia oferendas de arroz e sal e rezava todos os dias para o deus na prateleira. Keishin fazia os movimentos de baixar a cabeça e bater palmas três vezes, mas nunca conseguia pensar em nada para dizer.

— Você vai... hum... você vai rezar?

— Minhas preces não serviriam de nada — respondeu Hana.

— Então por que estamos aqui?

— Porque talvez as do meu pai sirvam. Ele sempre passava no *kamidana* antes de ir dormir. Ele pode ter falado alguma coisa enquanto orava que poderia explicar o que ele fez com a casa de penhores e por que sumiu.

— Ele escrevia as orações em algum lugar? Ou tinha um diário?

— Não.

— Ele gravava com o celular?

Hana fez que não com a cabeça.

— Não com o celular.

— Então onde que ele gravava?

— Kei... — Hana respirou fundo. — Vou te contar algumas coisas que vão ser difíceis de acreditar. Você pode mudar de ideia quanto a me ajudar e ir embora quando quiser.

— Acho que você pode estar subestimando minha curiosidade. Eu amo quebra-cabeças tanto quanto você. Talvez até mais.

Hana teve um vislumbre do brilho no olhar de Keishin.

— Dá pra ver.

Keishin deu de ombros.

— É praticamente um requisito do meu trabalho.

— Mas esse mistério não tem nada a ver com a sua ciência. Acho até que pode estar além de tudo que você conhece.

Hana sabia que suas palavras estavam atiçando a chama de Keishin, mas ela o avisou mesmo assim.

— Meu trabalho é procurar coisas invisíveis. Eu não me assusto tão fácil assim.

Hana pegou uma das velas do *kamidana*.

— Mesmo se eu pedir para você ouvir o que a fumaça tem a dizer?

CAPÍTULO DOZE

O experimento mais simples do mundo

Hana parou diante do espelho de água, ouvindo o trovão crepitar lá em cima. Hoje deveria ser seu primeiro dia como dona da loja de penhores, mas, ao fitar o próprio reflexo ondulante, ela não conseguia afastar a gélida sensação de que seria também o último. Ela estava prestes a quebrar mais regras, e não gostava nem de pensar, mas seu pai não lhe deixara escolha. Uma rajada de vento gelou sua nuca. Ela fechou mais o casaco, sentindo a pequena vela do *kamidana* no bolso. Então, olhou para Keishin.

— Não consigo entender por que você continua aqui.

— E por que eu iria embora?

— Porque eu disse que precisamos levar a vela para o lugar onde todas as orações vão e que pular neste espelho de água é o único jeito de chegar lá. Pensei que você não fosse acreditar em mim.

— E eu não acredito.

— Ah. — Hana cruzou os braços, surpresa de ter sentido uma pontada de decepção. O cabelo chicoteou contra o seu rosto com a lufada de vento. — Então por que ficou?

— Porque... — Keishin a fitou com um olhar sereno e afastou a mecha rebelde da bochecha de Hana. Ele mordeu o lábio, recolhendo a mão antes que seus dedos roçassem a pele dela. — Eu fiquei porque acho que este deve ser um dos experimentos mais simples que eu já tive que fazer na vida.

— Experimento?

— Comparado com todas as horas de trabalho que preciso encarar no laboratório só para provar uma hipótese, pular em um lago é um jeito relativamente fácil de obter respostas. Se você estiver dizendo a verdade, então eu vou embarcar na maior aventura da minha vida. Se não, vamos ficar encharcados. — Ele olhou para o céu escuro. — Com a sorte que tenho com o tempo, vou voltar ao hotel encharcado de qualquer jeito.

— Ou eu podia te emprestar um guarda-chuva e você podia voltar ao hotel seco e aquecido.

— Mas aí eu não ia descobrir se isso é apenas uma mentira muito elaborada.

— E o que você prefere que aconteça? Provar que sou uma mentirosa ou pular numa verdade na qual pode se afogar?

— Sempre achei melhor não ter uma hipótese favorita. Eu só quero os fatos e as provas.

— Daqui a pouco você vai ter os dois. — Hana ofereceu a mão a ele. — Segure em mim.

Keishin entrelaçou os dedos nos dela.

Pequenos pontos de eletricidade atingiram a pele de Hana onde Keishin a tocou, irradiando uma sensação incrível por suas veias. Ela já havia segurado inúmeras escolhas reluzentes e as colocado dentro das gaiolas com o maior cuidado, mas era a primeira vez que segurava algo que parecia tão livre. Keishin podia ir aonde quisesse, dizer o que bem entendesse e correr atrás do que mais desejasse. Ele era o vento e a chuva, sem algemas e imprevisível, uma tempestade girando na palma de sua mão.

— Hana? Algum problema?

— O quê? Não… não. Eu… eu estava só pensando no meu pai.

Keishin apertou a mão dela com delicadeza.

— Estou pronto para quando você quiser pular.

— Não solte a minha mão — disse Hana, fitando o reflexo reluzente de Keishin. — E não esqueça...

— O quê?

— Que isto foi escolha sua.

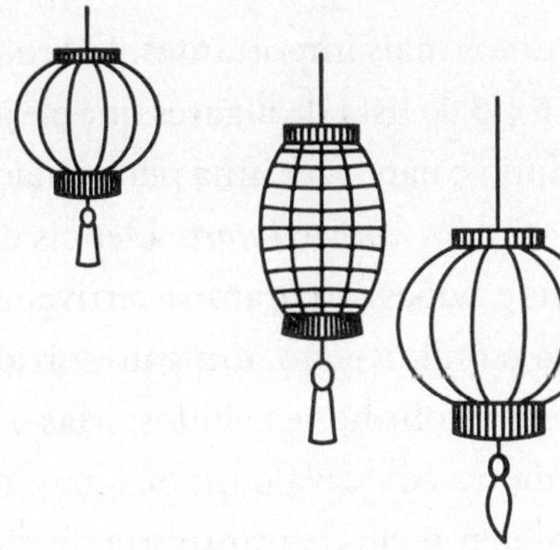

CAPÍTULO TREZE

Sussurros e cera

Tóquio fora apenas uma parada no caminho para o emprego novo, no detector Super-Kamiokande, em Gifu. Da sua casa nova até Tóquio, eram duas horas de viagem de *shinkansen*, depois pegava um trem que levava mais trinta minutos até chegar à capital. O trabalho no centro de pesquisa só começaria na segunda-feira, então Keishin tinha planejado passar o fim de semana redescobrindo a cidade onde morara.

Keishin tinha oito anos quando ele e o pai fizeram as malas e se mudaram para o outro lado do Pacífico. Ele nunca mais voltou. Não tinha motivos para isso. Não tinha mais família no Japão, e fazia muito tempo que perdera o contato com os amigos de infância. Ainda assim, tinha a esperança de, em algum lugar pelas ruas da cidade, esbarrar numa lembrança esquecida que o recebesse com carinho. Havia outra coisa que ele gostaria de encontrar, mas jamais diria em voz alta.

Keishin sabia que as chances de encontrar fragmentos do passado eram mínimas, mas eram suficientes para fazê-lo sair de baixo do cobertor quentinho do hotel e encarar as primeiras horas daquela manhã de outono. Quanto mais cedo tirasse a nostalgia do seu caminho, mais cedo as perguntas zumbindo em sua cabeça iriam se calar e se voltar para assuntos mais importantes. O Studio Ghibli, de Miyazaki Hayao, estava no topo da lista de lugares que ele gostaria de visitar. Era um absurdo ir a Tóquio e não fazer uma peregrinação à casa de um de seus animes preferidos, *Meu amigo Totoro*. Depois daquele filme, todos os carros, ônibus, trens e aviões tornaram-se terrivelmente mundanos, quando comparados com o ônibus-gato, um gato sorridente e oco de 12 patas, com janelas e assentos fofinhos e peludos. Mas o espelho de água no quintal da casa de penhores colocava o ônibus-gato no chinelo. Viajar pela água superava qualquer meio de transporte, incluindo os cobertos de pelo.

Encontrar palavras para descrever como ele havia mergulhado no lago e emergido completamente seco do outro lado era um conflito que Keishin jamais tivera. Hoje, aquilo se tornara um dos dois enigmas que o assombrariam pelo resto da vida. O segundo era explicar como ele tinha ido parar num mar aparentemente infinito de gramíneas, quando instantes antes estava de pé diante de um espelho de água em Tóquio. Ele olhou para Hana, sem notar que ainda segurava a sua mão.

— Pode soltar agora — disse ela.

— Ah... humm... foi mal. — Keishin largou a mão dela, sentindo um calor subir pelo pescoço, apesar de estar frio. — Que lugar é esse? Como chegamos aqui?

— Nós pulamos no espelho de água, lembra?

— Lembro, mas... — Keishin fechou os olhos e esfregou a testa, sem conseguir entender se o experimento tinha dado certo ou não. Aceitar que um lago coberto de musgo os havia teletransportado era questionar mais leis científicas do que ele gostaria de enumerar. — Não é possível.

— Mas aqui estamos.

Keishin balançou a cabeça.

— Não existe isso de pular num espelho de água e... — Ele fechou a boca e arregalou os olhos. — A menos que...

— A menos que o quê?

— A menos que não fosse um espelho de água.

Hana ergueu a sobrancelha.

— Eu não sabia que existia outro nome para o reservatório de água feito para olharmos a lua nadar.

— E não existe mesmo — respondeu Keishin. — Mas *existe* uma palavra para coisas que conectam dois pontos diferentes no espaço-tempo. Uma ponte de Einstein-Rosen. Um buraco de minhoca. Um buraco de minhoca, Hana! No seu quintal! Tem ideia do que isso significa? Meu Deus. Isso pode mudar tudo.

— Isso não muda nada.

— É óbvio que muda. — Keishin andava de um lado para o outro pela grama. — É a descoberta do século! As possibilidades são...

— Meu pai continua desaparecido.

Keishin parou no meio da passada, fazendo todos os planos e desdobramentos confusos frearem e baterem na parte da frente de seu crânio. Ele franziu o cenho.

— Hana... Eu... Desculpe. Não foi...

— Eu entendo — disse Hana, impassível. Ela virou-se para o outro lado e apontou para um campo vazio. — Ali é o Templo dos Sussurros.

Keishin observou a grama balançando com a brisa.

— Não tem nada ali.

— No meu mundo, nem sempre dá para ver as coisas com tanta facilidade quanto no seu.

— *No seu mundo*? Como assim?

— O lugar de onde eu venho e você não. Sua ciência também tem um nome para isso? Posso chamar do jeito que você quiser, embora ainda não entenda por que você prefere chamar um espelho de água de buraco para minhoca.

— Eu... — começou Keishin, tentando pensar num rótulo sucinto, impresso em negrito, numa fonte tamanho 15, que ele pudesse carimbar no chão que estava pisando. Ele até já tinha debatido a existência de multiversos com Ramesh, mas só às sextas-feiras, depois de algumas doses de uísque escocês 12 anos.

Embora Keishin fosse mais do que versado em todas as hipóteses e todos os contra-argumentos sobre dimensões paralelas, ele não conseguiu encontrar nada que descrevesse bem a grama farfalhando ao seu redor, a luz do sol aquecendo seu rosto e o olhar paciente da mulher à espera de uma resposta. Como aqueles olhos conseguiam ser impenetráveis e acolhedores ao mesmo tempo era um mistério maior do que o mundo impossível ao qual chegara depois de mergulhar num espelho de água.

— Não, não tem.

— Nós também não temos um nome para isso. Nunca precisamos. Só temos um mundo, e é este aqui — disse Hana. — Mas, se sentir necessidade de dar um nome para ele, pode chamar de Isekai.

"Outro mundo." Keishin traduziu a palavra na cabeça, convencido de que seu japonês estava mais enferrujado do que ele imaginara.

— Isso é um sonho — disse ele, mais para si próprio do que para Hana. — Só pode ser.

— Se acreditar nisso faz você aceitar com mais facilidade onde está, então tudo bem. Mas se quiser ver a verdade... — Hana entregou a ele os óculos da mãe dela. — Bote isso.

A primeira vez que Hana visitou o Templo dos Sussurros ela tinha sete anos. Sua avó tinha pedido a Toshio que deixasse Hana passar o fim de semana com ela, e as duas passaram no templo, a caminho da casa da avó.

Hana saiu de uma poça pequena no meio do campo gramado e ficou de pé.

— Onde fica o templo, *sobo*?

Oshima Asami sorriu para a neta. Ela tirou os óculos e os ofereceu a Hana.

— Olhe de novo.

Hana colocou os óculos. À sua frente, havia um edifício imponente e ornamentado de cera vermelha. Uma fileira milimetricamente alinhada de mais de cem portões *torii* vermelhos e pretos as conduziam até os imponentes portões de cera esculpida. O formato dos portões de madeira pintada a fez pensar no *kamidana* que o pai tinha em casa. Já o templo não se parecia com nada que ela tivesse visto antes. Ele tinha pináculos altíssimos se erguendo de um grande telhado em formato de abóbada e criaturas de cera com asas e rostos monstruosos empoleiradas nos contrafortes em arco. Algumas colunas se contorciam feito árvores.

Era como se a construção fosse um misto de diferentes lugares e épocas e tivesse crescido como bem entendesse. Hana arfou.

— Que lindo…

— É mesmo.

— Por que estamos aqui? — perguntou Hana, sem conseguir desviar os olhos do templo.

— Venho aqui sempre que fico com saudade da sua mãe. — Asami fez um carinho no rosto de Hana. — Você se parece muito com ela.

— Ela era bonita?

Asami assentiu.

— Foi só sua mãe entrar no templo, no dia do casamento, que seu pai se apaixonou por ela. Ele não conseguia disfarçar como estava feliz. Até aquele dia, eles não tinham visto nem uma foto um do outro, e deve ter sido uma ótima surpresa quando ele finalmente viu o rosto da moça com quem ia se casar.

— Por que você vem aqui quando sente saudade dela? Foi aqui que meus pais se casaram?

— Não. Este é um tipo diferente de templo. É para onde todas as nossas orações vão.

— E como as orações chegam aqui?

— A fumaça traz. — disse Asami, enfiando em seguida a mão na bolsa de tecido pendurada no ombro e pegando uma velinha queimada quase até o final. — Esta vela está quase acabando. Acho que vai ser a última chance que vou ter de acender. Eu queria que você pudesse ouvir a voz da sua mãe antes de ela apagar.

Keishin entrou boquiaberto no Templo dos Sussurros. Por maior que ele fosse do lado de fora, nada se comparava ao salão cavernoso do lado de dentro, que reluzia com o brilho de inúmeras velas votivas acesas sobre mãozinhas de latão afixadas às paredes de cera. Uma brisa tocou o rosto de Keishin. Apesar das chamas, estava agradavelmente fresco dentro do templo e ventilava como se eles estivessem em um prado. As velas tremeluziam com o vento fraco.

Hana se aproximou por trás dele.

— Depois que você entra, não precisa mais dos óculos.

Keishin tirou os óculos com muito cuidado. Era como se a cada segundo que ele passava com Hana um ponto do tecido de tudo que ele conhecia se descosturasse. Logo ele iria se desfazer por completo.

— Como isso pode ser real?

— Às vezes, eu me pego fazendo a mesma pergunta quando vejo as coisas que os nossos clientes trazem do seu mundo.

— Clientes?

— As pessoas que abrem a porta do restaurante de ramen e se deparam com a nossa casa de penhores. Elas trazem coisas muito estranhas. Bolinhas minúsculas que tocam música no seu ouvido, umas...

— Peraí. — A cabeça de Keishin estava latejando com todas as coisas impossíveis que tinham se amontoado lá dentro desde que ele conhecera Hana. — Como assim? Eu estava procurando o restaurante de ramen quando encontrei a casa de penhores. Quer dizer que eu sou um dos seus clientes?

— Depois eu explico. Agora temos que ouvir a oração do meu pai. Não temos muito tempo. Se os Shiikuin descobrirem que ele e uma escolha sumiram... — Hana apertou os lábios.

— Os Shiikuin? — Keishin tentou lembrar o significado da palavra. — Os Guardiões? Tipo os cuidadores de um zoológico?

— Depois. Eu prometo.

Hana colocou a vela que pegou no ***kamidana*** num par de mãos de latão vazias. O pavio se iluminou com uma pequena chama, como se tivesse sido aceso por um fósforo invisível. Murmúrios altos ecoaram pelo corredor.

— O que é isso? — perguntou Keishin, tentando com muito custo ouvir o que as vozes estavam dizendo. Elas falavam uma por cima das outras, tornando impossível entender onde uma palavra terminava e outra começava.

— Todas as orações já feitas por todas as pessoas do mundo. Quando uma vela sussurra, as outras gostam de participar também. — Hana aproximou o ouvido da vela do pai. — Para ouvir o que a vela tem a dizer, você tem que prestar muita atenção.

Keishin se aproximou da vela, levando o rosto a poucos centímetros da bochecha de Hana. A chama dançou ao ritmo da respiração deles.

"Me ajude a encontrá-la. Por favor."

Keishin respirou fundo.

— Você ouviu isso?

— Ouvi, mas… — Hana franziu a testa. — Não pode ser isso.

— Quem seu pai está procurando?

Hana se aproximou o máximo que pôde da chama da vela sem se queimar. Ela fechou os olhos e ouviu com atenção.

— Hana?

Ela se endireitou, atordoada.

— Eu… não estou entendendo.

— "Me ajude a encontrá-la." Para mim, a oração do seu pai parece ser bem óbvia. Acho que você tinha razão. Seu pai não está desaparecido. Ele está procurando alguém. Uma mulher.

Hana fitou a chama da vela.

— Meu pai só perdeu uma mulher na vida.

— Quem?

— Minha mãe.

— Ótimo. Então nós temos uma pista. Você sabe onde ela está?

Hana apagou a vela com um sopro trêmulo.

— Eu achava que sabia.

— Como assim?

— Minha mãe morreu. Ela morreu do seu lado da porta. Foi o que o meu pai me contou. Agora parece que ou essa oração é uma mentira ou toda a minha vida é.

— Hana…

— Só tem um jeito de descobrir. — Hana pegou a vela da parede. — Me desculpe.

— Desculpar pelo quê?

— Pelo que precisa acontecer agora. Acho que você vai não gostar.

CAPÍTULO CATORZE

Pele e tinta

Em geral, a segunda vez é sempre melhor do que a primeira. Beijo. Sexo. Experimentos de laboratório. Para Keishin, a primeira vez só existia para fracassar e seguir em frente. Pular em espelhos d'água era uma exceção. Na casa de penhores, ele o fizera para despertar Hana do que acreditava ser uma ilusão da parte dela. Mas, ao mergulhar naquelas águas e pousar num campo de gramíneas, ele mergulhara também em uma fria e nova verdade: a ciência era uma mentira.

Em uma manhã, ele descobriu que a fumaça carregava orações e que as velas falavam. E, quando Hana enfim cumpriu a promessa de lhe contar a verdade sobre a casa de penhores, ele entendeu que é possível trocar seus sonhos descartados e suas escolhas perdidas por paz. Embora não acreditasse em arrependimentos, Keishin estava quase disposto a inventar um para penhorar por um pouco de silêncio na mente. As leis e as regras científicas quebradas chacoalhavam dentro dele, batendo em tudo o que ele vira atrás da porta do restaurante de ramen. E agora Hana ia mostrar ainda mais.

"Preciso te avisar uma coisa. O próximo lugar vai ser… diferente. O que quer que você veja, não entre em pânico."

Keishin repetiu as palavras de Hana ao desaparecer sob a água. Imaginou que talvez eles iriam emergir na escuridão, mesmo sabendo que tal coisa não existia. Muita gente tem medo do escuro, mas ele não. Não desde que era pequeno e descobriu a verdade em um dos muitos livros que pegava toda semana na biblioteca perto de casa. Essa fora a melhor parte de ter aprendido inglês. Os livros não se cansavam de responder às suas perguntas. Eles lhe ensinaram que a escuridão era uma limitação humana, a incapacidade dos nossos olhos de enxergar todo o espectro da luz. Se tivéssemos sido projetados de uma forma mais evoluída, conseguiríamos ver todos os restos cintilantes do Big Bang que iluminaram a noite.

Keishin rompeu a superfície da poça e saiu de dentro dela. Seu coração estava acelerado. Ele estava errado sobre emergir na escuridão. A escuridão era algo que ele entendia. Este lugar, não.

Keishin se viu diante de uma rua de pedra repleta de *machiya* tradicionais — casas comerciais estreitas e feitas de madeira — e de algumas cerejeiras com seus longos galhos floridos de rosa. De ambos os lados, fluíam canais de água limpa com cardumes de carpas. Parecia uma daquelas aldeias japonesas históricas e preservadas que ele tinha vontade de visitar, mas com uma diferença de arrepiar os cabelos da nuca: a cidade inteira era uma cena em preto e branco, pintada numa tela de papel que se estendia até o céu. O sol. As nuvens. As pedras sob seus pés. Hana. Ela fora desenhada com traços experientes de tinta preta, o esboço da curva de seus lábios feito com todo o cuidado.

— Dentro do pergaminho, é tudo assim — disse Hana. — Até você.

Keishin ergueu as mãos diante de si. Seus dedos estavam traçados com tinta preta e sombreados com as pinceladas mais sutis. Ele fez um esforço para sua voz sair.

— Onde estamos? Que lugar é esse?

— Uma história. No seu mundo, você lê histórias. Aqui, nós andamos dentro delas.

Keishin viu um esboço de uma folha caída voando com a brisa.

— Estou começando a achar que nada nunca mais vai fazer sentido.

— As coisas não precisam fazer sentido para serem verdade — argumentou Hana, e levou a mão dele ao peito.

Keishin sentiu o coração dela batendo na palma de sua mão. Embora ela parecesse um desenho, continuava macia e quente ao toque. Ela era sólida. Real.

— Não existem perguntas suficientes no universo que me façam compreender tudo isso. Eu ainda nem sei o que aconteceu com a sua mãe.

— Os Shiikuin a executaram, porque ela roubou uma escolha do nosso cofre.

— *O quê? Por quê?*

— Porque todas as escolhas que coletamos na casa de penhores pertencem a eles. Roubar dos Shiikuin é o pior crime de todos. Eu ainda era bebê quando eles vieram buscar minha mãe, e tudo que eu sei daquele dia foi o que meu pai me contou.

— Mas agora você acha que ela pode estar viva.

— Eu... — Hana interrompeu o próprio raciocínio. Ela se virou e enxugou uma lágrima depressa. — Eu não sei o que pensar.

— Hana...

— Eu falei que conseguia lidar com isso sozinha. Vai para casa, Keishin. É só pular na água, que você volta.

— Volto para onde? Para o restaurante de ramen? Para o meu hotel? Para o trabalho no Super-Kamiokande? Todos esses anos que passei obcecado com os mistérios do universo, tentando explicar como tudo começou, foram uma completa perda de tempo. Esse "tudo" era só um lado de uma moeda muito estranha. Como fingir que isso é importante quando eu estou dentro de um pergaminho?

— É óbvio que é importante — disse Hana.

— Mas como?

— É importante para você. Isso já não basta?

— Antigamente bastava. — Keishin soltou um suspiro, balançando a cabeça. — Olha, nós estamos aqui para descobrir a verdade sobre a sua mãe. Eu não vou embora até conseguirmos.

Hana olhou para a rua.

— Espero que a Horishi tenha algumas respostas.

— Uma tatuadora?

— *A* tatuadora. Só existe uma Horishi no nosso mundo.

— E essa pessoa pode dizer se sua mãe está viva?

— A tinta da Horishi vai dizer — explicou Hana, e trovões ressoaram mais alto que sua voz.

Keishin olhou para o céu de papel. Saber que, mesmo naquele mundo estranho, uma coisa se mantinha a mesma, era de certa forma um consolo. O tempo continuava não gostando dele. Gotas de chuva irromperam do céu e respingaram em seu rosto.

— Então é melhor encontrar essa Horishi e a tinta dela antes que a gente fique encharcado e… — Keishin arfou e deu um passo para trás.

A chuva estava escorrendo pelo rosto e o pescoço de Hana.

— O que foi? Qual é o problema?

— Hana… — Keishin ficou sem palavras por um instante. — Você está brilhando.

Seguindo o costume, o pai de Hana a levou à pessoa que na época era a Horishi quando ela tinha um mês de vida. Ela não se lembrava de nada da visita, mas, sempre que chovia, uma lembrança daquela viagem brilhava em sua pele. Onde quer que as gotas de chuva a tocassem, surgiam imagens e palavras numa tinta azul-clara, narrando a história da vida que ela estava destinada a viver. Sem encruzilhadas. Sem desvios. Apenas um único caminho num mapa azul sobre quase todo centímetro de seu corpo.

Quando era mais nova, Hana gostava de colocar o braço para fora da janela e ver as cenas que a Horishi gravara em sua pele ganharem vida. Copinhos de chá tatuados, com o vapor subindo em espirais. Uma pequena lua nadando em um espelho de água. Pássaros em gaiolas cantando uma canção silenciosa. Em seu pulso, a porta de uma gaiola vazia abria e fechava no ritmo de seu coração. Mas, a cada pássaro brilhante que ela trancava, ficava mais difícil dizer de que lado das barras de tinta ela estava. À medida que a aposentadoria do pai foi chegando, Hana se viu tomando banhos quentes de banheira cada vez mais longos, tentando esfregar e apagar aquilo.

— Não olhe para mim. — Hana fechou bem o colarinho junto ao pescoço. — Estou horrível.

— O quê? Não. Não. Eu levei um susto. Só isso. Eu juro. Não precisa esconder nada. Você continua... — Keishin sentiu seu rosto ficar quente. — Linda.

— Cuidado. — Hana segurou as próprias roupas com mais força. — Mentir está virando um hábito seu.

— Eu não estou mentindo.

— Então você está cego.

Hana ficou com os nós dos dedos brancos sobre o colarinho. Pequenos grous de origami reluzente voavam numa mesma rota pelos seus dedos molhados.

— Pelo contrário. Estou vendo mais agora do que jamais vi quando passava o dia olhando o mundo por telescópios e telas luminosas.

— E o que você está vendo, Kei? Outro experimento, que nem o espelho de água? Uma esquisitice que pode te servir de alguma coisa no seu mundo? Ou quem sabe um monstro coberto de cicatrizes azuis horrorosas?

— Você não é um monstro.

— A infinidade de clientes que passou pela porta da loja de penhores discordaria de você. Todos eles queriam uma coisa. Estar limpos. Imaculados. Minha família está há gerações só consertando, polindo e lustrando as manchas, os amassados e os arranhões dos nossos clientes. — Uma pipa azul contornou o antebraço de Hana. Ela cerrou os dentes. — Perfeição de porcelana.

— As cicatrizes não fazem de você menos importante. São só histórias, que nem este pergaminho. Você pode não ver as minhas, mas eu tenho uma porção.

— Mas elas não são que nem as minhas. — Hana virou o rosto, expondo as flores azuis de lótus desabrochando atrás da orelha. — As suas cicatrizes contam por onde você passou. As minhas me dizem para onde eu estou indo. Todas as crianças são trazidas até a Horishi para aprenderem o caminho que vão seguir. A chuva nos lembra que não se pode lavar o que está destinado a acontecer. — Hana abriu um pouco a gola. A chuva tocou seu peito, revelando a porta brilhante do cofre que guardava seu coração. Ao contrário das outras tatuagens se contorcendo e movendo sobre ela, a porta permanecia trancada. — Vai me dizer que não está vendo esse mapa grotesco de pele e tinta?

— Eu estou vendo *você*, Hana. Sua coragem. Sua determinação...

— Determinação? — Uma risada irônica escapou de seus lábios. — Você quer dizer teimosia?

— Bom, também. — Keishin sorriu. — E não tem nada de feio ou de repulsivo no que estou vendo que me faça querer desviar o olhar. Eu continuo aqui. Dentro de um pergaminho. Na chuva. Não estou mentindo para você.

Um riquixá sem motorista parou na frente deles. Hana ajeitou depressa o colarinho e subiu a bordo.

— Vem. Ele vai nos levar até a Horishi.

— Eu deveria estar surpreso, mas, de alguma forma, numa cidade pintada num pergaminho, um riquixá sem ninguém dirigindo quase que faz sentido. — Keishin se sentou do lado de Hana e percebeu como o assento era estreito. Por mais que se ajeitasse, não tinha como não tocá-la. — É meio apertado. Desculpe.

— Tudo bem. A casa da Horishi é perto. Dentro de um pergaminho, nada fica longe.

Keishin tirou o casaco e o segurou sobre a cabeça de Hana para protegê-la da chuva. O mapa em sua pele desapareceu. Um sorriso, hesitante a princípio, pousou em seus lábios.

— Obrigada.

Keishin deixou a chuva pingar em seus cílios. Deveria estar com frio, mas o corpo de Hana o aquecia através de suas roupas. Isso e o sorriso dela. Embora tenha sido rápido, Keishin sabia que fora o primeiro a tocar seus lábios desde que se conheceram. Aquele sorriso o convidara a observar o restante de seu rosto, a explorá-lo como se estudasse um céu cheio de estrelas. Suas feições eram tão cuidadosamente escolhidas e compostas quanto qualquer constelação, só que mais fascinantes. Estrelas eram interessantes, mas não prendiam sua atenção. Na vida, assim como na ciência, ele se sentia mais atraído pelo invisível. E nunca conhecera uma pessoa com mais segredos do que Hana. Ele não se importava que ela tivesse segredos. Estava acostumado com isso. O universo também era assim. Ele escondia os segredos mais fascinantes sob nuvens de nada e barulho.

Keishin ajeitou o casaco sobre a cabeça de Hana, tomando o cuidado de mantê-la seca. Não sabia se Hana acreditara no que ele tinha dito sobre vê-la além de suas cicatrizes. Estava prestes a perguntar, mas ela relaxou junto ao peito dele, e ele percebeu que não precisava de uma resposta. Hana se encaixava perfeitamente ao seu lado, um equilíbrio de ângulos e curvas. Se acreditasse em destino, Keishin podia até pensar que seus corpos tinham sido esculpidos exatamente para aquele momento, para aquele passeio de riquixá na chuva. Mas como não acreditava, Keishin continuou olhando para a rua, para longe do rosto de Hana e da lembrança de seu sorriso.

A casa da Horishi ficava no centro da cidade, exatamente igual às casas estreitas de madeira que Keishin vira no caminho. Ele saltou do riquixá e ofereceu a mão a Hana.

Ela segurou sua mão e desceu. Então, olhou para ele e agradeceu com um sorriso discreto, antes de soltá-lo.

— Deve... hum... deve ser difícil voltar aqui depois do que a Horishi fez com você — comentou Keishin, com dificuldade de articular as palavras já que ainda sentia o calor da mão pequena de Hana na dele.

— Era o trabalho dela. Todos nós temos um papel aqui.

Um portão de madeira se abriu, convidando-os a entrar. Eles seguiram um caminho de pedras sob as sombras de uma cerejeira prestes a florescer. Uma brisa soprava por entre os galhos pintados, sacudindo as gaiolas vazias penduradas neles.

— Cadê os passarinhos? — perguntou Keishin.

Hana parou debaixo de uma gaiola vazia.

— Kei, presta atenção. Não se preocupe com nada, a não ser com o que eu vou te falar agora. Quando nós encontrarmos a Horishi, você tem que ficar totalmente quieto. Não faça nenhum barulho. Não dê nenhum pio. Entendeu?

— Por quê?

— A Horishi só fala quando falam com ela, e tem coisas que talvez você não queira ouvir.

— Como o quê?

— Seu futuro.

Keishin já tinha perdido a conta de quantas portas de *fusuma* se abriram e se fecharam enquanto eles andavam pela casa da Horishi. Os painéis deslizantes de seda se moviam por conta própria, conduzindo-os por salas que pareciam não acabar nunca. Se parasse para pensar, Keishin teria se perguntado como um labirinto daqueles podia caber numa casa daquele tamanho.

Mas Keishin só teve tempo de pensar em uma coisa. A cada passo que dava, o pensamento ia crescendo e girando em sua mente, derrubando todo o restante. Ele nunca foi o tipo de pessoa que perdia tempo matutando sobre como seu futuro seria. Era algo impossível de saber e uma perda de tempo. Mas agora ele estava dentro da casa de alguém que poderia lhe dizer se, quando terminasse a busca pelas peças do quebra-cabeça do universo, à qual dedicara sua vida, ele encontraria enfim seu lugar no mundo. Era só perguntar.

— Aqui é o quarto da Horishi — disse Hana.

Keishin ergueu os olhos do chão. Uma explosão de cores encheu suas íris. Ele protegeu o rosto com as mãos. Dentro de um pergaminho em preto e branco, havia quatro painéis de *fusuma* pintados com cores vibrantes. Keishin semicerrou os olhos desenhados, esperando que eles se ajustassem à cor.

Os quatro painéis retratavam um lago banhado pelo luar e cercado de montanhas encobertas pela neblina. Um pequeno barco se movia lentamente na água, deixando um rastro de ondas atrás de si. O barco parou sob a lua cheia. Keishin se aproximou, tentando entender se os ocupantes tinham parado para olhar para ele também, mas os dois painéis ao centro da pintura se abriram, partindo o pequeno barco ao meio.

Uma menina de olhos vendados, com no máximo 12 anos, se sentou à mesa baixa de madeira no meio da sala. Keishin olhou para Hana.

— É uma criança.

— Quando quem é a Horishi morre, o filho mais velho assume, não importa a idade — sussurrou Hana. — Depois que a gente entrar, não se esqueça de não falar nada.

Keishin assentiu.

Hana cumprimentou a menina sentada com uma longa reverência.

— Horishi-san.

— Ishikawa Hana — disse a menina, como se pudesse enxergar Hana através da venda. — Seja bem-vinda.

Keishin entrou depois de Hana e fez uma reverência, mas ficou em silêncio como fora instruído.

A menina voltou-se para ele, inclinou a cabeça de leve e então concentrou-se novamente em Hana.

— Horishi-san — disse Hana. — Gostaria de lhe fazer uma pergunta.

A Horishi assentiu.

— Sente-se, por favor.

Keishin sentou-se de joelhos no tatame. Ele correu os olhos pelos instrumentos de tatuagem sobre a mesa. Havia cinzéis *nomi* de várias tamanhos dispostos em uma fileira. De longe, pareciam pincéis compridos e finos com cabos de bambu. Após uma inspeção mais minuciosa, Keishin viu que as pontas não eram cerdas macias, e sim pequenas agulhas presas ao bambu com barbante de seda. Ao lado dos *nomi*, havia uma pedra de tinta. Keishin tinha assistido a um documentário sobre técnicas tradicionais de tatuagem e sabia que a pedra era usada para moer blocos de carvão e fazer tinta preta. No entanto, os blocos juntos à pedra de tinta da Horishi não eram pretos, mas de um tom claro e cintilante de azul.

— O que você gostaria de saber que ainda não está escrito na sua pele? — perguntou a Horishi, soando muito mais velha do que a idade que aparentava.

— Sobre a morte — respondeu Hana.

— A única coisa que nem eu, nem a sua pele pode relatar. A morte encerra a sua história como ela bem entende.

— Não é sobre a minha morte. É sobre a da minha mãe.

— Todo mundo sabe qual foi o destino da sua mãe. Ela roubou e foi executada pelo crime que cometeu.

— Sim.

— Mas você ainda tem dúvidas. Acha que tem chances de ela ainda estar viva.

Hana assentiu.

— Nos anos após a morte do meu pai, eu aprendi que a maioria das pessoas não quer ouvir as respostas que procuram. Saiba que, depois que eu falar, não posso reaver a verdade.

— Eu entendo.

— Me mostre o seu braço direito.

Hana arregaçou a manga e esticou o braço.

A jovem enxaguou as mãos na tigela de prata e as secou. Ela passou os dedos sobre a pele de Hana e parou num ponto logo acima do cotovelo.

— Um crisântemo — disse ela, admirando a mancha invisível de tinta. — Meu pai traçou o símbolo da sua mãe com muito esmero. — A menina escolheu um *nomi* e o pousou sobre o local que havia tocado no braço de Hana. — Vai doer. Não se mexa.

— Estou pronta.

A Horishi pressionou o *nomi* na pele de Hana, espetando as agulhas ao longo das linhas de um desenho que só ela via. Gotículas de sangue se formaram por onde o *nomi* passava. Keishin viu Hana inspirar e expirar devagar, sem se contrair. Hana, pensou ele, estava acostumada a esconder a dor.

A Horishi aprumou-se, afastando o *nomi* do braço de Hana.

— A tinta do símbolo da sua mãe vai dizer o que aconteceu com ela. Azul significa que está viva. Já a preta é que ela...

— Morreu — completou Hana. — Eu sei.

A menina levou a ponta do *nomi* até a pedra de tinta vazia como se fosse mergulhar as agulhas na tinta. Da ponta das agulhas escorreu uma tinta, que encheu a pequena cavidade da pedra. A cor dela era um azul-claro e brilhante.

— Ela está *viva*. — Hana arfou. — Você sabe onde ela está, Horishi-san?

— A tinta sabe.

— Me diga, por favor.

A Horishi balançou a cabeça.

— Sua mãe fez a parte dela quando deu à luz você. Fora isso, ela não tem mais o que contribuir à sua história. Você não pode se desviar do que foi escrito.

— Por favor. — Hana prostrou-se aos pés da Horishi. — Eu imploro.

— Sinto muito. Esse conhecimento não é para os seus olhos ou ouvidos.

— E os meus? — Keishin deixou escapar. A visão de Hana prostrada ao chão foi como uma faca sendo torcida entre suas costelas.

A Horishi inclinou a cabeça para ele, e, embora estivesse com os olhos vendados, Keishin sentiu seu olhar penetrante.

— Ah. Você fala. Estava me perguntando como era o som da sua voz.

— Você pode me dizer onde está a mãe de Hana?

Hana ergueu-se e, ansiosa, articulou uma palavra com os lábios, sem emitir som. "Pare."

— Posso — disse a Horishi. — *Se* ela estiver no seu caminho. Minatozaki Keishin, você gostaria de saber a sua história?

— Obrigada pela sua ajuda, Horishi-san. — Hana agarrou o braço de Keishin. — Temos que ir.

— A minha história? — perguntou Keishin, olhando fixamente para a Horishi.

— A estrada para tudo o que vai acontecer. As pessoas aprendem qual é o caminho delas antes de aprenderem a andar ou a falar. Você já está mais velho. — Ela inclinou a cabeça outra vez, tocando o próprio queixo. — Mas é também muito novo. Seu mapa é diferente de tudo que já vi.

— Como assim, "novo"?

— Kei. — Hana agarrou a mão dele. — Não.

— Não podemos ir embora — disse Keishin. — Ela sabe onde a sua mãe está.

— Mas não dá para revelar uma coisa sem mostrar tudo que está ligado a ela — explicou a Horishi. — Seu começo, meio e fim. Você vai ver todo o caminho que tem pela frente com a mesma nitidez que consegue me ver.

— Então me conte tudo.

— Você não entendeu. Quem fala é a tinta. Quem vai ouvir é a sua pele. — Ela pegou um *nomi*. — Você consente?

Keishin olhou para o *nomi*, perguntando-se como uma coisa tão pequena poderia silenciar tão rápido todas as perguntas que o mantinham acordado à noite. A partir daquele dia, tudo podia ser uma certeza. Escrito em sua pele. Ele nunca mais teria que se perguntar se sua vida se resumiria a algo mais do que só uma assinatura em mais um artigo de pesquisa, ou se ele era invisível e sem massa, uma perda de tempo e espaço.

Ele só precisava dizer que sim.

CAPÍTULO QUINZE

Consentimento

Os olhos de Hana se encheram de lágrimas, mas ela não se atreveu a piscar. Seu medo era de que seus pensamentos vagassem da lua cheia tremeluzindo no lago pintado no *fusuma* e escapassem. Ela sabia exatamente para onde eles iriam. No segundo em que saíssem dela, eles correriam até encontrar Keishin atrás do painel deslizante de pano, deitado na mesa da Horishi, fazendo uma troca cruel para que ela pudesse encontrar a mãe.

Hana sentiu os olhos arderem com as lágrimas e piscou. Um pequeno barco deslizou no lago e desfez o reflexo da lua, deixando Hana sem nada para observar, exceto a verdade: embora fosse a mão da Horishi segurando o *nomi*, era ela quem estava furando a pele de Keishin. Hana praguejou baixinho e abriu o *fusuma*.

— Pare!

— Hana! — Keishin se sentou na mesa, com as roupas empilhadas no chão.

— Eu não posso deixar você fazer isso.

Hana correu os olhos por sua pele nua. O mapa da Horishi só se revelava quando tocado pela chuva, então ela não tinha como saber se já era tarde demais.

— Eu quero fazer isso, Hana — afirmou Keishin, e se levantou.

— Ele consentiu. — A Horishi abaixou o *nomi* com a ponta suja de tinta azul. — Não pode mais voltar atrás.

— Mas eu posso.

Hana pegou as roupas dele do chão e derrubou a tigela de água prateada da mesa. Uma poça se formou aos pés de Keishin. Ela o empurrou para dentro da água e pulou atrás dele.

Hana emergiu do espelho de água no quintal de sua casa e se deparou com Keishin parado à sua frente.

— Por que você fez isso, Hana? — perguntou ele, com a voz embargada. — Por que você a impediu? A Horishi teria dito onde sua mãe está.

Hana desviou os olhos de seu corpo nu. Keishin havia se despido de mais do que apenas roupas. O sacrifício que ele estava prestes a fazer por ela desnudava sua alma. Ela não precisava dos óculos do pai nem da mãe para ver seu brilho. Ela lhe estendeu a pilha de roupas amassadas.

— Vista isso e vá embora.

A voz dela estava tão trêmula quanto suas mãos. Nunca falara algo com tanta convicção. Ou com tão pouca. Ela queria que Keishin ficasse tanto quanto precisava que ele fosse embora. Mesmo invisíveis naquele momento, ela sabia de cor todos os detalhes do mapa tatuados em sua pele. E Keishin não estava nele.

— Hana…

— Vai para casa, Kei. — Ela deixou as roupas dele caírem no chão. — Enquanto você pode.

目は口ほどに物を言い

PARTE II

Os olhos falam tanto quanto a boca.

CAPÍTULO DEZESSEIS

Pagamento

Keishin parou diante da porta da casa de penhores, com a mão na maçaneta de latão. Que ironia, pensou ele, o único arrependimento que ele ia querer penhorar ser o momento em que voltasse ao seu mundo e fechasse a porta atrás de si. Ele olhou por cima do ombro para Hana.

— Por que você impediu a Horishi?

— O preço era alto demais.

— Eu estava disposto a pagar. — Ele soltou a maçaneta e se virou para ela. — Não cabia a você decidir por mim. A escolha era minha.

— E teria sido a última escolha real da sua vida. Você acha que a Horishi ia te dar o seu futuro de mão beijada? Todo mundo que tem o seu destino desenhado na pele paga o mesmo preço. A liberdade. Saber o seu futuro teria tirado de você todas as suas escolhas, todas as chances que você poderia ter de virar à esquerda em vez de à direita. Você ia perder a capacidade de sonhar e de ter esperança, de torcer por um final diferente do que está escrito. Esse é o preço que você estaria disposto a pagar para ajudar uma estranha?

— Ir embora seria muito mais simples para mim se isso fosse verdade. Mas você não é mais uma estranha.

— Você nem me conhece.

— Conheço o suficiente. Eu sei como é quando um pai desaparece do nada e deixa você só com perguntas e dor. Minha mãe abandonou a gente quando eu era pequeno. Nós fomos embora do Japão por causa disso. Respirar o mesmo ar que ela era como respirar cacos de vidro.

— Eu sinto muito... — disse Hana. — Mas é diferente. Meu pai não me abandonou.

— Ah, não? É justamente por causa dessa dúvida te corroendo por dentro que você está tão desesperada para encontrá-lo. Você quer provar que está errada. Quer encontrar o seu pai e ouvir que tudo não passa de um mal-entendido. Eu não vejo a minha mãe desde a última vez em que ela me deu um beijo de boa-noite, me colocou para dormir e depois abandonou a gente. E, mesmo assim, hoje cedo eu me peguei caminhando por Tóquio, na esperança de esbarrar com ela e finalmente poder perguntar por que ela não me amava a ponto de ficar.

— Eu... — As lágrimas transpareceram na voz de Hana. — Desculpe. Eu não sabia.

— Eu quero que você esteja certa, Hana. Quero que você encontre o seu pai e não passe a vida inteira procurando por respostas que nunca vai ter.

Hana balançou a cabeça.

— Vai embora. Só se esqueça de tudo isso.

— *Como?*

— Com o tempo, você vai conseguir viver a sua vida, igual todos os nossos clientes fazem. Tudo que você viu e ouviu aqui vai parecer um sonho. Eu nunca devia ter deixado você vir comigo.

— Você não me obrigou a nada.

— Eu me aproveitei da sua curiosidade e gentileza. Eu sei ler as pessoas. Passei a vida toda treinando para isso. Eu te ofereci o estranho e o impossível, porque sabia que você não ia resistir a tentar descobrir se o que eu estava dizendo era verdade.

— Nós dois sabemos que não foi isso que aconteceu. Nós tiramos na sorte.

— Será mesmo?

— O que você quer dizer?

Hana ergueu o braço e abriu os dedos. A moeda de Keishin estava na palma de sua mão.

— Mesmo não querendo admitir, eu precisava da sua ajuda.

Keishin olhou para a moeda.

— Você trapaceou no cara ou coroa?

— Eu fiz o meu trabalho. Indução e manipulação. É o que os penhoristas fazem para ganhar em todas as negociações.

— Mas para que jogar a moeda então? Eu falei que queria ajudar. Era só aceitar.

— O destino, nem que seja só a percepção dele, sela os negócios melhor do que qualquer palavra.

— Por que está me contando tudo isso agora?

— Porque eu cometi um erro. Fui egoísta e imprudente. Eu errei.

— E é assim que você está resolvendo as coisas? Pedindo que eu vá embora? Porque está se sentindo culpada por ter me mostrado um mundo que eu nunca imaginei que existisse? Se for assim, então, me desculpe, mas você não lê as pessoas tão bem quanto imagina. Você não apelou para a minha curiosidade, nem para a minha gentileza, Hana. Você apelou para a minha ganância. — Keishin gesticulou para a casa de penhores à sua volta. — Este lugar... o seu mundo... é o que eu tenho procurado a minha vida inteira.

— Outro mistério para resolver?

— Não. *Mais* do que um mistério. Algo além do que já é conhecido, que está fora do nosso alcance. A flor no espelho. A lua no espelho de água. Eu achei que a ciência e as estrelas iam me ajudar a encontrar isso, mas, todo esse tempo, estava aqui, atrás desta porta. Se você acha mesmo que errou comigo, então conserte as coisas do jeito *certo*. — Keishin foi até Hana. — Me pague. Se você não vai aceitar a minha ajuda, porque acha que ela vem de uma empatia inapropriada, então me pague. Pague para eu ficar, pelo menos até descobrirmos o que aconteceu com os seus pais.

— Quando você for embora, não vai se lembrar de nada disso. Nada disso vai importar.

— Mas, enquanto eu estiver aqui, vou lembrar. Pela primeira vez na vida, não vou ter que girar uma moeda na beirada do terraço para a minha mente se ancorar no que está bem na minha frente. Não tire isso de mim. Pelo menos não por enquanto.

— Mesmo se você ficar, não sabemos mais o que fazer. Estamos num beco sem saída.

— Ótimo.

— Quê?

— Porque quem não se depara com becos sem saída não abre novos caminhos. Todas as descobertas científicas importantes da história aconteceram porque alguém esteve num beco sem saída e resolveu seguir em frente.

Hana balançou a cabeça.

— Isto não é um experimento.

— Mas não deixa de ser um quebra-cabeça. Vai ver não estamos achando as respostas, porque não estamos fazendo as perguntas certas.

— E que pergunta falta fazer? Onde meu pai está? Por que ele fez isso? Ele podia ter me contado dos planos dele. Qualquer coisa. Mas ele só... — Ela interrompeu o próprio raciocínio.

— Hana?

— Meu pai... ele...

Keishin ficou olhando para Hana, observando o turbilhão de pensamentos passando na cabeça dela, como carros passando acelerados numa rodovia, só que muito mais velozes. Ela franziu a testa, organizando as ideias. Keishin prendeu a respiração, sabendo que o resto da sua vida dependia inteiramente do que ela iria dizer a seguir.

— O que o seu pai fez?

— Ele me deu uma caixa de chá.

CAPÍTULO DEZESSETE

O presente

A caixa de chá estava na mesa de cabeceira de Hana, esperando que alguém a notasse. Seu embrulho era a seda que Hana havia pintado na semana anterior. Embora distorcido por nós e dobras, Hana reconheceu o desenho. Um nenúfar decorava o pano, flutuando nas margens de um lago parado. Hana desembrulhou a seda e a deixou cair na mesa.

— O que tem de tão especial nesse chá? — perguntou Keishin.

— Absolutamente nada — respondeu Hana. Ela não pediu a Keishin que ficasse. Mas também não o empurrou porta afora. Ela notou que respirava com mais calma ao lado dele, como se a sua voz tornasse o ar mais fácil de inspirar. — É o mesmo chá que damos para os clientes em troca das escolhas deles. Achei que o meu pai não tivesse tido tempo nem criatividade para escolher outro presente. Agora acho que pode ter sido por outro motivo. Quando ele me deu o chá, disse que ia ter um gosto diferente hoje, porque era o meu primeiro dia como dona da casa de penhores. Ele disse que as coisas iam mudar mesmo se estivessem parecendo iguais. O chá pode ser outra pista.

Hana serviu o chá em um bowl quebrado e restaurado com ouro. Ele tinha a mesma cor e cheiro de sempre, torrado e levemente adocicado. Ela inspirou o vapor perfumado, se enchendo de dúvidas. Parecia tolice imaginar que o pai tivesse deixado uma mensagem para ela no chá, sendo que, a cada segundo que se passava, ficava mais óbvio que ele não queria ser encontrado. Ela serviu outro bowl.

— Se estiver certa e isso for uma pista, então a mensagem deve ser destinada só a você — comentou Keishin. — Eu posso esperar na loja, enquanto você toma o chá.

— Pode ficar.

— Tem certeza?

— Acho que não tenho certeza de mais nada — disse ela, entregando o chá dele.

— Vai por mim, eu sei bem o que você está sentindo.

— Vamos fazer um brinde a isso.

— A quê?

— À incerteza. — Até aquele dia, essa era uma palavra que inexistia para Hana. Ela deixava um gosto metálico em sua língua. — A única coisa que podemos compartilhar.

Keishin ergueu os olhos do bowl rachado.

— Ah, é?

— O que mais duas pessoas de mundos diferentes podem compartilhar? Um passeio na chuva? Viajar pelo espelho de água? Um bule de chá?

Keishin estendeu a braço sobre a mesa e pousou a mão sobre a de Hana.

— Uma mão para segurar.

— O chá está esfriando.

Hana recolheu o braço e levou o bowl aos lábios, torcendo para que o chá lavasse a verdade que a mão de Keishin deixara em sua pele. O calor era o mesmo, não importa de que lado da porta você viesse. A bondade também. A voz do pai em sua cabeça a lembrou de que ela não podia se permitir conhecer nenhuma das duas coisas. Mesmo do outro lado das paredes, as regras da casa de penhores continuavam valendo. Empatia era ruim para os negócios.

O chá tinha o mesmo gosto de sempre. Hana sentiu um nó na garganta. Outro beco sem saída. E, então, veio o sabor. Uma doçura intensa e esquecida surgiu como uma onda no fundo da língua. O gosto transportou Hana a uma sala bem iluminada, à mesa, diante de um rosto sorridente e cheio de rugas. Ela arfou profundamente.

— *Sobo?*

"Hana?" Keishin a chamou ao longe. "Está tudo bem?"

Hana o ignorou, olhando fixamente para a avó. A senhora sentada à sua frente, tomando chá numa xícara de barro esmaltado. Ela sorriu para Hana, aparentemente nem um pouco incomodada com a aparição repentina em sua própria casa.

— A senhora sabe onde a minha mãe está, *sobo*? — perguntou Hana.

— Coma mais um pouquinho, Hana, por favor. Você está muito magrinha — disse a avó, lhe oferecendo um prato de bolinhos de *mochi* e pasta de feijão-vermelho.

— A senhora ouviu o que eu falei, *sobo*? — disse Hana, segurando a beirada da mesa.

— Como o tempo passa rápido... — comentou a avó. — Nem acredito que você já está com dez anos. Está a cara da sua mãe quando tinha essa idade.

— Dez anos? — Hana franziu o cenho. — *Sobo*, por favor, me escute. Eu... — O chão tremeu, sacudindo a louça na mesa. A avó sorriu para ela e deu um gole no chá, alheia ao tremor. Hana pulou da cadeira e agarrou a mão da avó. Seus dedos se fecharam no ar. — Não!

— Hana! — exclamou Keishin bem alto em seu ouvido.

Hana abriu os olhos e se deparou com Keishin a sacudindo pelos ombros e o bowl de chá dela quebrado aos seus pés.

— Você está bem? — Keishin apertou seus ombros.

Hana hesitou por um instante.

— O que aconteceu?

— Você entrou num transe. Passou quase meia hora sem se mexer, nem falar nada.

— Quê? Pra mim, se passaram apenas alguns minutos.

— O que você viu?

— Acho que foi uma lembrança.

— Do quê?

— Da primeira vez que tomei este chá. Eu estava errada, Kei. Não é o chá que o meu pai dá para os nossos clientes. É o que a minha avó toma. Acho que a memória do chá significa que eu preciso ver a minha avó.

— Você não precisa fazer isso sozinha, Hana. Você mesma falou, nada disso vai importar quando eu voltar para o meu mundo. Quando tudo isso acabar, eu vou esquecer tudo sobre este lugar. Que mal tem me deixar ficar e ajudar um pouco mais?

Hana fitou o mapa invisível em seus braços. Os momentos que ela passava com Keishin não tinham sido delineados e a afastavam ainda mais do seu destino. Sua mãe era um lembrete constante do que os Shiikuin faziam com as pessoas que se desviavam.

— Você não está no meu caminho.

— É óbvio que estou — insistiu Keishin. — Eu sou um cliente seu. Você me disse que todo mundo que entra pela sua porta é um cliente, então isso significa que eu não posso ir embora. Não até concluirmos o nosso negócio. Você não está quebrando nenhuma regra, Hana. Me deixar ficar é seguir as regras.

Hana não tinha como argumentar contra a verdade. Ela balançou a cabeça e pousou as mãos no colo, com um suspiro.

— A casa de chá da minha avó. É para lá que temos que ir. Mas temos que esperar dar meia-noite.

— Por quê?

— Porque é a única hora do dia em que a casa de chá dela existe.

CAPÍTULO DEZOITO

A verdade bem contada

Olhando por cima, a casa de penhores parecia quase imaculada. O único detalhe que sugeria a desordem de antes eram os vidros faltando em algumas portas de armário. Hana e Keishin tinham passado o dia arrumando tudo. Eles trabalharam sem trocar quase nenhuma palavra, e, quando o faziam, em geral era para Keishin perguntar a Hana onde colocar uma coisa, e Hana respondia do jeito mais breve possível. Ela achou mais seguro assim. Falar inevitavelmente levava a dizer a verdade, e havia segredos que ela precisava guardar com cuidado.

Keishin enxugou o suor da testa com as costas da mão, deixando uma mancha de poeira na têmpora esquerda.

— Acho que acabamos.

— Você esqueceu um lugar — disse Hana.

— Esqueci? — Keishin examinou a sala. — Onde?

Hana esfregou a mancha em seu rosto com o pano limpo.

— Pronto. Agora acabou.

— Obrigado — disse Keishin, corando. — E agora? Ainda faltam algumas horas até meia-noite.

— Vamos jantar. Acabei de perceber que não comemos nada o dia inteiro. Você deve estar morrendo de fome. Me desculpe.

— Eu nem percebi — comentou Keishin, e então sua barriga roncou.

— Mas a sua barriga...

Hana foi interrompida por uma batida forte. Ela olhou para a porta dos fundos e fez um sinal para Keishin ficar em silêncio.

A batida soou mais alta.

— Suba — sussurrou Hana. — Rápido.

Keishin subiu a escada tomando cuidado para não fazer barulho. Um degrau rangeu. Ele olhou para Hana, engolindo em seco.

Hana sussurrou um apelo:

— *Se esconda.*

Keishin desapareceu no corredor.

Hana foi até os fundos, com o coração batendo mais alto que as pancadas que reverberavam pelo ambiente. Respirou fundo para se acalmar e abriu a porta. Uma sombra recaiu sobre ela.

Uma figura esguia de quimono branco surgiu na soleira da porta. Tinha o rosto coberto por uma máscara *nō*, esculpida em cipreste e pintada com o mesmo tom da lua. As fendas para os olhos eram pequenas, revelando apenas duas poças pretas e infinitas.

— Shiikuin-san. — Hana curvou-se em uma reverência solene. — Não esperava que viessem tão cedo. A lua nova ainda não está no céu.

— Não viemos recolher os pássaros.

Um coro de pelo menos dez vozes sem emoção, antigas e jovens, saiu da boca do Shiikuin. A última palavra foi dita por uma criança, mas com a mesma seriedade que a mais velha voz do coro.

Hana assentiu.

— Por favor, entre.

O Shiikuin entrou, deslizando sobre as tábuas do assoalho como se estivesse pairando no ar.

— Aceita um chá? — perguntou Hana.

O Shiikuin inclinou a cabeça de leve, deixando a luz incidir nas curvas e nos ângulos da máscara. As sombras transformaram o rosto de madeira, mudando sua expressão até ela parar na ilusão de um sorriso sombrio e sem alegria.

— Viemos lhe fazer uma pergunta.

— Será um prazer fornecer qualquer coisa que desejem saber.

Os lábios pintados da máscara se franziram em uma linha fina.

— Onde está o seu pai?

Hana sentiu um calafrio.

— E se você mentir... — O Shiikuin esticou o braço, uma fusão fétida de ferro e podridão. Ele abriu a mão, revelando garras pretas onde deveria haver dedos. — Nós vamos saber.

Hana assentiu, sem conseguir confiar na própria voz. Ela pousou devagar o pulso na mão do Shiikuin, fazendo de tudo para não tremer.

— Ishikawa Hana. — As garras do Shiikuin se fecharam ao redor de seu braço, se afundando em uma veia e em sua pulsação. — Diga-nos onde está o seu pai.

— Ele não está aqui.

— Nós sentimos a ausência dele.

O Shiikuin enfiou a garra preta mais fundo no pulso de Hana, e uma gota de sangue escorreu de seu braço.

Hana cerrou a mandíbula, ignorando a dor.

— Para onde ele foi? — perguntou o coro de vozes.

— Eu não sei.

O Shiikuin se aproximou, fitando Hana com os olhos vazios de sua máscara.

— Diga-nos onde ele está.

— A última vez que o vi foi ontem à noite, antes de me deitar. — Um suor frio escorreu pela sua nuca. — Quando acordei, ele tinha sumido. Eu não sei onde ele está. Eu juro.

O Shiikuin apertou mais forte, tirando mais sangue.

— Diga-nos o que você sabe.

Ela respirou fundo e soltou o ar devagar por entre os dentes.

— Hoje de manhã, eu me deparei com a casa de penhores saqueada e um pássaro faltando no cofre. Meu pai também sumiu. Parece que o ladrão fugiu para o mundo do outro lado da porta e meu pai foi atrás dele. Ele ainda não voltou.

— Ishikawa Hana.

O Shiikuin chegou com a máscara bem perto do rosto de Hana. Ele torceu seu pulso, fazendo um corte mais fundo em sua pele. As sombras transformaram o sorriso do Shiikuin num riso de escárnio.

— Pois não, Shiikuin-san? — disse ela, vendo o sangue pingar em seu pé.

O Shiikuin a soltou.

— Você disse a verdade.

Hana apertou o braço junto do peito. Sua mão tremia junto às batidas aceleradas de seu coração.

— Obrigada, Shiikuin-san.

— Em dois dias, nós viremos coletar os pássaros.

Hana curvou-se em uma reverência.

— Sim, Shiikuin-san.

— *Todos* os pássaros.

Hana empalideceu.

— Mas...

O Shiikuin ergueu o queixo de Hana com a garra preta, arranhando sua pele.

— Você tem os olhos da sua mãe. Vai ser mais difícil ler a expressão dos seus clientes e examinar suas escolhas sem eles. Daqui a dois dias, é lua nova.

CAPÍTULO DEZENOVE

A casa de chá da meia-noite

Keishin ficou ouvindo a conversa entre a criatura mascarada e Hana do topo da escada. O coro de vozes que saía do Shiikuin era aterrorizante. Ele se agachou, mantendo-se fora do campo de visão deles e segurando a faca de cozinha com a mão direita. Nunca tinha esfaqueado ninguém, mas aquele era um dia de primeiras vezes.

Quando o Shiikuin exigiu que Hana dissesse a verdade sobre o que havia acontecido com o pai dela, ele apertou a faca com mais força. Mas, à medida que Hana foi respondendo com calma, Keishin se viu afrouxando o cabo, entendendo então a artimanha do pai dela. Ele saqueara a casa de penhores e encenara um roubo para que Hana tivesse uma história para contar. Ele criara uma mentira para que ela não tivesse que mentir.

— Pode descer agora — disse Hana enquanto olhava para a porta, com os braços ao redor do corpo.

Keishin desceu às pressas, soltando a faca. Ele a puxou num abraço.

— Você está bem?

— Não — respondeu ela, desmoronando em seu peito.

— Aquela criatura… — Ele a apertou mais forte. — Era um Shiikuin?

— Um de muitos. Eles querem a escolha que sumiu.

— Eu ouvi essa parte. E a ameaça deles.

— Aquilo não foi uma ameaça. — Hana se desvencilhou de seu abraço. — Foi uma promessa.

— Então nós temos que encontrar essa escolha. Rápido. Seu pai deve ter levado com ele. Se acharmos o seu pai, achamos a escolha. — Keishin viu que horas eram. — É quase meia-noite. Em breve nós teremos algumas respostas.

— *Nós*? Você ainda quer fazer isso? Mesmo depois de ver os Shiikuin?

— Daqui a dois dias essa coisa vai voltar. Eu não vou te abandonar agora.

— Kei... preciso te contar uma coisa.

— Hana, não tem nada que você possa dizer que vai me fazer mudar de ideia — disse Keishin, fitando-a com um sorriso que esperava ser convincente. — Além do mais, estou começando a me acostumar a pular em poças.

— Não é uma poça que vai nos levar até a casa de chá da minha avó.

— Então como chegamos lá?

— Nós temos que nos deitar juntos.

Eles deitaram lado a lado na cama de futon de Hana, os corpos próximos o bastante para sentirem o calor um do outro. Keishin ficou olhando para o teto, tentando pensar na aula mais chata que conseguia se lembrar. Ele se imaginou na escola, no fundo da sala, na aula de história, inventando problemas de matemática na cabeça para continuar com os olhos abertos. Não que ele não achasse a Renascença interessante, mas o Sr. Whitecotton achava que dar aula era ficar lendo o livro didático até o sinal tocar. Mas nem a lembrança da ladainha anasalada de seu ex-professor faria suas pálpebras se fecharem naquela noite. As vozes dos Shiikuin encobriram a aula sobre a Era de Ouro da rainha Elizabeth, afastando o sono. Keishin sentou e soltou um suspiro.

— Isso é impossível. Eu não consigo dormir.

— Deita. — Hana o puxou de volta com delicadeza para perto dela. — E tenta não pensar em nada. O sono vai vir.

Keishin deitou a cabeça no travesseiro e expirou.

— Tem certeza de que não dá só pra mergulhar num lago ou numa poça?

— Eu nunca conheci ninguém como você. — Hana se virou para olhar para ele. — Você é diferente de todo mundo que já entrou pela porta da loja.

Uma mecha de cabelo grisalho encobriu os olhos de Keishin. Hana passou os dedos pelo cabelo dele, afastando-a do seu rosto. Keishin se enrijeceu e respirou com força. Hana encontrou seu olhar assustado. Um sorriso estreitou os olhos dele e suavizou seu olhar. Keishin pegou a mão dela e a apertou de leve contra o seu rosto.

— Diferente como? — sussurrou ele, roçando a palma da mão dela com o canto dos lábios.

— Eu... humm... desculpa. — Hana olhou para ele e hesitou, recolhendo a mão. — O que você disse?

Uma covinha surgiu na bochecha de Keishin.

— Como que eu sou diferente dos seus outros clientes?

Hana corou. Ela nem se deu ao trabalho de disfarçar o rubor.

— Todos os nossos clientes, mesmo sem se dar conta, vêm em busca de ajuda. Você é o primeiro a oferecer ajuda. Você mergulha no desconhecido sem pensar duas vezes e não hesita em acreditar em mim quando digo que precisamos encontrar a minha avó num sonho. Você é um bom homem, Kei. — Ela entrelaçou os dedos sobre a barriga. — Talvez, bom até demais.

— Não sabia que querer fazer a coisa certa era uma falha de caráter — disse Keishin, apoiando-se no cotovelo.

— Não é uma falha. É uma fraqueza. Fica mais fácil para as pessoas machucarem você.

— Eu sou responsável apenas pelas minhas motivações e atitudes. Como as pessoas respondem a isso é problema delas.

— Acaba sendo um problema seu quando elas te fazem sofrer. Eu já vi lágrimas o suficiente na casa de penhores para saber que isso é verdade tanto no seu mundo quanto no meu.

— E essas lágrimas incluem também as suas?

Ela se virou de costas para ele.

— É melhor a gente tentar dormir.

— Hana...

— É quase meia-noite.

Keishin se deitou.

— Você por acaso não tem um frasco do remédio para dormir do seu pai sobrando, tem?

— Feche os olhos e escute a minha voz. Vou contar uma história.

— Uma história para dormir? Está falando sério?

— Confie em mim.

Keishin fechou os olhos.

— Está bem.

— Há muito tempo, havia um pescador chamado Urashima Taro. Ele estava pescando e viu umas crianças torturando uma tartaruga. Taro salvou a tartaruga e a soltou no mar. No dia seguinte, uma velha tartaruga veio até ele e disse que a tartaruga que ele tinha salvado era filha de Ryūjin, o Imperador do Mar. Ryūjin tinha pedido a ela que convidasse Taro para o seu reino, para lhe agradecer. A tartaruga deu guelras a Taro e o levou até o palácio aquático de Ryūjin. No palácio, ele conheceu Ryūjin e a sua filha, Otohime, que tinha se transformado numa linda princesa.

A voz de Hana acalmou Keishin como uma canção de ninar, aninhando-o e embalando-o. Ele foi seguindo as suas palavras como se fossem migalhas de pão na floresta, cada uma delas o levando para mais perto de um sonho do mar.

— Taro ficou três dias com Otohime, mas começou a sentir saudade da mãe idosa. Muito triste, Otohime o deixou ir, mas, antes que Taro partisse, ela lhe deu de presente uma caixa misteriosa que iria protegê-lo, contanto que ele não a abrisse. A velha tartaruga levou Taro de volta para o litoral da sua vila.

Keishin tentou ficar acordado com muito custo, dividido entre a exaustão e a curiosidade. Hana se virou de lado e descansou a cabeça no peito dele. Keishin a abraçou, já sem saber se estava sonhando ou ainda acordado.

— Segure em mim — sussurrou Hana sobre o coração dele. — Eu guio você pelo sonho.

Keishin assentiu, já meio adormecido.

— O que aconteceu com Taro?

— Quando chegou na vila, ele descobriu que tudo tinha mudado. Tinham se passado trezentos anos. Todas as pessoas que ele conhecia tinham morrido. Atormentado, ele abriu a caixa de Otohime...

Hana ficou observando Keishin dormir. Logo, ela se juntaria a ele, mas por enquanto ela o deixou sonhar. De certa forma, ela sentiu como se tivesse ido na frente e já estivesse sonhando. Keishin era o estranho em seu mundo, e, no entanto, desde que ele chegara, nada mais à sua volta parecia o mesmo. Seu quarto. Sua cama. Até sua própria pele. Bastava o mais breve olhar, e sua pele se arrepiava da cabeça aos pés, exatamente como quando ela subia na árvore mais alta numa das trilhas que gostava de explorar quando criança. Seu pai lhe dissera que não fizesse aquilo, mas ela subia assim mesmo, cada vez mais alto, longe do eco das regras dele, acima dos muros de tudo que lhe disseram que ela podia ou não fazer. Olhando o mundo lá do alto do galho trêmulo, Hana não sabia dizer se o arrepio de hoje a fazia se sentir viva ou aterrorizada. O vento balançou a árvore, transformando a copa abaixo de si num borrão de verde e cinza. Hana ergueu o rosto em tempo de ver o céu fechar. Ela se agarrou ao galho trêmulo.

A chuva gélida fustigou seus punhos, despertando os grous de origami brilhosos tatuados em sua pele. O bando voou pelas costas da sua mão, alheio aos golpes molhados. Hana invejou suas asas. Ela afrouxou os dedos no galho e cogitou se soltar para saber como era voar, nem que fosse só pela fração de tempo que teria antes de se arrebentar nas pedras lá embaixo.

Enrolada no futon ao lado de Keishin, com o rosto próximo o suficiente para sentir o calor da respiração dele em seus lábios, Hana pendia de uma árvore que se elevava sobre tudo que ela conhecia. De longe, o mundo lá embaixo era minúsculo, e ela estava livre de suas garras. Ainda assim, ela não tinha asas. Ela aninhou a bochecha no peito de Keishin, fechou os olhos e se perguntou se entregar-se a ele doeria tanto quanto cair no chão e estilhaçar todos os ossos.

Keishin sentiu o cascalho em sua orelha. Abriu os olhos, sentou-se e olhou em volta. À sua frente, havia uma ponte em arco. Uma longa fila de pessoas com roupas brancas de dormir andava sem pressa da estrada de cascalho até a ponte.

— Essa é a Ponte da Meia-Noite. Ele liga a noite e a manhã — explicou Hana, levantando-se e espanando a poeira e o cascalho das roupas. — As pessoas atravessam a ponte quando estão sonhando. A casa de chá da minha avó fica do outro lado da rua.

— Onde?

Keishin esticou o pescoço para ver por cima da fila de pessoas a caminho da ponte. Uma árvore grande e imponente num jardim do outro lado da rua o fez pensar nas árvores de bordo da universidade onde tinha estudado.

— Ali, a casa de chá da *sobo*.

— A árvore?

— Ela se chama *kito*. Significa "calma", o que eu acho um nome perfeito. A casa de chá da minha avó é um refúgio para quem tem pesadelos.

— Pesadelos? — Keishin olhou para as pessoas alinhadas e notou que estavam de olhos fechados. — Estão todos dormindo...

— Sim. E nós também. A diferença é que sabemos que estamos sonhando. Minha avó me ensinou o caminho da casa de chá quando eu era pequena. Você vira à esquerda quando dorme e depois à direita no fim do segundo sonho.

Keishin ficou olhando a respiração de Hana se transformar em névoa no ar noturno. No meio do sonho, diante de uma ponte que levava ao amanhecer, saber que ao menos algumas leis da ciência ainda se aplicavam o consolava. A maioria das pessoas se engana ao achar que só dá para ver a própria respiração quando está frio. A umidade, no entanto, é tão importante quanto o frio para condensar a respiração.

— Ponto de orvalho — murmurou ele, distraído, como uma oração que soubesse de cor.

— Oi?

— Eu... humm... estava só falando que ainda bem que não acordamos no rio.

— É. Eu já vi o que acontece quando alguém cai. — Hana fitou a água corrente. — Numa das minhas visitas à minha avó, eu vi um Shiikuin perseguindo um comerciante do Mercado Noturno nesta estrada. Ficou todo mundo imóvel na estrada e na ponte. Só o comerciante corria. O Shiikuin ia devagar e, às vezes, parava no meio do caminho e não se movia mais.

— O Shiikuin não estava perseguindo o comerciante?

— Estava, mas o tempo passa diferente para os Shiikuin. Meu pai disse que, enquanto para nós parece que estão parados, eles podem estar correndo no tempo, vivendo várias vidas em um piscar de olhos. Eles nunca correm, porque sabem que não precisam. Não existe nenhum lugar onde possamos nos esconder deles. Eles sempre vão acabar nos pegando.

— Por que o Shiikuin estava perseguindo o comerciante?

— Pelo mesmo e único motivo que eles perseguem todos deste mundo. O comerciante falhou no seu dever. Dormiu enquanto cuidava da sua barraquinha. Nunca vou esquecer o pavor no rosto dele. O Shiikuin acenou com a cabeça para as pessoas na ponte, e elas começaram a se mover como marionetes. Elas agarraram o vendedor, rasgando as suas roupas e a sua pele. Ele gritou e empurrou todas aquelas pessoas, mas era muita gente. Elas bloquearam a saída da ponte para ele não chegar até a manhã, e ele pulou no rio, preferindo se afogar a ser pego.

Keishin observou a água agitada carregando a árvore caída.

— Ainda bem que era só um sonho.

— O comerciante estava sonhando, mas o Shiikuin era real. O comerciante nunca mais acordou. Quem cai no rio nunca chega ao dia seguinte.

Keishin fitou o rio e engoliu em seco.

— Melhor ficarmos bem longe então.

— Infelizmente, o único caminho para voltar é cruzando a ponte.

Entre a estrada de cascalho e a grande árvore *kito*, havia um *roji* bem-cuidado, formando uma fronteira de musgo. Assim que pisou no jardim da casa de chá, Keishin sentiu uma mudança no ar. A brisa suave que pairava sobre a paisagem serena de arbustos podados e perenes lhe pareceu solene e doce, um sinal silencioso de que o primeiro passo de uma cerimônia do chá havia começado. Cada pedra no caminho o afastava mais e mais do mundano.

— O *tsukubai* é para nos purificarmos antes de entrar na casa de chá.

Hana parou junto a uma pia de pedra cercada por outras pedras arrumadas com prumo. Ela pegou uma concha de bambu e começou a lavar as mãos e a enxaguar a boca.

Keishin a copiou. Um tilintar agradável ecoou do chão ao lado da pia, como a música de uma cítara.

— Ouviu isso?

— É o *suikinkutsu*. Eu ajudei a minha avó a fazer. Nós abrimos um buraco num vaso de barro e o enterramos de cabeça para baixo. Quando a água escorre pelo buraco, ela cai numa pocinha de água e faz o vaso cantar.

Keishin não costumava se lembrar de seus sonhos, mas esperava se lembrar da música do *suikinkutsu* quando acordasse.

— É mágico.

— Não tem nada de mágico em um vaso enterrado. — Hana caminhou até o portão de treliça de bambu ao lado de uma cerca viva de *tsuga*. — Não se apaixone assim tão depressa pelas coisas deste mundo, Kei. Você vai ver que muita coisa aqui não é o que parece ser.

— Uma melodia bonita sempre vai ser uma melodia bonita. — Keishin deixou seus olhos se demorarem no rosto dela. — Não importa de que mundo seja.

O portão se abriu, convidando-os ao jardim interno da casa de chá. Hana entrou sem olhar para trás. Keishin a seguiu e se deparou com uma cena mais íntima e rústica. Os arbustos cresciam naturalmente à sombra da *kito*. Keishin fitou a copa densa e extensa da árvore. Mesmo ao luar, suas folhas pareciam estar pegando fogo. Ele passou a mão no tronco da árvore e a sentiu pulsar como um coração.

— Ainda não entendo como a casa de chá da sua avó pode estar dentro desta árvore.

— Ela cresceu dentro da árvore quando ainda era uma semente — disse Hana.

— Uma semente? — perguntou Keishin, sua mente a mil com tantas possibilidades. — Será que a sua avó tem sementes sobrando para eu levar algumas comigo? Isso poderia resolver... — Ele torceu o nariz, se arrependendo de ter dito aquilo. — Foi mal. Esqueça o que eu falei. Essa mania feia minha...

— Podemos perguntar, mas não sei se elas crescem bem na terra. A mente é mil vezes mais fértil do que qualquer tipo de solo.

— Faz sentido.

Keishin riu. Relâmpagos cruzaram o céu noturno. O vento soprava, trazendo consigo o cheiro da chuva. Mesmo em um sonho, Keishin não conseguia se safar do tempo ruim.

— É melhor a gente entrar — constatou Hana, e bateu com os nós dos dedos no tronco da árvore.

Um galho comprido na lateral da árvore se mexeu e, com gravetos que pareciam dedos, puxou um sulco no tronco. Ele abriu a casca como uma porta. Outro galho deu um tapinha no ombro de Keishin, que teve um sobressalto e se virou para trás. O galho empurrou de leve seu peito.

Hana tentou reprimir uma risadinha.

— É pra você entrar.

O galho continuou cutucando Keishin.

— Já vou. Já vou — disse ele, tirando os sapatos.

Ele os deixou numa pedra plana perto da entrada da árvore.

— Kei, espera um pouco.

— O que foi?

— Acho que é melhor não falar nada para a minha avó sobre a minha mãe estar viva. Não temos nenhuma prova concreta, e ela pode ficar nervosa.

— Está bem.

Mesmo sem janelas, a casa de chá vazia era iluminada pelo brilho acolhedor dos vaga-lumes, que voavam pelo teto alto da loja. Um céu de estrelas dançantes. Uma senhora com um quimono simples ergueu os olhos do balcão de madeira que crescia do chão coberto de musgo. Atrás dela, prateleiras nodosas exibiam diversos tipos de chá em potes de barro.

— Hana? — disse Asami, abrindo um sorriso que fez o canto de seus olhos se franzirem.

— *Sobo.*

Hana correu até a avó e lhe deu um abraço apertado. Asami a abraçou também.

— Que surpresa boa! Por que não me disse que vinha? — Ela olhou para Keishin. — E quem é o seu amigo?

Keishin hesitou, sem saber como Asami iria reagir à sua presença.

Hana olhou de relance para ele, incentivando-o a responder.

— Hum... Meu nome é Minatozaki Keishin — apresentou-se Keishin, curvando-se numa reverência.

— Eu achava que conhecia todos os amigos de Hana — comentou Asami, avaliando-o.

— Keishin... — começou Hana, desvencilhando-se dos braços da avó. — Keishin não é daqui.

Ele prendeu a respiração.

— Não é daqui? — perguntou Asami, franzindo a testa.

— Ele é do outro mundo.

Asami levou a mão à boca.

— O que você fez, Hana? Por que o trouxe aqui?

— Keishin está me ajudando a encontrar o meu pai.

As veias do pescoço de Asami pareceram saltar.

— Seu pai? Por quê? O que aconteceu?

— Eu acordei hoje, e a casa de penhores tinha sido saqueada, e o *Otou-san*... tinha sumido.

A cor nos lábios de Asami se esvaiu.

— Foram os Shiikuin?

— Não. — Hana segurou as mãos da avó. — Eles também estão procurando por ele. Por isso que eu tenho que achar meu pai primeiro. Ele deixou algumas pistas, e elas nos trouxeram até aqui.

— A nossa esperança era de que a senhora pudesse ter respostas — disse Keishin.

Asami o ignorou e olhou fixamente para Hana.

— Isso tem a ver com a sua mãe, não tem? Há duas luas, o seu pai me fez uma visita muito estranha. Ele falou coisas muito esquisitas sobre ela. Pensei que podia ser excesso de trabalho ou de álcool. Falei para ele voltar pra casa e descansar.

— O que ele falou? — perguntou Hana.

— Uns disparates. — Asami balançou a cabeça. — Não tenho nem coragem de repetir.

Hana apertou as mãos da avó com mais força.

— Mas pode nos ajudar a encontrar o meu pai.

Keishin mordeu o lábio, resistindo à vontade de argumentar em favor de Hana. Era evidente que Asami não o queria ali.

— Esqueça tudo isso. Vá pra casa, Hana.

— Não posso. A senhora sabe o que os Shiikuin vão fazer com ele se o encontrarem primeiro. A senhora precisa me dizer o que o meu pai falou. Nós não vamos embora até a senhora dizer.

— Você é teimosa que nem a sua mãe. Eu não vou perder você também.

— Não vai. Eu prometo.

— Você não tem como me prometer isso. Só os Shiikuin podem decidir o seu destino. Eles vão fazer você sofrer igual a sua mãe.

— Não se a senhora nos ajudar. — Keishin deixou escapar.

Asami franziu o cenho para ele.

— Isso não é da sua conta.

— A Hana é da minha conta. — Keishin falou mais alto do que pretendia, mas não se arrependeu. Só conseguia pensar em Hana sendo perseguida pelos Shiikuin até cair no rio. — Eu imploro — continuou ele, com o tom mais suave. — Por favor, nos diga o que a senhora sabe. Pode ser o único jeito de proteger Hana.

Asami olhou para ele e soltou um suspiro, arqueando o pequeno torso.

— Toshio... — começou ela, abaixando a voz. — Ele me disse que logo ia se aposentar e que finalmente ia conseguir resolver as coisas.

— Como? — Hana franziu a testa.

— Ele disse que tinha um plano que protegeria você enquanto... — Os olhos de Asami se encheram de lágrimas. — Enquanto procurava pela sua mãe. Eu tentei dizer a ele que ela já tinha partido, mas seu pai estava com um brilho no olhar e insistiu que ela estava viva. Toshio disse que, assim que você assumisse a casa de penhores, iria procurar por ela. — Ela cerrou a mandíbula. — Como falei, um disparate completo.

— Mas e se não for um disparate? — perguntou Hana.

— Não tem ninguém no mundo que queira que sua mãe esteja viva mais do que eu, mas ela não está. Depois que ela morreu, os Shiikuin vieram aqui e me deram uma pérola *kioku* contendo o último dia dela.

— Uma pérola *kioku*? — perguntou Keishin.

Asami olhou para ele, firme.

— Você pode parecer um de nós, mas a sua ignorância me diz de onde você veio. Se não quiser ser descoberto, é melhor prestar atenção no que diz quando sair daqui. Tem muitos por aí que não hesitariam em trair você. Se algo de ruim acontecer com a minha neta por causa de um descuido seu, é melhor torcer para os Shiikuin o encontrarem antes de mim.

— Sinto muito. — Keishin abaixou a cabeça. — Vou tomar mais cuidado.

— Uma pérola *kioku* é um recipiente para lembranças — explicou Asami. — Os Shiikuin fizeram uma com o julgamento da Chiyo para me mostrar o que aconteceu naquele dia. Eles queriam deixar um aviso bem claro. Só existe um destino para quem falha em seu dever.

— A senhora nunca me disse que tinha uma pérola *kioku* daquele dia — comentou Hana.

— Eu não tenho mais. Joguei fora. Por que guardar uma coisa tão cruel? Desde que vi os últimos momentos da Chiyo, tudo que eu faço é tentar esquecer. Se eu estivesse lá, não teria ficado quieta igual... — Ela não completou a frase.

— Igual ao meu pai? — perguntou Hana.

— Isso agora é passado — concluiu Asami, com uma voz pesada. — Mas o seu pai estava convencido de que o passado não foi bem assim.

— Como assim?

— Ele estava convencido do impossível. Achava que podia encontrar a Chiyo se voltasse no tempo.

A fila de sonhadores avançava a passos de formiga em direção à ponte, e ninguém ali parecia ter pressa. Estavam todos muito preocupados em atravessar seus sonhos para notar o cascalho sob seus pés. Keishin, no entanto, estava bem ciente de cada pedrinha e cada segundo que passava enquanto esperava sua vez de alcançar o dia seguinte. Ele esfregou a nuca.

— Seria tão horrível assim furar a fila? Está todo mundo dormindo mesmo. Não iam nem notar.

— Sim — respondeu Hana. — Seria.

— Eu queria ter metade da sua paciência.

— Quando você passa a vida inteira tendo medo do futuro, aprende a valorizar tudo que te faça esperar.

— É tão ruim assim? Cuidar da casa de penhores? Quer dizer, tirando os Shiikuin... não que seja fácil não pensar neles. Mas a casa de penhores em si ajuda muitas pessoas no meu mundo. Você faz o bem para muita gente.

Hana não desviou o olhar da ponte.

— Hana? Você ouviu o que eu falei?

— Não consigo parar de pensar no que a minha avó disse sobre o plano do meu pai de voltar no tempo.

— Sei que o seu mundo não liga para a ciência e para nenhuma das regras dela, mas até a sua avó disse que voltar no tempo não é possível — disse Keishin. — Nós precisamos de outra pista. E a tal pérola que a sua avó falou? Ela disse que viu nela o que aconteceu no dia do julgamento da sua mãe. Tem algum jeito de arrumarmos outra dessas?

— Só quem estava presente pode fazer uma pérola ***kioku*** do que aconteceu. Acho que não seria muito inteligente da nossa parte perguntar aos Shiikuin se eles têm uma sobrando. Achar outra pérola com a mesma lembrança é mais difícil do que voltar no tempo.

— Então estamos num beco sem saída. De novo.

— Talvez não. Sei que é impossível voltar no tempo, mas o meu pai não é do tipo que fala da boca pra fora, por mais bêbado que esteja. Quando está bêbado é que ele fala com mais honestidade. De alguma forma, o tempo deve fazer parte do plano dele para encontrar a minha mãe — disse Hana. — O que a sua ciência diz sobre o tempo?

— Nada de concreto, mas temos as nossas teorias.

— Que tipo de teorias?

— Bem, por exemplo, nós sabemos que a gravidade pode dobrar o espaço. Isso significa que o espaço-tempo pode ser dobrado. Em teoria, isso significa que o tempo também pode ser dobrado.

— *Dobrado...* — repetiu, Hana, mordendo o canto dos lábios.

As pessoas na fila pararam no meio da passada. Hana soltou um palavrão.

— O que foi? — perguntou Keishin. — Qual é o problema?

— Eles estão aqui.

Keishin olhou para trás. No fim da estrada, havia uma figura de máscara com os olhos escuros penetrando os dele.

— Os Shiikuin. — Hana agarrou a mão dele. — Corra.

Hana se levantou da cama de futon num pulo, com as roupas encharcadas de suor. O amanhecer entrava por uma fresta entre as cortinas do quarto. Ela abraçou a si mesma, lembrando-se das mãos frias e pútridas tentando impedi-la de cruzar a ponte. O toque gelara sua espinha, roubando-lhe todo o calor e coragem. Keishin os afastou, protegendo-a com o corpo. Eles o agarraram, tirando sangue. Ele gritou para ela correr, dizendo que estava logo atrás dela.

Ele não estava.

CAPÍTULO VINTE

Viagens e trens

Às vezes você acorda de um pesadelo, em outras você acorda num pesadelo. As manhãs eram incapazes de detê-los. E Hana também. Ela ficou observando Keishin se revirando na cama, o sangue escorrendo das feridas que o Shiikuin deixara em seus braços. Seu rosto se contorcia de dor. O suor cobria a mecha branca de cabelo em seu rosto. Ela o agarrou pelos ombros e o sacudiu com força, embora soubesse que não podia acordá-lo. A única forma de Keishin acordar era atravessando a ponte sozinho.

Ele se sentou de repente, libertando-se de mãos invisíveis. Então, olhou para Hana.

— Hana… — disse, respirando com dificuldade.

— Kei! — Ela o abraçou. — Você conseguiu.

Keishin estava ofegante.

— Eu quase não consegui.

Hana pulou da cama.

— Levanta. Temos que ir.

— Como eles nos encontraram?

— Pode ter sido a Horishi, ou talvez alguém nos viu na casa de chá ou no templo. Não importa. Os Shiikuin sentiram o seu cheiro.

— O meu cheiro?

— Os Shiikuin sentem o cheiro dos nossos segredos. É assim que eles acham a gente. Agora que eles sabem que você está aqui, não vão parar de procurar por você.

— Eu não vou te deixar.

— Eu sei. Já deixou bem claro que não dá pra discutir com você. Não estou pedindo para você voltar para o seu mundo, mas não podemos ficar aqui.

— E para onde nós vamos?

— Para todos os lugares.

Eles surgiram de uma poça perto da entrada de um prédio largo de tijolos vermelhos com uma grande abóbada de ardósia. Sob ela, havia um relógio circular e antiquado marcando a hora. Três andares abaixo do relógio, as pessoas entravam e saíam apressadas do prédio.

— Esta é a nossa estação central — disse Hana. — Parece com a de Tóquio?

— Acho que eu nunca fui na de Tóquio. Se fui, não me lembro. O tempo que eu morei lá é praticamente um borrão. Eu quase nem me lembro do…

— Do rosto da sua mãe?

Keishin sentiu um aperto no peito.

— Como você sabia?

— Eu faço essa mesma cara toda vez que o meu pai me pega olhando para a única foto que ele guardou da minha mãe. Eu não me lembro dela, mas fico roubando aquela foto do quarto dele, torcendo para que, na próxima vez em que olhar para aquela imagem, alguma lembrança dela me venha à mente.

— Eu tento não pensar na minha mãe. — Keishin olhou para o relógio. — Ela não merece um segundo do meu tempo, nem o menor espaço na minha cabeça.

O céu ficou escuro.

— Vai chover — disse Hana. — É melhor a gente entrar.

— Vamos pegar um trem?

— Uma parte de nós vai.

Sob o teto alto, octogonal e côncavo, Hana se sentiu pequena. Oito águias de mármore empoleiradas lá em cima acompanhavam com os olhos os viajantes lá embaixo, apressados para pegar seus trens.

— Aquela águia acabou de se mexer? — perguntou Keishin.

— Lógico que sim. É uma estátua. Estátuas se mexem.

— Você ia ficar muito decepcionada com as estátuas do meu mundo. — Keishin olhou para a estação. — Onde compramos as passagens?

— Já estão compradas. — Hana fitou a multidão caminhando na direção dos trens. — Eles compraram.

No meio da multidão, esperando o trem na plataforma, Keishin esfregou as têmporas.

— De tudo que vi e ouvi no seu mundo, este plano é de longe o mais estranho.

— Mas vai funcionar — afirmou Hana.

— Você quer mesmo que eu conte o meu maior segredo para pessoas que eu nunca vi na vida? — perguntou Keishin, com um olhar angustiado.

— Nós dois vamos contar. Quanto mais gente souber, mais difícil vai ser para os Shiikuin nos encontrarem. Eles estão nos rastreando, seguindo os nossos segredos. O perfume de um segredo é o cheiro mais forte que existe. Não existem duas pessoas no mundo que guardem o mesmo segredo.

— E é por isso que precisamos contar os nossos?

— Para o máximo de pessoas que pudermos. Essas pessoas vão levar os nossos segredos com elas para onde quer que forem. Isso vai confundir os Shiikuin, e, com sorte, vamos ganhar tempo suficiente para encontrar respostas.

Hana andou pela plataforma, parou atrás de um homem conferindo a hora no relógio de pulso e sussurrou em seu ouvido. Kei a imitou, compartilhando seus segredos com a multidão.

Eles continuaram na plataforma, olhando o trem se afastar.

— Ainda bem que acabou — disse Keishin. — Acho que nunca me senti tão desconfortável na vida. Parecia um daqueles sonhos em que eu dava aula completamente pelado.

— Não deixa de ser verdade. A honestidade nos faz despir de tudo que esconde quem nós somos de verdade. É mais fácil contar segredos para pessoas que você nunca mais vai ver — disse Hana, e abotoou o casaco. — Vai demorar um pouco até os Shiikuin descobrirem que nós os mandamos atrás de todos os trens que partiram da estação nos últimos vinte minutos. Melhor não desperdiçar o tempo que acabamos de ganhar.

— Para onde vamos agora? — perguntou Keishin.

— Para o litoral.

CAPÍTULO VINTE E UM

O céu, o mar e uma canção

Keishin só tinha ido à praia poucas vezes na vida. Mas, mesmo assim, sempre que caminhava à beira-mar, sentia uma conexão que o aquecia por dentro, da cabeça aos pés. Ele racionalizava o sentimento como o resultado do vínculo primordial do homem com o mar, uma herança da época em que a vida emergiu da sopa prebiótica do planeta. Seus pés eram de uma escola de pensamento mais simples e ficavam contentes em simplesmente aceitar que gostavam do mar, pois gostavam da sensação da areia neles. Hoje, eles estavam carentes e levaram para o lado pessoal quando Keishin lhes negou o prazer de um passeio. Aquela praia era diferente de qualquer outra que ele já tinha visto. Nela, havia a areia fina como pó e nuvens batendo em ondas na orla. Keishin se agachou junto à poça da qual tinham saído e mergulhou a mão no céu a seus pés. Fios de nuvem envolveram seus dedos.

— Incrível… — disse ele, a voz quase um sopro.

— Você tem muita sorte — comentou Hana.

— Sorte? — Keishin se levantou e limpou a areia das calças.

— Não me lembro da última vez em que vi algo que me deixou tão maravilhada. Tirando o… — Hana desviou os olhos depressa de Keishin e se virou para as nuvens batendo na areia.

— Tirando o quê?

— Nada.

— Ah, qual é. Você acabou de contar o seu maior segredo para um bando de estranhos na estação de trem. Não pode ser tão ruim assim. Eu posso te contar um segredo também, se você quiser.

— Não precisa.

— Ainda bem. Eu ia odiar ter que contar do dia em que botei fogo no laboratório sem querer. Mas fala. Quando foi a última vez que você viu uma coisa que te deixou maravilhada?

— Não foi uma coisa. Foi uma *pessoa*.

— Ah?

— Você.

— Eu? Por quê?

— Porque você quebrou todas as regras que eu conhecia.

Keishin franziu o cenho.

— Que regras?

— Um monte de regras.

— Fale uma.

— Em vez de penhorar uma escolha, você me ofereceu uma. Nunca vou entender como você veio parar aqui comigo nesta praia, me ajudando a procurar os meus pais.

— Você também era um mistério para mim.

Kei deu um passo na direção dela. Os dois estavam correndo perigo de vida, em busca de uma mulher morta, mas ele só conseguia enxergar a auréola de calma nos olhos de Hana e o rosto dele refletido em suas íris. Ele invejou seu reflexo. Ele podia ir aonde o próprio Keishin não podia. Perguntou-se quantos segredos de Hana seu reflexo conhecia, um privilégio que provavelmente nunca compartilharia com ele. Não importava quão perto estivessem, Hana estava sempre a um universo de distância. Sem pensar, Keishin tocou o rosto dela, se entregando aos instintos mais antigos de conhecer o inatingível. A pele dela era mais macia do que ele imaginava.

— E continua sendo — acrescentou Keishin.

Hana desviou o rosto, escondendo o rubor onde os longos dedos de Keishin roçaram sua pele. Ela apontou para um grupo de estruturas de madeira sobre palafitas ao longe.

— É ali onde embarcamos na nossa próxima viagem.

— Viagem. Ótimo — comentou Keishin, tentando não pensar no rosto de Hana. Ele protegeu os olhos do sol. — Mas não estou vendo nenhum barco.

— É porque não tem mesmo. Não dá pra navegar de barco no Mar do Céu.

Sobre as palafitas de madeira grossa, havia uma vila que se estendia por várias casas mar adentro. As casas se ligavam umas às outras por tábuas de madeira gasta, formando uma teia complexa de ruas sobre as nuvens. Nas ruas, barracas coloridas ofereciam uma variedade de mercadorias, algumas das quais Keishin não conseguia nem imaginar para que serviam.

— Por que aquele homem está vendendo garrafas de areia? — sussurrou Keishin no ouvido de Hana. — E por que as pessoas compram com ele? Não dá pra pegar areia da praia de graça?

— Isso não é areia. — Hana pegou uma garrafa e ofereceu a Keishin. — É tempo. Não é muito, cada garrafa tem só uns dois minutos. É proibido vender mais do que isso. As pessoas gostam de levar quando viajam, para caso se atrasem.

— Tempo?

Keishin ergueu a garrafa e examinou os pequenos grãos dentro dela.

— Não é todo dia que se vê alguém vendendo tempo. É muito raro. Mas às vezes chegam uns pedaços de tempo na praia. Os mercadores pegam e vendem.

— E de onde ele vem?

— Das pessoas que estão perdidas no mar — respondeu Hana, pegando a garrafa de Keishin e a devolvendo ao vendedor. — A areia é o tempo que elas não chegaram a usar.

— Ah — murmurou Keishin baixinho, afastando-se da barraca.

— O que foi?

— Os físicos adoram debater o tempo. Tenho colegas que conseguem passar horas discutindo se ele existe ou não, ou se aumenta ou diminui. E aí temos isso, tempo dos que morreram sendo recolhido na praia e engarrafado para ser vendido aos viajantes que não querem chegar atrasados. — Keishin soltou um suspiro. — Passamos a vida toda estudando o universo, e pra quê? Será que sabemos mesmo alguma coisa?

— Você sabe — retrucou Hana. — É por isso que estamos aqui. Lembra o que você falou sobre o tempo lá na ponte?

— Que teoricamente ele pode ser dobrado?

— E se não for só na teoria? E se houvesse uma pessoa capaz de dobrar o tempo e nos mostrar o que realmente aconteceu com a minha mãe?

Keishin arregalou os olhos.

— Você conhece alguém que sabe dobrar o tempo?

— Talvez. Ele trabalha no Kyoiku Hakubutsukan.

— O Museu da Educação?

Hana assentiu e parou diante de uma barraca vendendo bolinhos de arroz.

— Quer levar um pouco pra viagem? Estamos o dia todo sem comer.

Keishin pegou a carteira

— Eu… Hum… eu só tenho dólar e iene. Serve?

— Isto aqui é um mercado. Você não precisa de dinheiro.

Hana sorriu e fez o pedido.

O vendedor embrulhou os bolinhos e entregou a ela.

— O que você quer por isso? — perguntou Hana.

— Um livro — disse o vendedor. — Um que eu ainda não li. Grosso, com costura de fio de ouro.

Hana enfiou a mão na bolsa de tecido a tiracolo e sacou o livro sobre a história da fabricação de pipas que Keishin tinha visto numa das prateleiras da casa de penhores.

— Esse serve?

O vendedor assentiu e sorriu, admirando o livro.

— Obrigado. Boa viagem.

Hana guardou os bolinhos de arroz na bolsa e seguiu pela rua. Keishin foi atrás.

— Como assim você tinha justamente o livro que o vendedor queria na bolsa? O que mais você tem aí?

— Nada.

Hana tirou a bolsa e entregou a Keishin. Ele olhou lá dentro.

— Está vazia...

— Eu fiquei com medo de amassar os bolinhos, então deixei na mesa da minha cozinha e peguei o livro na estante do meu pai — disse Hana. — Seria uma bolsa muito inútil e pesada se eu tivesse que carregar coisas dentro dela.

Keishin riu.

— Qual é a graça?

— Ah, só o meu mundo. — Keishin abriu um sorrisinho de canto. — Nós mandamos gente para o espaço e construímos detectores subterrâneos enormes para estudar o universo, mas, de alguma forma, ainda não aprendemos como usar uma bolsa.

— Pare.

— Parar o quê?

— De pensar nisso.

— No que estou pensando?

— Na mesma coisa que pensou quando descobriu que dá pra viajar pulando em poças. Está tentado arrumar um jeito de fazer isso do seu lado da porta, mas os espelhos d'água, esta bolsa, nada disso foi feito para o seu mundo. Não vai funcionar.

— E qual é o problema de tentar e não conseguir? — perguntou Keishin, inclinando a cabeça. — Ou de querer aprimorar as coisas? Só porque elas foram feitas de uma maneira não significa que precisam ser daquele jeito para sempre. E daí se não funcionar? Quer dizer apenas que estou eliminando uma possibilidade errada e me aproximando da certa. A ciência foi construída sobre os ombros de grandes pessoas, tanto nos erros delas quanto nos acertos. O objetivo do que eu faço é explorar tudo que existiu, existe e tudo...

— Que pode existir.

Keishin fez que sim.

— Exatamente.

— Deve ser bom... — Hana traçou o mapa invisível sobre sua mão. — Poder querer mais.

Do emaranhado de casas, docas estreitas se projetavam em direção às nuvens. Filas de viajantes aguardavam ali, mas Keishin não fazia ideia pelo que estavam esperando. Não havia barcos ou navios à vista.

Hana apontou para um cais à esquerda.

— Aquele ali é o nosso cais.

— Por que não dá pra ir de poça ao museu mesmo? — perguntou Keishin.

— Quando a gente chegar lá, você vai entender — disse ela, seguindo até o cais.

— Pelo visto o museu não é um destino popular — comentou Keishin. — Só tem uma pessoa na fila.

— Ela não está na fila. Ela é uma das *kashu*.

— Uma cantora?

Hana assentiu.

— Essas docas pertencem aos *kashus*. Cada *kashu* leva você a um lugar diferente.

A *kashu* estava no fim do cais, de quimono azul e segurando um *shamisen*. O instrumento de cordas parecia um banjo com um braço comprido, fino e sem trastes, e um corpo quadrado e oco. A *kashu* curvou-se numa reverência. Hana e Keishin se curvaram também.

— Bem-vindos — disse ela com uma voz que fez Hana se lembrar do sino de latão na porta da casa de penhores. — O vento carrega a minha música para o leste, cruzando o Mar do Céu e enviando a última nota ao Kyoiku Hakubutsukan. Ela não vai mais longe que isso e não volta atrás.

— Quanto custa para duas pessoas irem até o museu? — perguntou Hana.

— Eu não preciso de pagamento. — A *kashu* avaliou Keishin da cabeça aos pés e inclinou a cabeça, refletindo. — *Se* o seu companheiro me oferecer uma música do mundo dele. Sempre quis saber como era a música no outro mundo.

— Como... — Keishin ficou tenso. — Como você sabia?

Hana segurou o braço da *kashu*.

— Eu te imploro, por favor, não conta para os Shiikuin que ele está aqui.

— E por que eu contaria? Meu dever é transportar viajantes. Essa é a minha função. Se você está quebrando uma regra, isso é da sua conta, não da minha. — A *kashu* virou-se para Keishin. — E sei que você não é daqui, pois consigo ouvir o seu coração. Só metade dele está batendo dentro do seu peito. A outra metade está chamando de longe, de um lugar ao qual as nossas músicas não podem ir. Então, vocês concordam com o preço? Uma música do outro mundo para serem levados até o destino de vocês?

— Mas eu não sei cantar.

— Não precisa cantar. Basta pensar numa música que te emocione e faça você viajar.

— Que me faça viajar?

— Para longe do aqui e do agora. Para longe de tudo que te prende ao presente. Os nossos mundos não podem ser tão diferentes assim. Vocês com certeza têm músicas que usam para não pensar em nada?

— Bem... — murmurou Keishin. — Eu pensei em uma.

— Ótimo. — Um trovão retumbou mais alto que a voz da *kashu*. — Compartilha a música comigo, que você seguirá em frente. O Kyoiku Hakubutsukan fica bem longe, e você não quer viajar no meio de uma tempestade montado na sua música.

— Como eu faço para compartilhar com você?

— Feche os olhos e deixe a música preencher sua mente. Se não quiser se perder no mar, não pense em mais nada — ordenou a *kashu*. — E segurem-se firme um no outro.

Keishin pegou a mão de Hana e fechou os olhos, ainda sem conseguir entender como uma música podia transportá-los. Ele respirou fundo e deixou a melodia familiar tomar conta de si.

Os ventos do Mar do Céu ficaram em silêncio. Uma música entrou em seu lugar. A sirene de um carro de bombeiro soou com ela. Keishin abriu os olhos. Pendurado na parede de tijolos de seu apartamento, o quadro em preto e branco de um passarinho na gaiola, que ele havia comprado numa feira de antiguidades um ano antes, olhava para ele.

CAPÍTULO VINTE E DOIS

Salas

Quando a casa de penhores estava com pouco movimento, Hana às vezes apoiava os cotovelos no balcão e ficava imaginando o mundo do outro lado da porta. Ela juntava os trechos da vida dos clientes, fazendo um mundo de retalhos com prédios de escritórios cinzentos cheios de pessoas que queriam estar em outro lugar, trens superlotados que não eram movidos a gotas de orvalho e salões coloridos cheios de máquinas de *pachinko* que comiam dinheiro. Ela nunca, em nenhum desses devaneios, imaginou um lugar com janelas de três metros de altura e várias pinturas em preto e branco expostas numa parede de tijolos vermelhos. Ou que ela estaria dividindo aquele momento com um homem como Keishin. Ele escolhera, de novo e de novo, ficar ao lado dela, mesmo quando ninguém jamais, de forma alguma, poderia criticá-lo caso ele escolhesse ir embora.

— Que lugar é esse?

— Hana? — Keishin deu um pulo. — Você está aqui.

— Aonde você achou que eu tinha ido? Estamos indo ao Kyoiku Hakubutsukan, lembra?

— Mas este aqui é o meu antigo apartamento. Achei que você tinha dito que íamos para o museu montados numa música.

— E estamos indo. Escute.

Da vitrola debaixo do quadro do passarinho na gaiola saía uma música. A agulha deslizava, encontrando a voz potente e aveludada de uma mulher nos sulcos do disco de vinil. A história de uma moça à deriva no mar, no meio da noite, tomava toda a sala.

— É a sua música. Estamos dentro dela. Que bom que você escolheu essa. É linda — disse Hana.

Keishin apertou a ponte do nariz, se jogando no sofá de couro bege e gasto.

— Eu não estou entendendo.

— Por que eu gostei da sua música?

— Como estamos viajando dentro de uma música e por que estamos no meu apartamento.

— É essa música que está tocando que você compartilhou com a *kashu*, não foi?

— Foi.

— E você costumava ouvi-la aqui, nesta sala? Provavelmente bem aí onde você está sentado?

— Tomando uma taça de vinho ou um uísque depois do trabalho.

— Então é por isso que estamos aqui. É aqui que a música vive. — Hana se sentou na outra ponta do sofá. — Mas este não é o seu apartamento. Só se parece com ele.

Keishin levantou e passou a mão na parede de tijolos.

— Não é real?

— É, mas não é a sua casa. Esta sala foi criada para nos levar até o museu. Ela é exclusiva para você e a sua música. A sala do meu pai era bem diferente.

— Como era a sala dele?

— Era o cofre da casa de penhores — respondeu Hana. — Quando a gente viajava, ele sempre usava o canto dos pássaros. O cofre e todas as escolhas que guardávamos lá dentro viviam na cabeça dele aonde quer que a gente fosse. Infelizmente, passar a noite sentada num cofre não é muito confortável.

— A noite inteira?

— O museu fica muito longe. — Hana pegou o embrulho com os bolinhos de arroz na bolsa. — Está com fome?

Na mesa de centro de madeira escura de Keishin, jaziam as embalagens vazias dos bolinhos de arroz ao lado de um antigo telescópio de latão em miniatura.

— Posso ver? — perguntou Hana, gesticulando para o telescópio.

Keishin assentiu.

— Pode, lógico.

Hana o pegou e olhou pelo telescópio.

— Pena que não funciona — disse Keishin. — É só decoração.

— Mas na verdade nenhuma das nossas coisas é só decoração, né? Querendo ou não, nós escolhemos e nos cercamos de objetos com os quais temos uma conexão ou que dizem algo a nosso respeito.

Hana pousou o telescópio na mesa, e seus dedos saíram sujos de poeira.

— E está na cara que este telescópio está dizendo que precisa de uma limpeza pra ontem. Foi mal. Tem papel-toalha na cozinha. — Ele se levantou, mas então parou. — Humm… Eu tenho uma cozinha? Não sei como esse transporte marítimo funciona.

— Não. — Hana limpou as mãos na frente do casaco. — Você só tem uma sala.

— Só uma sala? Ainda bem que isso não é um encontro — disse Keishin, e riu.

— O que é um encontro?

— Pera. Você não sabe o que é um encontro?

— E eu tinha que saber?

— Bem… Hum… É quando duas pessoas tentam se conhecer melhor. Elas saem para jantar. Para ver um filme ou um show. E quando as coisas vão bem… elas… É…

— Vão para a casa de um deles?

— Bem… isso. Elas… Hum… Vão para a casa da outra pessoa.

— Igual a gente agora.

Keishin assentiu.

— Igual a gente agora.

— E?

— E o quê?

— O que mais as pessoas fazem nesse encontro? Por que só a sala não basta? De que outros cômodos elas precisam? — Ela se acomodou melhor no assento, pousando as mãos no colo. — Eu gostei dessa sala. Acho que não está faltando nada.

— Quer saber? Tem razão. Esta sala está ótima.

— Pois é.

Um silêncio se instaurou na sala de estar como uma camada de poeira que nem Hana nem Keishin pareciam dispostos a perturbar. Keishin se ajeitou no sofá, fazendo o couro ranger.

— Você trouxe muitas namoradas para casa? — perguntou Hana, como quem pergunta sobre uma trivialidade qualquer.

Keishin tossiu.

— Namoradas?

— É pra isso que serve um encontro, não é? Para achar um par?

— Bem… eu…

— No meu mundo, o casamento é diferente. É um dever, como tudo na nossa vida. A única coisa que você precisa saber sobre o seu futuro cônjuge é o nome dele. — Ela passou o dedo na mão direita, percorrendo o caminho invisível dos grous de origami quando tocados pela chuva. — Não temos por que ir a encontros.

Keishin fitou a pele do braço dela, se perguntando se havia o nome de outro homem gravado ali. Ele afastou o pensamento.

— Então… É… este poderia ser o seu primeiro encontro. Quer dizer… se você quiser.

Hana sorriu, erguendo a sobrancelha.

— Eu achei que a gente tinha que jantar primeiro e ver um show, não?

— Não é obrigatório. Bolinhos de arroz e telescópio empoeirado também podem ser um encontro oficial.

— Ah, pode?

— Com certeza. Só está faltando uma coisa.

Ele caminhou até a janela alta.

— O quê?

— Uma vista. O Mr. Li, o restaurante chinês do outro lado da rua. O *chow mein* de frango deles é uma delícia. Foi por isso que eu escolhi este apartamento.

Ele abriu as cortinas. Atrás do vidro, nuvens negras passavam rodopiando, com as silhuetas iluminadas por relâmpagos que cortavam a escuridão. Keishin deu um pulo para trás.

— Estamos navegando no Mar do Céu — lembrou Hana. — No meio de uma baita tempestade. Me desculpe.

— Te desculpar? — Keishin fechou as cortinas. — Pelo quê?

— O mau tempo me persegue.

— Sério? — Keishin franziu a testa. — O tempo também me odeia.

— Você está tirando onda com a minha cara. Mas é verdade. Você deve ter notado que, aonde quer que vamos, o céu logo mostra que não gostou.

— Eu notei, mas achei que era…

O disco saltou, e a agulha parou. A sala tremeu sob os pés de Keishin, fazendo-o cambalear e bater na parede.

— Kei! A música! — exclamou Hana, mais alto que o estrondo de madeira e tijolos.

Keishin se segurou no parapeito da janela para não tropeçar.

— Cante na sua cabeça. *Agora.*

Keishin fechou os olhos, convocando as notas da música. O disco voltou a tocar, e o terremoto parou.

— Você se distraiu — disse Hana. — A música não pode parar. Você tem que esvaziar a cabeça de todos os pensamentos que possam te impedir de ouvir a música lá no seu inconsciente.

— É assim que as pessoas se perdem no mar — comentou Keishin, engolindo o bolo que se alojou em sua garganta como uma pedra assim que ele se deu conta.

— É. É por isso que, não importa o que aconteça, você não pode deixar a música ir embora — disse Hana. — Nem me soltar.

— Não vou. Eu prometo. — Keishin se sentou do lado dela, enxugando o suor frio da testa. — Não vou te colocar em mais perigo. Os Shiikuin não estariam nos perseguindo se não fosse por mim.

— Você pode ter escolhido ficar, mas eu escolhi deixar. Foi… a primeira escolha real que eu fiz na vida.

— Isso é bom ou ruim?

— Eu… ainda não sei.

Keishin descansou o pescoço no sofá.

— E você? Já se arrependeu da sua escolha?

— Eu senti medo e fiquei mais confuso do que gostaria, mas não me arrependo de nem um segundo sequer que passei aqui.

— Por quê?

— Porque…

Keishin se sentou e sorriu.

— Porque…?

— Porque eu pude te levar no seu primeiro encontro.

— Eu não me lembro de concordar que isso era um encontro. Além do mais, você falou que um encontro de verdade precisava de uma vista.

— Falei, né? — Keishin sorriu, coçando a nuca. — Eu queria muito poder te levar para outro lugar que não o meu apartamento sem graça. Tem tantas coisas e tantos lugares que você ia gostar de ver no meu mundo.

— O quê, por exemplo?

— Eu ia adorar levar você na minha universidade. Nessa época do ano, o campus fica lindo. As árvores de bordo no jardim são um espetáculo.

Hana assentiu, olhando na direção da janela, para o nada.

— Tem alguma coisa no outono que deixa tudo mais bonito. De todas as estações, é a mais honesta em relação ao tempo. O verão e a primavera nos cegam com as suas cores vibrantes e não nos deixam ver o tempo passar. O inverno pinta tudo de branco. Mas o outono não tem vergonha de as coisas chegarem ao fim. Ele acolhe isso e agita bandeiras de folhas vermelhas, amarelas e douradas. Ele celebra a própria tristeza.

— Mas não é só tristeza, né? — acrescentou Keishin. — É também uma celebração de tudo o que nos espera do outro lado.

— É — disse Hana, surpresa com a rapidez com que concordou com ele, sendo que, um dia atrás, achava que a estação significava só melancolia. Assim como as covinhas em seu sorriso, a esperança de Keishin era contagiante. — Isso também.

— Então, está curiosa sobre o que mais iríamos fazer nesse encontro? — perguntou Keishin.

— A gente não precisa ir a lugar nenhum. Ainda estou admirando as árvores — brincou Hana, olhando para as folhas imaginárias.

— Prometo que você vai gostar ainda mais do bolo de especiarias com abóbora do café da esquina. É aqui pertinho. Mas vai ter que segurar a minha mão. Não quero que você se perca.

Ele lhe ofereceu a mão, e Hana a segurou.

— Fale mais desse bolo — pediu ela, deitando a cabeça no ombro dele.

— Não sei nem por onde começar. Tem uma cobertura de cream cheese. E é tão fofinho. É uma delícia pra comer com café. Resumindo, é o doce perfeito, com tudo do que eu gosto no outono. Canela. Noz-moscada. Cravo. Só ingredientes acolhedores e gostosos. — Keishin pressionou a palma da mão de Hana junto ao rosto. — E doces.

— Parece uma delícia. — Hana se viu acariciando o queixo dele com o polegar, se deleitando com a aspereza e o calor de sua pele. — Acho que... Acho que estou gostando desse encontro.

— Eu também — disse Keishin, e roçou os lábios no pulso dela.

Hana corou e recolheu a mão.

— Desculpe. Eu não devia ter...

— Não precisa se desculpar. A culpa foi minha. Este mundo é novo pra você, mas não pra mim. Eu devia ter tomado mais cuidado. Este lugar faz você sentir coisas que não existem. Esta sala. Este sofá. Eles enganam a nossa mente.

— E você, Hana, também está me enganando?

— Eu…

— Porque, se estiver, então acho que quero ser enganado. O jeito como você vê e fala das coisas… quando estou com você, parece que tudo é uma novidade. Até esta sala empoeirada.

— Não está… Hum… Tão empoeirada assim — disse Hana, e então espirrou alto.

— O que foi que você disse? — Keishin riu.

Hana riu também, porque o riso de Keishin a fez se esquecer de todas as razões pelas quais ela não deveria ser feliz.

— Eu fiz você rir. Espero que seja um sinal de que o nosso primeiro encontro não foi um desastre.

— Não, não foi — disse Hana, seus lábios ainda formando um sorriso. — Apesar de eu achar que viajar nesse café teria sido um pouco melhor do que nesta sala. Eu sempre gostei mais de bolo do que de poeira.

— Eu nem sei por que a música escolheu esta sala para a viagem — comentou Keishin. — Quando eu ouvia essa música, a minha mente nunca ficava aqui.

— Não foi a música que criou esta sala. Foi você. Acho que, por mais que você insista em querer explorar o meu mundo, a *kashu* tinha razão. Uma parte de você está com saudade de casa.

— Se fui eu que criei esta sala, então com certeza posso tentar fazer melhor. — Keishin fechou os olhos e entrelaçou os dedos nos de Hana. — Se esta é a minha única chance de te dar um vislumbre do meu mundo, quero mostrar aonde essa música realmente me leva.

Onze mil olhos de vidro gigantes e estatelados cercavam Hana, enquanto ela flutuava num barquinho inflável. Ela respirou fundo pela boca e apertou a mão de Keishin.

— Funcionou. — Keishin hesitou por um instante, olhando para o enorme tanque cilíndrico de aço inoxidável. — É aqui.

— Que lugar é esse? — perguntou Hana, ofegante.

— Estamos mil metros debaixo da terra — disse Keishin. — Você se lembra dos neutrinos que eu te falei?

— As partículas invisíveis que são como fantasmas?

— É aqui que nós pegamos essas partículas. Estamos dentro do detector de neutrinos Super-Kamiokande. A montanha em cima de nós age como um filtro. Só os neutrinos conseguem passar pelas camadas de rocha e solo. — Keishin apontou para as lâmpadas de vidro cobrindo cada centímetro das paredes curvas do detector. — E aquilo são os tubos fotomultiplicadores. Eles detectam a luz que é criada nas raras ocasiões em que um neutrino passa pela montanha e atinge uma molécula de água. Eles são tão sensíveis que podem detectar a luz de uma vela acesa na lua. Normalmente o tanque fica cheio de água, mas ele foi parcialmente drenado para manutenção. Hoje, é um laguinho em que cabem duas pessoas. Ou o interior da TARDIS.

— TARDIS?

— Hum... esquece que eu falei isso. Acho que vai ser mais difícil de explicar do que os neutrinos.

— Então isso é uma lembrança de onde você trabalha?

— Uma lembrança emprestada. Um colega que trabalha no detector gravou um vídeo do tanque durante a manutenção e mandou para mim. Tinha uma chance de a manutenção terminar mais cedo e o tanque voltar a ser enchido antes que eu chegasse para trabalhar no Super-K, e ele queria que eu visse isso. Pouquíssimas pessoas conseguem ver o tanque desse jeito. Eu achava que era o lugar mais pacífico e sobrenatural que eu já vi. É lógico que isso foi antes de eu ir parar na sua casa de penhores — continuou Keishin. — E, sim, eu consigo enxergar a ironia que é fugir para um lugar que é basicamente uma armadilha elaborada.

— E linda — comentou Hana. — Como as melhores armadilhas devem ser. Eu me esconderia aqui também. Acho que nunca vi um lugar mais calmo que este. Obrigada por me trazer até aqui.

Hana estudou o próprio rosto na água. Mil lâmpadas brilhavam à sua volta, como luas prateadas. Ela não se reconheceu. Pela primeira vez na vida, estava quase contente. Ela estendeu o braço para fora do barco inflável, para tocar seu reflexo.

Keishin a impediu.

— É melhor não tocar nessa água. É extremamente pura. E corrosiva. Ela suga os minerais de qualquer coisa com a qual entra em contato. Uma vez alguém deixou cair sem querer um martelo de metal no tanque, e anos depois, quando ele foi encontrado, era só uma casca fina e cromada. A água o corroeu por dentro.

— Essa água corrói a carne?

— Se você cometer o erro de tomar um banho nela, sim.

— Então não é só no meu mundo que as coisas nem sempre são o que parecem. — Hana se deitou no chão do barco. — Mas continuo gostando de estar aqui. É melhor a gente aproveitar para descansar. A próxima parte da viagem não vai ser tão pacífica.

Keishin se deitou do lado dela, seus dedos quase se tocando.

— Você não terminou de me contar aquela história.

— Que história?

— A história de Urashima Taro e da tartaruga. O que aconteceu com ele depois que abriu a caixa?

— Tem certeza de que quer saber?

— É lógico. Você não pode começar uma história e não contar o final.

— Mas a vida não é assim no seu mundo? Uma história sem final escrito? Às vezes eu me pergunto como deve ser viver assim. Pra mim, seria um grande luxo. Acho que é essa incerteza que faz valer a pena trabalhar num lugar desses. A emoção da descoberta. A possibilidade de aprender algo que pode mudar a trajetória do mundo.

— Não deixa de ser verdade. Mas também é uma vida sem a menor garantia. São tantas escolhas puxando você para um lado, depois para o outro. As pessoas acabam desviando dos seus compromissos e caminhos. É fácil se perder.

— Você preferia ter um mapa da sua vida escrito na sua pele?

— Não tem como não me perguntar se as coisas não teriam sido diferentes se a minha mãe tivesse um mapa. Se o destino dela estivesse claro, talvez ela não ficasse tão inquieta, talvez ela...

— Tivesse ficado com você e com o seu pai?

Keishin se virou para olhar para Hana.

— A verdade é que eu não sei, mas eu gostaria de acreditar que sim.

— Dever e amor não são a mesma coisa.

— O motivo importa, se você não consegue ver a diferença?

— Feche os olhos.

— Por quê?

— Você confia em mim?

Keishin fechou os olhos.

Hana pressionou os lábios nos de Keishin, fazendo o barco balançar.

— Hana? — disse Keishin, afastando a cabeça.

Hana segurou o rosto dele, guiando seus lábios de volta aos dela. Keishin enrijeceu os ombros, mas não a interrompeu. Ele a abraçou e intensificou o beijo, se entregando ao calor de sua boca. Hana se afastou e sentou.

Keishin olhou para ela, respirando com dificuldade.

— O que foi isso?

— Um beijo.

— Eu sei que foi um beijo. Quero saber por que você me beijou.

— Achei que você tinha dito que o motivo não importava.

— Então não foi um beijo. — Keishin ficou sério. — E eu pensando que era o único cientista aqui. Foi um experimento para provar que eu estava errado e você estava certa.

— E estava?

Keishin se deitou no barco, fitando as lâmpadas acima deles.

— Estava.

— Você também.

— Sobre o quê?

— Sobre o beijo. O primeiro foi um experimento.

— E o segundo?

— Foi a segunda escolha verdadeira que eu fiz na vida.

— E foi uma escolha boa ou ruim?

Perguntas sem resposta eram como caixas que você nunca abria, com o conteúdo desaparecendo e reaparecendo, se esticando e se contraindo, sendo nada e tudo ao mesmo tempo. Hana não tinha o hábito de colecioná-las. No mundo dela, não era difícil. Para cada pergunta que passava em sua mente, havia uma resposta direta que a despojava de todo o mistério.

Mas ali estava ela, sentada em um barco inflável, segurando uma caixa com a pergunta de Keishin no colo. A pergunta abriu a tampa, tentando atrair sua atenção. Hana tentou ignorá-la. Continuou olhando para Keishin enquanto ele dormia, observando a música dele dançar sob suas pálpebras enquanto ele sonhava. A caixa chacoalhou mais alto, e Hana suspirou. Ela se aproximou da caixa e ouviu o sussurro lá dentro. "Foi uma escolha boa ou ruim?" Hana tocou os lábios, lembrando-se do calor úmido da boca de Keishin.

Ele fizera uma pergunta simples. A resposta é que não era simples. Se ela ia encontrar seus pais e levá-los de volta para casa, não era uma resposta que podia dar em voz alta. Ela jogou a caixa na água, afogando-a no reflexo de onze mil luas.

CAPÍTULO VINTE E TRÊS

Areia

A cama mais confortável do mundo é aquela da qual você tem que se levantar antes de estar totalmente acordado. Nesse caso, a cama não era uma cama, e sim um bote inflável flutuando numa água altamente purificada. Keishin se deitou de lado e tentou alcançar um alarme que não estava ali. Apertou o botão de soneca mesmo assim. Os últimos minutos de sono eram sempre mais pesados e mais gostosos do que todas as horas que os antecediam.

— Kei — chamou Hana. — Acorde.

A areia voava no rosto de Keishin. Ele cuspiu grãos e abriu os olhos. A luz do sol refletia sobre as dunas douradas.

— Chegamos.

Hana puxou o colarinho para se proteger das rajadas de areia.

Keishin examinou o deserto. Não havia mais o menor indício do detector Super-Kamiokande, mas a lembrança dos lábios de Hana nos dele permanecia. Era fácil entender o que sentia a respeito do beijo. Hana era uma mulher inteligente e bonita, e Keishin não negava sua atração por ela. Mas encontrar palavras para descrever seu sentimento estava ficando cada vez mais difícil. Ela era a lua na água, perto o suficiente para tocar, mas fora de seu alcance.

— Aonde?

— Ao fim da sua música — respondeu Hana.

— Agora entendi por que não dava para vir pela água. Me diz, por favor, que o museu fica perto daqui.

— Fica — disse Hana. — Já estamos no Kyoiku Hakubutsukan. Estamos pisando nele. Temos que comprar o ingresso para entrar.

— Agora é a parte em que você saca alguma coisa dessa sua bolsa mágica aí?

— Quem dera... A única moeda que o museu aceita é o tempo.

— E como vamos pagar com tempo?

— Todo dia, nós gastamos e perdemos tempo. É a mesma coisa aqui. Os ingressos custam só alguns segundos, mas precisam ser segundos preciosos.

— Preciosos? Então eu tenho que abrir mão de uma lembrança feliz?

— Não. De um erro. Ele vai ficar armazenado nos arquivos do museu. — Hana pegou um punhado de areia. Ela se levantou e abriu os dedos, deixando o vento levar os grãos. — Assim como esses estão.

Keishin ficou boquiaberto com o oceano infinito de areia.

— Tudo isso é tempo? Momentos da vida de outras pessoas?

Hana assentiu.

— Mas o que o museu quer com os nossos erros?

— Este é o Museu da Educação. De que outra forma os visitantes iriam aprender se não com o erro dos outros? Algumas lições são maiores que outras, mas todas elas são grãos de sabedoria.

— Será que eu devia ficar preocupado que sua explicação fez todo o sentido para mim? — comentou Keishin. — Então, como fazemos isso? Como e onde pagamos o ingresso?

— Daqui a pouco aparece um vendedor.

A poucos metros de onde Keishin e Hana estavam, surgiu um redemoinho de areia, girando e se transformando até tomar uma forma parecida com o corpo de uma mulher. Braços. Pernas. Cauda. Cara de raposa. Ela se moveu lenta e graciosamente na direção deles, dispersando-se e reunindo-se novamente, juntando mais areia a cada passo que dava. Ela parou a trinta centímetros de Hana, ficando do dobro de sua altura. Hana e Keishin a cumprimentaram com uma reverência. Ela os cumprimentou também.

— Saudações, Kitsune-san. — Hana baixou o pescoço. — Queremos comprar ingressos para o museu.

— Você sabe... — A raposa de areia se desfez e se recompôs. — O preço?

— Um grão de tempo para cada ingresso que precisamos — disse Hana.

A raposa assentiu, com as feições de areia se desfazendo com o vento.

— Escolha bem como vai pagar. — Ela se desmanchou no ar e se refez. — E eu vou julgar se será digno de ocupar um lugar no arquivo.

Keishin repassou mentalmente os próprios erros, tentando encontrar um do qual não fosse sentir falta. Embora todos eles lhe tivessem causado vários graus de constrangimento, decepção e dor, era difícil escolher um sem o qual conseguisse viver. Aquilo que um dia achou que ficaria agradecido de poder esquecer agora parecia um tesouro arduamente conquistado, cada erro uma cicatriz preciosa e inestimável. A *kitsune* havia pedido apenas um grão de sua trajetória, mas Keishin se pegou refletindo se aquele único grão não era a base sobre a qual toda sua vida fora construída.

— Eu vou pagar por nós dois — disse Hana.

— Não — advertiu Keishin. — Eu posso pagar o meu.

— Pode, mas não deve. — Hana o puxou no canto. — Perder tempo, por menor que seja, muda você.

— É exatamente por isso que preciso pagar o meu ingresso.

— Mas isso vai me afetar menos do que a você. Meu destino está definido, o seu não. Não importa quanto do meu tempo eu abra mão, meu caminho será sempre o mesmo. O seu pode dar uma guinada que você não consegue nem imaginar.

— Para uma pessoa que viveu a vida toda sem fazer nenhuma escolha genuína, você parece ser muito boa em decidir pelos outros.

— Desculpe, Kei, mas você não tem o privilégio de ser teimoso, e eu não tenho tempo para discutir com você. Eu não vou mudar de ideia.

Keishin encarou Hana com firmeza e viu que ela estava dizendo a verdade. Ele ergueu as mãos.

— Está bem.

Hana foi até a *kitsune*.

— Pode pegar o seu pagamento.

O rosto da *kitsune* assumiu uma forma humana, e seu corpo diminuiu até ficar da altura de Hana. Ela segurou o rosto de Hana nas mãos e a beijou de leve na boca. Então, se afastou, com os olhos fixos nos lábios de Hana. Duas partículas de luz do tamanho de um grão de areia saíram dos lábios entreabertos de Hana e pairaram no ar. A *kitsune* respirou fundo, atraindo as luzes para sua boca. Um brilho quente pulsou em seu peito e se espalhou por todos os grãos de seu corpo. A *kitsune* baixou a cabeça solenemente para Hana e, sem dizer uma palavra, se desfez em todas as direções. No lugar onde ela estava, surgiram duas chaves de ouro.

Hana pegou as chaves e deu uma a Keishin.

— Doeu? — perguntou Keishin, baixinho, pegando a chave. — Está sentindo alguma diferença?

— Não — disse Hana.

— Tem certeza?

— A mesma certeza de alguém que não sabe do que abriu mão teria. O tempo que eu paguei para a *kitsune* se foi, apagou da minha vida e da minha mente. É como se aqueles momentos nunca tivessem acontecido. Se eu tivesse me tornado outra pessoa, não saberia dizer o que mudou ou por quê.

Keishin colocou as mãos nos quadris, abaixou a cabeça e deu um suspiro.

— Você continua chateado comigo — disse Hana.

— Eu não tenho o direito de estar chateado.

— Mas continua com raiva.

— Não. — Keishin balançou a cabeça, os ombros caídos. — Não estou com raiva. É só que eu vim com você para ajudar, mas parece que estou atrapalhando.

— Você não está atrapalhando. — O vento bagunçou o cabelo de Hana. — Mas se quiser ir embora...

Keishin ajeitou as mechas rebeldes atrás da orelha dela.

— Eu não quero.

Keishin seguiu as instruções de Hana e desenhou uma porta na areia com o dedo. Ele revirou os olhos e soltou um grunhido diante do esboço torto.

— Eu sou péssimo. Posso calcular a velocidade do vento neste deserto em vez disso?

— Se você couber nela, já está bom. — Hana enfiou a chave em seu desenho. — Só faz o que estou fazendo — disse ela, girando a chave na areia.

Keishin a imitou.

As portas brilharam, e o vento aumentou, levantando areia.

Hana protegeu o rosto com o casaco.

— Tente não respirar. Não se preocupe. Vai ser rápido.

Uma rajada de vento soprou na direção deles, levando embora a areia de cima dos desenhos que tinham feito. Os olhos de Keishin se encheram de areia. Ele prendeu a respiração e se preparou. O vento uivou em seus ouvidos, e, na mesma velocidade com que veio, se foi.

Hana sacudiu a areia do cabelo.

— As portas se abriram.

Keishin olhou para baixo. No lugar dos desenhos, havia dois buracos sem fundo no formato das portas. Keishin se inclinou sobre elas e fez uma careta.

— Deixa eu adivinhar. É pra gente pular aí dentro?

Hana sorriu para ele por cima do ombro, pulou no buraco e desapareceu na escuridão.

CAPÍTULO VINTE E QUATRO

O Museu da Educação

No centro do salão circular branco, uma escada de cristal de hélice dupla se erguia em espiral, com o topo escondido por nuvens. Keishin poderia ter se surpreendido com as nuvens dentro do museu se os grous minúsculos de origami voando por entre os degraus flutuantes da escada não o tivessem distraído. Um grou da cor do pôr do sol pousou no ombro dele e bicou de leve sua orelha. Keishin conduziu com o maior cuidado o pássaro até seu dedo. Ele se ajeitou no poleiro novo e abriu as asas triangulares. Keishin ergueu o grou para examiná-lo.

— Ele está vivo?

— Tão vivo quanto um pássaro de papel pode estar — respondeu Hana. — Acho que ele gostou de você. Deve ter percebido que é do mesmo lugar que ele.

— Do mesmo lugar?

— Este grou é do seu mundo. Todos eles são de lá.

— *O quê?* — exclamou Keishin, assustando o pássaro em sua mão. Ele voou para longe e foi buscar refúgio nas nuvens. — Mas eu nunca vi nenhum assim.

— No seu mundo, eles são bem diferentes. Não. Espera, não é isso — comentou Hana. — No seu mundo, eles não se parecem com nada.

Eles subiram a escada em espiral, com a bruma girando em torno de si. Os grous entravam e saíam das nuvens.

— O museu não parece muito popular.

— Por quê? — perguntou Hana.

— Não vi mais ninguém desde que a gente chegou.

Hana sorriu e tirou os óculos da mãe da bolsa.

— Olhe de novo.

Keishin colocou os óculos e quase tropeçou no degrau. Ele tirou os óculos, olhou em volta e os colocou de novo, piscando depressa. Havia pessoas subindo e descendo nas duas escadas, algumas paradas, oferecendo os braços de poleiro para os grous de papel. Ele tirou os óculos de novo e fitou o museu vazio.

— Cadê todo mundo?

— Continua aqui. — Hana pegou os óculos dele. — Só que não na mesma hora que a gente. Quando o museu admite a nossa entrada, ele muda o tempo para cada visitante, para não ficarmos todos apinhados no mesmo segundo. Assim, todo mundo pode ter o museu só para si.

Keishin levou a mão à boca.

— Meu Deus.

— Deixa eu adivinhar — disse Hana. — Você está tentando pensar em um jeito de fazer isso no seu mundo.

— Desculpe. Eu não consigo evitar. Isso é incrível. Estou doido para ver as exposições. As galerias ficam lá cima?

— Você já está na galeria. Os grous são o famoso acervo do Kyoiku Hakubutsukan. Foram todos criados pelo artista de origami do museu. — Hana assobiou e estendeu o braço. Um grou desceu e pousou em seu pulso. Hana o examinou de perto. — Este aqui é de um navio chamado *Titanic*. Você conhece?

— O *Titanic*? Conheço, lógico.

— Este grou contém os quinze segundos da vida de um dos membros da tripulação. Ele foi substituído logo antes de o navio zarpar. Este é o momento exato em que, na pressa de ir embora, ele se esqueceu de devolver a chave do armário onde ficavam os binóculos do navio. Por causa disso, o tripulante que ficou no lugar dele não conseguiu ver o iceberg no qual o *Titanic* bateu. Quinze segundos custaram a vida de mil e quinhentas pessoas.

O grou foi embora. Hana assobiou, chamando outro. Um segundo pássaro irrompeu das nuvens e pousou em seu ombro. Hana o pegou e avaliou seu peso com a mão.

— É bem mais pesado que o outro. Treze minutos. Eles pertenceram a um homem chamado Georg Elser. Ele tentou matar alguém chamado... — Hana semicerrou os olhos para o grou, como quem tenta ler algo escrito em letras pequenas. — Adolf Hitler. Já ouviu falar?

— Já — respondeu Keishin, tenso.

— Elser colocou uma bomba numa cervejaria onde Hitler estava dando um discurso, mas Hitler encurtou a fala e foi embora mais cedo. A bomba explodiu 13 minutos depois, matando oito pessoas e deixando sessenta e dois feridos.

— Que tipo de museu é esse, Hana? — perguntou Keishin, cerrando a mandíbula.

— Um museu que reúne pequenos momentos do seu mundo, segundos e minutos que mudaram o curso da história. — Hana apontou para as nuvens ao redor deles. — As nuvens também fazem parte da exposição, pois salvaram uma cidade e causaram a destruição de outra.

— Como?

— No dia 9 de agosto de 1945, era para a cidade de Kokura ter sido bombardeada. Mas, como estava encoberta por nuvens pesadas, o avião que transportava a bomba decidiu jogá-la na cidade de Nagasaki.

— Por quê... — Keishin sentiu um nó na garganta. — Por que colocar essas coisas em um museu?

— Os Shiikuin construíram este museu, e tudo o que eles organizaram tem um único propósito: demonstrar a todos o que acontece num mundo que é livre para traçar o próprio caminho, e para nos lembrar que a pior coisa de fazer escolhas é... — Hana mordeu o lábio.

Keishin lembrou como seus lábios eram macios.

— É o quê?

— É ter que viver com elas.

As nuvens se afinaram, revelando um espesso bosque de bambus no topo da escada. Caules altos e verdes balançavam com a brisa e preenchiam o silêncio entre Keishin e Hana com o som das folhas. Keishin fitou um grou que os seguira escada acima. Em silêncio, ele o observou voar pelo bosque.

— Foi um erro trazer você aqui — disse Hana. — Está na cara que está incomodado.

— Confesso que é perturbador, mas foi bom ter vindo. Uma coisa é ler sobre esses eventos nos livros de história, e outra bem diferente é ficar cara a cara com os segundos que deram origem a eles.

— Me desculpe. Acabei não pensando em como o museu podia afetar você. Neste mundo, o museu *é* um livro de história, um conto moral de um lugar que, para a maioria de nós, nem parece verdade.

— Não é culpa sua. Nem dos Shiikuin. Todos os segundos expostos neste museu foram desperdiçados ou esquecidos pelo meu mundo. Era o nosso tempo, e fizemos com ele o que bem entendemos. Eu não tenho raiva do seu mundo ter um lugar como este. Fico triste que o meu não tenha. — Keishin pegou a mão de Hana. — Não quero cometer o mesmo erro.

— Como assim?

— Não quero gastar nem mais um segundo do meu tempo aqui escondendo o que eu preciso dizer.

— Do que você está falando?

— Venha comigo, Hana.

Ele fechou as mãos em torno das dela.

— Quê?

— Depois que encontrarmos o seu pai e a escolha que está faltando... *Venha comigo.* Eu sei que o meu mundo não é perfeito, mas você seria livre. Você não pertence a este lugar, Hana. Você pode ter uma vida. Uma vida de verdade.

— Com você? — perguntou Hana, baixinho.

— Isso seria uma escolha sua. Só estou pedindo que você vá embora daqui.

Hana soltou as mãos de Keishin.

— Eu não posso ir para o seu mundo. Ninguém aqui pode. Nós desaparecemos. Foi assim que a minha mãe foi condenada à morte, lembra?

— Mas ela não foi executada. Ela continua viva. Eu sou cientista, Hana. Acredito no que eu posso provar. Você conhece alguém que tenha ido para o meu mundo? Já viu essa pessoa desaparecendo? E se for só uma história? Um mito que os Shiikuin inventaram pra deixar vocês com medo?

— E se não for?

— E se eu achasse um jeito de provar que é seguro? Você viria?

Um coro de sussurros ansiosos veio do bosque de bambus, e os caules tremularam.

— O que foi isso? — perguntou Keishin.

— Eles percebem quando, em algum lugar do bosque, outros talos estão sendo cortados para serem transformados em *washi*, o papel usado para fazer os grous — explicou Hana. — Precisamos chegar a quem faz o *orizuru* antes que eles fiquem muito chateados.

— Por quê?

— Porque senão podem não nos deixar passar.

Hana fez um carinho num talo de bambu até ele se acalmar, e então sussurrou algo para ele que Keishin não ouviu. O bambu se abriu, revelando um caminho estreito de cascalho. Hana curvou-se numa reverência e disse:

— Obrigada.

CAPÍTULO VINTE E CINCO

Papel

No fim do caminho de cascalho, diante do bosque de bambu, havia uma casinha de papel branco dobrado. Na porta da casa, grous brancos de origami jaziam pendurados em barbantes compridos. Dedos longos abriram a cortina de papel. Um homem alto emergiu da casa, com feições muito bonitas e bem definidas. Os longos cabelos platinados estavam presos num coque bagunçado, e duas mechas soltas suavizavam as feições e roçavam os ombros do quimono. Uma raposa de inverno na neve. O grou que seguira Keishin e Hana escada acima passou voando por Hana e pousou no ombro do homem.

— Hana — disse o homem com um sorriso capaz de derreter a geada das árvores. — Nem acreditei no Maro quando ele me disse que você estava aqui. — Ele olhou para o grou. — Que surpresa boa!

— É muito bom ver você também, Haruto — disse Hana. — Este aqui é o meu amigo Keishin.

Keishin o cumprimentou com uma reverência.

Haruto fez uma pausa, semicerrou os olhos para ele e o cumprimentou de volta.

— Se é amigo da Hana, também é amigo meu— disse ele, com um sorriso que não refletia em seus olhos cinza.

— Desculpe por não ter avisado que a gente vinha — disse Hana.

— Você é sempre bem-vinda aqui. E chegou em boa hora. Hoje, terminei de fazer os grous mais cedo — disse Haruto. — Por favor, entrem.

Keishin entrou logo depois de Hana por entre a cortina de pássaros de papel.

— Não sabia que você conhecia o fabricante de *orizuru* — comentou ele, baixinho.

— Ele é um amigo de longa data — sussurrou Hana.

— Por favor, fiquem à vontade. — Haruto apontou para as almofadas de papel ao redor de uma mesa baixa de origami. — Aceitam um chá?

— Desculpe, mas não podemos demorar. Não quero ser rude, mas é um assunto urgente. O meu pai sumiu.

O sorriso desapareceu do rosto de Haruto.

— O que aconteceu?

Quando Hana terminou de contar os eventos que a levaram ao estúdio de origami de Haruto, uma nuvem de silêncio, mais pesada do que a exposta na escada do museu, pairou sobre o grupo reunido à mesa. Ela omitira a parte sobre de onde Keishin era, recusando-se a fazer de Haruto um cúmplice do seu crime. O que ela estava prestes a pedir a Haruto já teria consequências o bastante para ele.

— É tudo minha culpa. — Haruto abaixou a cabeça. — Desculpe, Hana. Eu juro que vou consertar isso.

— Do que está falando? Nada disso é culpa sua.

— É, sim. Tudo. Tenho certeza de que o sumiço do seu pai tem a ver com a última visita dele.

— Ele veio aqui? — perguntou Keishin. — Quando?

— Faz um mês — respondeu Haruto.

— Ele nunca comentou nada. Sempre vínhamos juntos — disse Hana.

— Ele não queria que nem você nem ninguém soubesse. E me fez prometer guardar segredo. Desculpe. Eu não devia ter concordado com o favor que ele me pediu.

— Que favor? — perguntou Hana, inclinando-se para a frente e com dificuldade de manter as mãos imóveis no colo.

— O mesmo que você veio me pedir, imagino.

Ela sentiu a boca ficando seca e engoliu, mas de nada adiantou.

— E, pela sua cara, acertei. — Haruto deu um suspiro, murchando os ombros. — Seu pai estava com a mesma expressão. Eu o conheço desde que eu era criança, e, esse tempo todo, ele nunca deixou transparecer nenhuma emoção que fosse mais quente do que chá morno através daquele sorrisinho típico dele. Eu visualizava naquele sorriso algo fixo, imutável como a lua. Naquela visita inesperada, descobri que não. O sorriso estoico do seu pai escondia muito mais do que eu jamais imaginei.

— Por favor, Haruto, me diga o que meu pai veio fazer aqui.

Haruto olhou para o grou empoleirado no parapeito da janela de papel e baixou a voz:

— Acho que é melhor irmos para um lugar onde podemos ficar a sós. Deixa eu arrumar as minhas coisas, e então continuamos essa conversa lá em casa.

— Obrigada — disse Hana.

— Quando eu contar da contribuição que tive no desaparecimento do seu pai, pode ser que você não se sinta tão agradecida. — Haruto se levantou e se despediu do grou no parapeito da janela. Então, voltou-se para Hana e Keishin e perguntou: — Algum de vocês já viajou por uma porta de papel?

— Hum… eu, não — respondeu Keishin.

— Nem eu — disse Hana.

— Então fiquem avisados de que é um pouco diferente do que passar por uma porta de madeira — disse Haruto.

— Diferente como? — perguntou Keishin.

— É difícil pensar em outra coisa para comparar, a menos que você já tenha sido esmagado igual a um papel e dobrado em dois. Mas não dói tanto quanto parece. — Haruto andou até uma divisória dobrável de papel nos fundos da casa. Ele moveu a divisória para o lado e revelou uma grande folha de papel no chão. — Esta porta dá na minha casa. É grande o suficiente para vocês dois. Podem ir juntos. Deitem nela, que eu dobro a porta. Assim que arrumar as minhas ferramentas, eu vou também.

Hana se deitou no papel, e Keishin se acomodou do lado dela.

— Fechem os olhos e tentem relaxar.

Haruto ajeitou o cabelo de Hana atrás da orelha, roçando de leve os dedos em seu rosto. Hana assentiu, oferecendo um pequeno sorriso a ele.

Keishin cerrou a mandíbula e desviou o olhar.

Haruto ergueu as pontas do papel.

— É meio desconfortável, mas vou dobrar o mais rápido que conseguir. Preciso me concentrar e dobrar muito bem, então, por favor, fiquem quietos.

Hana fechou os olhos, com o coração batendo forte. Nem imaginava como seria ser dobrada e não tinha a menor esperança de que fosse agradável. Ela respirou fundo e soltou o ar devagar pela boca.

— Prontos? — perguntou Haruto.

Hana fez que sim.

— Então vou começar.

Hana sentiu o papel cobrindo seu corpo. Ela pegou a mão de Keishin, e ele a apertou com carinho, mandando uma onda de calor que se espalhou sob a pele dela e subiu por seus braços, dissolvendo a tensão em seus ombros. O calor estava descendo por suas costas quando ela sentiu uma pressão no peito. Era bem forte, esmagando-a. Ouviu o barulho do papel, enquanto suas costelas se achatavam, apertando os pulmões e deixando-a sem ar para gritar. Mas, se houve dor, Hana não conseguiu sentir. Quando se tem a espessura de um papel, não há espaço para nada além da sensação de ser dobrado de novo e de novo, mudando de forma e ficando cada vez menor. E, quando estava tão pequena que achou que teria desaparecido com mais uma dobra, ela se sentiu sendo desdobrada rapidamente. Seu peito se expandiu, enchendo-se de músculos, sangue e ossos. Hana abriu os olhos, ofegante. Havia uma folha de papel em cima dela. Ela a afastou e se sentou.

— Podemos nunca mais fazer isso? — Keishin se levantou e ofereceu a mão a Hana. — Você está bem?

— Acho que estou. — Hana se levantou. — Não sei como o Haruto aguenta fazer isso todo dia.

Keishin olhou ao redor, para a sala em que estavam, admirando os origamis elaborados nas paredes e prateleiras.

— Ele parece gostar mesmo do que faz.

— E gosta mesmo. Ele tem muita sorte — comentou Hana. — Ama o seu trabalho. Antes, a artista do museu era a mãe dele. Uma vez, o Haruto me disse que ela não era muito feliz.

— Vocês dois parecem... hum... próximos.

— E somos. Nós nos conhecemos desde que éramos crianças.

O papel farfalhou atrás dela. Hana se virou.

— Haruto?

A porta de papel no chão se abriu. Haruto emergiu dela e ficou de pé graciosamente. Ele trazia uma pasta de papel pendurada a tiracolo.

— Como foi a viagem? Espero que não tenha sido muito desconfortável.

— Foi... é... boa — disse Hana.

— Você nunca soube mentir, Hana. — Haruto sorriu. — É uma das coisas que mais gosto em você. Eu passo meus dias tirando a honestidade da história. É bom não ter que trabalhar tanto para obter a verdade.

— E é o mesmo motivo pelo qual sempre valorizei a nossa amizade. Você sempre me disse a verdade. Estou contando com a sua honestidade hoje.

— E eu com a sua. — Haruto olhou fixamente para ela, com o tom mais sério agora. — Pare de mentir, Hana.

— Mentir? — perguntou Hana, tensa. — Sobre o quê?

— Antes de eu falar qualquer coisa sobre o seu pai, preciso que você me diga quem é esse homem de verdade. — Ele se virou para Keishin. — E por que ele está com você.

Hana empertigou os ombros.

— Eu falei a verdade. O nome dele é Keishin, e ele...

— É um amigo que nunca vi, nem nunca ouvi falar... — Haruto foi até Keishin, com as costas eretas. — Nunca.

Hana se interpôs entre eles e segurou o braço de Haruto.

— Quem ele é não importa agora.

— Eu acho que importa, sim. — Haruto afastou o braço. — Como você sabe que pode confiar nele? O que eu sei sobre o seu pai nos coloca em perigo.

— Você pode confiar em mim — disse Keishin. — Eu juro. Estou aqui pra ajudar.

— "Estou aqui pra ajudar"... — repetiu Haruto lentamente. — E *de onde* você veio para ajudar *aqui*?

Keishin lançou um olhar na direção de Hana.

— Eu...

— Eu acho que você já sabe de onde o Keishin veio — disse Hana. — Ele está arriscando a vida para me ajudar. Você acha que alguém do nosso mundo faria isso?

Haruto balançou a cabeça.

— Eu faria — disse ele, baixinho.

Ela segurou o rosto dele e o fitou nos olhos.

— Então confie em mim. E nele. Conte o que o meu pai queria de você.

Haruto foi até a janela e segurou o peitoril, cravando as unhas no papel de que ele era feito.

— Por favor, Haruto — pediu Hana.

Haruto deu um suspiro e se virou para ela.

— Ele queria uma resposta para uma pergunta que tinha muito tempo que o atormentava. Ele queria saber se a sua mãe estava viva e achava que o único jeito de fazer isso era ver o que realmente tinha acontecido no dia em que os Shiikuin vieram buscá-la.

— O meu pai queria que você fizesse o tempo voltar — disse Hana.

— Não, Hana. — Haruto sentou-se à mesa e pegou uma pequena folha de papel numa das pilhas coloridas que havia em cima dela. — Ele queria que eu dobrasse o tempo.

CAPÍTULO VINTE E SEIS

O favor

Um mês antes

Haruto serviu o conteúdo de uma chaleira de papel em duas xícaras de origami, e a fumaça surgiu como se tivesse sido servido numa xícara ou bowl de barro. Ele ergueu os olhos das xícaras e sorriu para Toshio.

— O senhor devia ter me avisado que vinha. Eu teria trazido uns bolinhos de arroz que a minha mãe mandou.

— Me desculpe ter vindo sem avisar — disse Toshio. — Não achei que fosse seguir adiante com isso até me ver na porta do seu escritório. Se você não tivesse saído do bosque de bambu naquela hora, eu teria voltado para casa.

— Por quê? O senhor sabe que é sempre bem-vindo aqui. É como um pai para mim.

— Queria que não fosse assim.

Haruto franziu a testa.

— Por quê?

— Porque um pai de verdade nunca pediria o que estou prestes a pedir para você.

— Não estou entendendo. O senhor está com algum problema? Precisa de ajuda?

— O que aconteceu com a minha esposa, a mãe da Hana, não é segredo para ninguém.

— Toda criança conhece a história dela. Os Shiikuin fazem questão de que ninguém jamais esqueça a pena pelo crime dela.

Toshio se levantou, caminhou até a janela, botou a cabeça para fora e olhou em ambas as direções.

— O que o senhor está fazendo? — perguntou Haruto.

— Preciso ter certeza de que estamos a sós.

— Os visitantes do museu nunca vêm até aqui. Apenas os grous me fazem companhia enquanto trabalho.

— Então temos que conversar em outro lugar, porque o que estou prestes a dizer é só para os seus ouvidos.

— O senhor vai me explicar do que se trata? — perguntou Haruto assim que saiu da porta de papel e entrou em casa. — Garanto que estamos completamente a sós.

Toshio respirou fundo.

— Eu acho que a minha esposa está viva.

— *O quê?*

— Eu a vi num sonho, pouco antes de atravessar a ponte para o dia seguinte. Ouvi alguém chamar o meu nome e abri os olhos. Quando olhei para trás, ela estava do outro lado.

Haruto balançou a cabeça.

— Isso é impossível. Os mortos não podem entrar na Ponte da Meia-Noite. O senhor deve ter se enganado. Devia ser alguém parecido com ela.

— Foi a mesma coisa que eu pensei — disse Toshio. — Até ver a minha esposa de novo na noite seguinte. E na outra. Em ambas as vezes, ela me chamou bem na hora em que pisei no amanhecer.

— Mas os mortos não sonham.

— É por isso que eu acho que ela está viva — corroborou Toshio. — Acho que os Shiikuin mentiram para mim sobre a morte dela.

— Por que eles fariam isso?

— Eu não sei. Só sei que tem apenas um jeito de saber a verdade. Preciso ver o que realmente aconteceu no dia em que eles vieram à casa de penhores e a levaram de mim. — A voz de Toshio falhou. — E da Hana.

— Hana sabe que o senhor está aqui?

— Eu não quero envolver a minha filha em nada disso. É perigoso demais.

— Mas o senhor quer me envolver — disse Haruto. — Porque não sou seu filho.

— Você sabe que isso não é verdade. Você é da família, Haruto. Eu não pediria a sua ajuda se tivesse outro jeito. Mas não tem. Estou contando esse segredo para você, porque você não é como a Hana. Ela é muito parecida com a mãe. Impulsiva. Sempre questionando as coisas. Livre. Ela tenta lutar contra a própria natureza por minha causa, mas está no sangue dela. Se ela achasse que a mãe estava viva, desafiaria todos os Shiikuin para encontrá-la, custe o que custasse — disse Toshio. — Já você não.

— O senhor está me pedindo para mentir a ela.

— Para protegê-la.

— E o senhor não liga para a própria segurança?

— Eu estava pensando na minha segurança quando não tentei impedir que os Shiikuin levassem a minha esposa — disse Toshio. — Já chega.

— O senhor estava pensando na sua filha recém-nascida.

— Foi o que eu disse a mim mesmo, mas agora já não sei mais… Eu fui um covarde. Não disse nada, não fiz nada. Só fiquei lá, assistindo a eles levarem a minha esposa — disse Toshio. — Mas eu não vi tudo o que aconteceu. É por isso que preciso da sua ajuda.

— E como eu posso ajudar?

— Você tem um dom, Haruto. Todo dia, as suas mãos criam pássaros a partir dos segundos e minutos do outro mundo.

— Eu dobro papel.

— Você dobra o tempo — refutou Toshio. — E acredito que você consiga dobrar o tempo de volta até a manhã em que a minha esposa foi levada.

— Crença e realidade são duas coisas diferentes. O senhor sabe tão bem quanto eu de onde vem o tempo que coletamos do museu e o que precisamos fazer para pegá-lo. Os anos que o senhor quer que eu dobre são diferentes. Eles pertencem a este mundo, e tudo neste mundo pertence aos Shiikuin. Eu não posso dobrar o tempo sem me tornar um ladrão.

Toshio enfiou a mão na bolsa e sacou a garrafa com uma rolha. Uma luz azul forte irradiava dela.

— É por isso que eu já roubei o que você precisa.

Haruto fitou a garrafa, boquiaberto.

— O que o senhor fez?

Toshio abriu a garrafa e despejou o conteúdo no bowl de cerâmica vitrificado. Três grãos brilhantes caíram no fundo dele, e Toshio fez questão de contá-los duas vezes. Era quase impossível encontrar os ossos de um Shiikuin, seu paradeiro praticamente perdido num labirinto de rumores e mentiras. Anos antes, Toshio ouvira boatos sobre ossos triturados no Mercado Noturno, mas não tinha motivo para procurar saber mais detalhes. Até o dia em que sonhou com a esposa morta.

As versões das histórias de como e onde os ossos estavam escondidos excediam, e muito, os fragmentos disponíveis. Os primeiros boatos diziam que daria para encher um copo de saquê até a borda com eles. À medida que os rumores foram diminuindo, Toshio ouviu dizer que só restavam alguns grãos. Ele não ficou surpreso. Os ossos de um Shiikuin eram tão preciosos que até os mais obedientes se tornavam ousados. Ou tolos. Toshio não se iludia, sabia bem que era um tolo.

— Onde o senhor arrumou isso? — perguntou Haruto.

— Você ficaria surpreso com quantas pessoas acham que é do interesse delas fazer um favor a um penhorista.

— E elas estão certas. Todo mundo aqui deve tanto a você... — disse Haruto. — E eu lhe devo mais do que a maioria delas.

Toshio ofereceu o bowl a Haruto.

— Então me ajude. Por favor. Você acha que basta? Foi tudo o que eu consegui.

Haruto pegou o bowl e examinou os ossos.

— Não sei. Eu nunca fiz papel com nada que não fosse polpa de bambu e o tempo do outro mundo. Vai saber o que três fragmentos dos ossos de um Shiikuin significam. Será que esses ossos guardam a história de uma vida? Dez?

— Os ossos de um Shiikuin contêm as memórias de todos os Shiikuin que vieram antes e depois deles, tudo o que aprenderam, cada palavra que falaram e ouviram — disse Toshio. — Mas ninguém sabe com toda a certeza quão poderosos eles são e o que podem fazer.

Haruto olhou para o bowl.

— Porque as únicas histórias que se ouve sobre os que tentaram usar os ossos são sobre os que falharam.

CAPÍTULO VINTE E SETE

Dever e dívida

Quando Haruto terminou de contar sobre a visita de Toshio, havia um jardim de flores de papel na mesa. Distraído, ele dobrou uma flor *kusudama* e a colocou no fim da fileira, equilibrando-a na beirada da mesa. Ela caiu e pousou aos pés de Hana.

Hana pegou a flor e a devolveu a Haruto.

— Deu certo? Conseguiu fazer papel com os ossos e dobrar o tempo?

Haruto amassou a flor fechando o punho.

— Haruto? — insistiu Hana.

Ele começou a dobrar outra folha.

— Deu muito certo.

Hana o segurou pelo pulso, detendo-o enquanto dobrava uma parte de papel.

— Haruto, por favor, me diga o que o meu pai viu.

Ele largou a folha.

— Eu não posso.

— Por quê? Porque o meu pai fez você prometer que guardaria o segredo dele? De que vai servir essa promessa se ele morrer? Nós precisamos achar o meu pai antes que seja tarde demais.

— Eu não posso, porque não sei o que o seu pai viu. Ele pegou o tempo que eu dobrei e foi embora.

— Não. — A voz de Hana falhou. — Não pode ser só isso. Tem que haver mais alguma coisa. Qualquer coisa.

— A única outra lembrança que tenho daquele dia é a cara dele quando coloquei o dia dobrado nas suas mãos. O que eu vi nos olhos dele foi arrependimento. O que quer que fora revelado naquele dia deve ter a ver com o sumiço dele. Não pode ser mera coincidência. Mas para onde ele foi ou por que, eu não tenho como dizer. Desculpe. Queria poder ajudar mais.

— Você pode — disse Keishin. — Faça de novo.

— Quê? — perguntou Haruto, olhando com irritação para ele.

— Dobre o tempo de novo.

— Você não ouviu nada do que eu falei? É proibido dobrar o tempo do nosso mundo. Dobrar o tempo dos ossos roubados de um Shiikuin é mil vezes pior. Até hoje, eu acordo no meio da madrugada me perguntando se esse será o dia em que vou dar de cara com os Shiikuin na minha porta.

— Você se arriscou por Toshio — disse Keishin.

— Sim, e isso já não basta?

— Não, se quiser mesmo ajudar a Hana como diz que quer. Se você se importasse com ela...

— O que eu tenho que sentir pela Hana, ou o que eu devo ou não fazer, não é da sua conta. Quem você pensa que é? Você nem é daqui.

Keishin se levantou, com os dentes cerrados. Hana o segurou pelo braço e o afastou de Haruto.

— Ele tem razão.

— Mas...

— O que ele fez pelo meu pai já é mais que suficiente. — Hana soltou Keishin e virou-se para Haruto. — Eu não posso nem vou pedir a você mais do que já fez. Keishin e eu vamos achar outro jeito de encontrar o meu pai. — Ela olhou para Keishin. — Temos que ir.

Keishin assentiu e esticou a mão na direção da dela.

— Esperem. — A palavra saiu da boca de Haruto antes que Keishin conseguisse tocar os dedos de Hana. — Eu faço.

Hana arfou.

— Mas os Shiikuin...

— Eles que tentem me impedir.

Hana se aproximou dele.

— Você não precisa fazer isso...

— Nunca vou me perdoar se acontecer alguma coisa com você porque eu fui um covarde — disse Haruto.

— Você não é um covarde — afirmou Hana, e tocou no braço dele.

— Só resta um fragmento de osso. Usei os outros dois para o seu pai e guardei um, para caso de dar algum problema. Vou fazer o papel e dobrar o tempo da melhor maneira possível, mas não posso garantir que você vai ver tudo o que o seu pai viu.

— O que quer que apareça no papel, vai ser mais do que eu sei agora — disse Hana.

— Toda pessoa do nosso mundo tem uma grande dívida com a sua família. E eu devo ao seu pai mais do que todas elas. Nunca vou ser capaz de retribuir o que ele fez por mim e pela minha mãe, mas vou tentar — disse Haruto. — Mas primeiro preciso pegar o osso onde eu o escondi. Não tive coragem de deixar aqui. Vai demorar um pouquinho. Vocês podem dormir na pousada da cidade, vai ser mais confortável, e amanhã de manhã voltam aqui. Até lá, já deve estar tudo pronto. — Ele tirou uma folha de papel em branco da manga e entregou a Hana. — Aqui. Se algo der errado, eu uso isso para entrar em contato com você.

— Nada vai dar errado — respondeu Hana, e pegou o papel.

Haruto voltou-se para Keishin.

— Cuide dela.

— Pode deixar — prometeu Keishin.

— Obrigada por fazer isso, Haruto — disse Hana, uma lágrima solitária escorrendo por seu rosto.

— Não precisa me agradecer. É uma dívida que eu tenho com o seu pai. — Haruto ergueu o rosto de Hana e enxugou a lágrima com o polegar. — E é o meu dever como seu marido.

CAPÍTULO VINTE E OITO

Seguro. Longe. Secreto.

Por ser cientista, Keishin achava a ideia de dobrar o tempo prendendo-o numa folha de papel a coisa mais emocionante que já tinha ouvido na vida. As possibilidades de uma tecnologia dessas eram infinitas. Exploração espacial. Viagem no tempo. Pesquisa. No entanto, por mais que tentasse, Keishin não conseguia dar a mínima. Desde que saíra da casa de Haruto e entrara no único *minshuku* da cidade para alugar um quarto — que teria que dividir com Hana —, apenas uma pergunta rondava sua mente.

O quarto tinha paredes de papel e ostentava a vista para uma montanha que Keishin não conseguia distinguir no escuro. Enrolados no canto perto da janela, havia dois futons que ele supôs que, quando abertos, ocupariam quase o chão todo. Hana pegou um deles e o abriu no tatame. Então, foi pegar o segundo.

— Não — disse Keishin. — É… Quer dizer, obrigado, mas deixa que eu faço.

Hana assentiu e se deitou, virada de costas para Keishin.

— Melhor tentar dormir um pouco. Amanhã cedo vamos voltar para a casa do Haruto.

— Haruto — murmurou Keishin, sem perceber que tinha dito o nome em voz alta. — Seu marido.

— Ele não é meu marido — disse Hana, sem olhar para Keishin. — Ainda.

— Ah.

Talvez houvesse mais de cem respostas melhores do que aquela, mas foi a única que Keishin conseguiu oferecer sem trair o desconforto que sabia que não tinha o direito de sentir.

— Você ficou chateado — disse Hana.

— Quê? Não. Lógico que não. Por que eu ficaria chateado?

— Porque eu te beijei e você retribuiu.

— Isso não...

— Eu devia ter te contado. Me desculpe. A Horishi nos uniu quando éramos crianças. O nome dele está escrito na minha pele.

Hana traçou um nome invisível na parte interna do braço.

— Não precisa explicar.

— Mas eu quero — disse ela, sentando-se. — A maioria das pessoas no meu mundo não conhece o cônjuge até o dia do casamento, mas o meu pai queria que comigo fosse diferente. Ele falou que o que aconteceu com a minha mãe podia ter sido evitado se ele a entendesse melhor. É por isso que eu conheço o Haruto desde criança. Não era fácil ser meu amigo. Quando eu era pequena, odiava que mandassem em mim, e o Haruto gostava de brincar dizendo que, quando a gente se casasse, eu ia ter que obedecer a tudo que ele dissesse. A maioria das visitas terminava comigo tentando puxar o cabelo dele e o meu pai tentando nos separar.

— Parece um dos pilares de um casamento perfeito — disse Keishin, em um tom que era para ser engraçado, mas acabou soando mecânico.

— Haruto e eu somos muito diferentes, mas aprendemos a ser amigos. O que nós sentimos um pelo outro não passa de amizade. Meu pai costumava dizer que já tínhamos começado melhor que muita gente e que, com o tempo, o amor, ou algo perto disso, floresceria.

— Tem certeza?

— Do quê?

— Do que o Haruto sente por você. Ele está arriscando a vida para te ajudar.

— Você também.

— É diferente.

— É?

Um vento frio invadiu o quarto, apagando a única lamparina que eles tinham. Hana arfou e ficou de pé.

— Temos que ir — disse ela, juntando suas coisas. — Eles nos acharam.

Keishin pulou pela janela do *minshuku* e aterrissou na grama ao lado de Hana. Ele sentiu uma pedra ferindo a palma da sua mão, conteve um grito e examinou depressa as ruas escuras da cidade.

— Nós passamos por um poço indo para a pousada. Acho que era por ali. — Ele apontou para a esquerda da casa. — Dá pra fugir por ele?

— Dá — respondeu Hana. — Agora, corra.

A segunda pior coisa de viajar por um poço era ter que pular dentro dele. A pior era tentar não gritar.

Era impossível para Keishin não sentir que tinha simplesmente pulado para a própria morte. Ele bateu com os pés na água gelada, mas estava concentrado demais no medo para sentir frio. Afundou na escuridão, repetindo as instruções de Hana como uma oração. Ela tinha pedido a ele que pensasse num lugar onde pudessem se esconder, um refúgio que só ele conhecesse. Com ele os guiando, ficaria mais difícil para os Shiikuin encontrá-los.

Seguro. Longe. Secreto.

Seguro. Longe. Secreto.

Seguro. Longe. Secreto.

Viu luzes brilhando lá em cima. Estava perto da superfície. Keishin olhou para trás, mas não viu Hana em lugar algum.

あわせもの、はなれもの

PARTE III

O que foi unido pode ser separado.

CAPÍTULO VINTE E NOVE

Frango ou porco picante?

Faculdade. Casamento. Filhos. Essas eram as grandes decisões que as pessoas achavam ser importantes. O que é um erro, claro. Na verdade, eram as escolhas que as pessoas nem percebiam que estavam fazendo que definiam o curso de suas vidas. Pequenas mudanças, diminutas, mas que, com o menor dos ângulos, apontavam na direção do que iria acontecer a seguir.

No caso de Keishin, o que definiria o resto de sua vida foi decidido no segundo em que seus olhos passaram do pacote de ramen de porco picante para o de frango, e então de volta para o de porco. Ele escolheu a embalagem vermelha e a colocou na cesta de plástico verde. Não era hora de experimentar sabores novos. Ia pegar um longo voo para Tóquio no dia seguinte, e a última coisa de que precisava era de uma dor de barriga no meio da viagem.

Torceu o nariz para o jantar de ramen instantâneo e jurou comer um de verdade assim que chegasse ao Japão. Ele deu um passo para trás, afastando-se da prateleira, e pisou com o solado grosso da bota em algo macio demais para ser o piso de ladrilhos da loja de conveniência. Um grito agudo eliminou qualquer esperança de que tivesse pisado num pacotinho de biscoito, e não no pé de um estranho. Ele se virou, já se desculpando.

— Ai, meu Deus. Perdão.

— Que lugar é esse? — perguntou a mulher, em japonês.

— Ah... Oi... — disse ele, mudando para o japonês. Keishin observou o rosto pequeno em formato de coração, procurando uma pista de quem poderia ser. Nunca fora bom em decorar nomes, mas achava que não teria esquecido o dela. — Desculpe. Eu conheço você?

Hana franziu a testa.

— Sou eu. A Hana.

— Você faz aula comigo?

— Quê? Não. Você esqueceu? Nós pulamos num poço, e eu pedi a você que pensasse num lugar seguro para nos escondermos.

— Certo... — Ele deu um passo para trás. — Desculpe, mas tenho que ir — disse ele, caminhando na direção do caixa.

— Espera. — Hana o segurou pelo braço. — Eu conheço você, e você me conhece. Seu nome é Keishin. Você é físico, aceitou um emprego no detector Super-Kamiokande e está tentando encontrar neutrinos.

— Todo mundo na universidade sabe por que eu vou me mudar para o Japão.

— Você foi abandonado pela sua mãe, e na sua vida todas as conquistas e descobertas das quais você foi atrás foram para tentar encontrar algo que te fizesse se sentir digno do amor dela.

Keishin deixou a cesta cair, derrubando o jantar no chão.

— Quem te falou isso?

— Você. Você me contou como a sua mãe foi embora quando era pequeno. O restante... Eu mesma decifrei.

— Quem pediu a você que fizesse isso? É uma pegadinha? Porque, se for, não estou achando a menor graça.

— Keishin... Kei... — Hana se aproximou dele devagar. — Você precisa me ouvir com muita atenção, por favor. Você fez o que eu pedi. Encontrou um esconderijo seguro. Nós estamos num momento tão insignificante e pequeno na sua mente que ninguém pensaria em procurar por você nele. Mas você se escondeu muito bem, levou a sério demais.

— Isso é loucura — disse ele, apressando-se na direção da saída.

— Para onde você vai? Para o seu apartamento? Sentar no sofá de couro enquanto ouve uma música que vai te transportar a um barquinho flutuando num lago tranquilo e subterrâneo? Sua armadilha bonita?

— Como você…

— Você me mostrou. Você me levou até o barco do Super-Kamiokande.

— Mas isso é só uma…

— Uma memória que você pegou emprestada de outra pessoa. — Hana olhou para a loja à sua volta. — Mas essa memória é sua, um fragmento de uma época antes de você entrar pela porta de uma casa de penhores.

— A casa de penhores… — Keishin fechou os olhos. — Ela… foi saqueada.

— Isso.

— E você estava lá. Com o pé sangrando.

— Eu tinha pisado…

— Em um caco de vidro. — Keishin piscou com força e olhou para Hana. — Eu… Eu me lembro.

Hana soltou o ar, envolvendo-o com os braços.

Keishin lhe deu um abraço apertado.

— Estamos em segurança? — sussurrou ele em seu cabelo.

— Por enquanto. Ainda estamos caindo.

— Caindo?

— No poço. — Hana se afastou. — Isto aqui é um atalho. Não podíamos ir direto para nenhum dos lugares que eu conhecia. É muito fácil para os Shiikuin nos acharem neles. Estou torcendo para conseguir despistá-los se ficarmos um tempo aqui.

— Quanto tempo?

— Até amanhã de manhã — disse Hana. — Depois, precisamos encontrar o Haruto.

— Hana… — Keishin hesitou.

— O que foi?

— Se os Shiikuin nos acharam no *minshuku*, não acha que eles podem ter descoberto sobre o Haruto também?

— Não.

— Mas...

— Não. — A voz dela falhou. — Ele está bem. Tem que estar.

Keishin observou os lábios pálidos de Hana, trêmulos por causa de sua respiração entrecortada. Ele assentiu, deixando-a acreditar na mentira que estava contando para si mesma. Quando se está fugindo para salvar a própria vida, a honestidade é um luxo. A coragem, mesmo quando fingida, não é.

Keishin e Hana estavam sentados diante de uma das bancadas da loja de conveniência, esperando o ramen instantâneo ficar pronto. Alguns clientes passaram por eles, mas nem chegaram a olhar em sua direção.

Keishin levantou a tampa de papel alumínio da tigela de ramen.

— Está pronto. Só precisar dar uma mexida.

Hana mexeu o macarrão com o garfo de plástico.

— Não parece ramen.

Keishin sorriu.

— Vai. Experimente.

Com cuidado, Hana levou uma garfada de macarrão à boca.

— É... Não é ruim. Mas não é ramen.

— Realmente não tem nada a ver com o ramen do seu mundo. — Keishin riu. — O que é uma coisa boa.

— Por quê?

— Porque nada nesse bowl faz bem pra você.

Hana comeu outra garfada.

— Ainda bem que nada disso é verdade então.

— Eu talvez deveria comer tudo que tem aqui, já que não preciso me preocupar se vou passar mal — disse Keishin, examinando as prateleiras.

— Isso aqui parece interessante — comentou Hana, apontando para uma máquina de raspadinhas. — Por que é azul?

Keishin torceu o nariz.

— Mesmo não sendo de verdade, não recomendaria que você experimentasse.

Hana riu.

Keishin também. Uma risadinha que começou na barriga e escapou por seus lábios. Ela foi crescendo, se remexendo dentro dele e se expandindo em seu peito, forte e incontrolável. Keishin riu e puxou o ar. Hana teve uma crise de riso, e então os dois começaram a gargalhar, caindo no chão. Keishin rolou de lado e apertou a barriga, com lágrimas nos olhos.

Hana se sentou e se recostou na prateleira de snacks, respirando de forma lenta e controlada para conter o riso.

Keishin se sentou do lado dela, com as pernas compridas esticadas no chão.

— Nossa, foi bom rir assim.

Hana sorriu.

— É.

— Eu nem sei do que estávamos rindo.

— De nada. — Hana arfou. — E de tudo.

Keishin olhou para a loja à sua volta.

— É estranho ter voltado aqui.

— Porque não é de verdade?

— Acho que não pareceria verdade nem que eu estivesse de fato aqui. Essa memória tem poucos dias, mas eu não me sinto mais a mesma pessoa que era quando vivi isso.

— Essa sensação vai passar. — Hana mexeu no pacote de chips que pegou na prateleira. — Quando tudo isso acabar, vai parecer que a única vida que você viveu foi a de antes.

— Porque eu não vou me lembrar de você — disse ele, baixinho.

Hana apoiou a cabeça em seu ombro.

— Você disse que não se importava em esquecer o meu mundo.

— Eu não me importava.

— E agora? — perguntou ela, e fechou os olhos.

— Agora… — Ele segurou a mão dela, entrelaçando seus dedos como se isso pudesse impedi-la de escapar. — Agora é diferente.

Keishin tinha passado a vida toda achando que não era possível segurar o tempo, mas, naquela noite, o tempo se encaixava perfeitamente no copo de papel aquecendo suas mãos. Quinze minutos eram exatamente como um café com leite quentinho, e tinha o mesmo cheiro. Passado aquele tempo, quando terminasse de beber os últimos segundos de um café de torra escura, à pedido de Hana, ele iria acordá-la da soneca que estava tirando em seu ombro. Ela tinha dito que eles precisavam voltar a procurar por pistas antes de o sol nascer. E voltar a serem perseguidos.

No entanto, Keishin ainda estava com o copo cheio e tempo para observar Hana dormir. Ele afastou a mecha de cabelo do rosto dela. Hana dormia surpreendentemente em paz para alguém sentado no chão de uma loja de conveniência que sabe-se lá quando fora limpa pela última vez. Ele também estava calmo, em parte porque era bom não ter que estar em alerta o tempo todo, mas principalmente porque enfim encontrara uma resposta para uma pergunta que envolvia um elevador quebrado, uma mulher grávida e uma caixa surrada de livros antigos e gratuitos.

CAPÍTULO TRINTA

O manual de parto de Ina May

Um ano antes

O edifício em que Keishin morava projetava uma sombra agradável na rua. Ele apertou o passo. Seus pensamentos chegaram em casa antes dele, tirando depressa as roupas suadas e deixando-as no chão. Eles entraram no chuveiro, debaixo da água fria, esperando o restante de Keishin chegar. Estavam acostumados a deixá-lo para trás. Seu corpo estava sempre tentando alcançar sua mente. Mais tarde, quando estivessem juntos de novo, Keishin se serviria de uma taça de vinho branco gelado, colocaria um disco para tocar e dormiria no sofá ouvindo a sua música preferida, com o cabelo ainda molhado do banho.

Keishin correu até o prédio, com a camisa colada no peito. Seus olhos ardiam por causa do protetor solar e do suor. Por sorte, ele não precisava enxergar para chegar ao elevador. Só o som de seus passos no piso de mármore preto e branco já bastavam. Aquilo e o barulhinho da máquina de café eram os sons de que mais gostava no mundo. Vinte e dois passos. Cada um o levava mais perto de uma pequena caixa de metal que o salvava dos ruídos do dia. Ele não gostava quando precisava pegar o elevador com outras pessoas.

Uma mulher grávida se abanando vigorosamente com um cardápio de delivery de comida chinesa junto da porta do elevador arruinou suas esperanças de subir sozinho. A porta se abriu. Keishin olhou na direção da escada e desconsiderou a ideia de subir a pé os dez lances até seu apartamento quase no mesmo instante em que a cogitou. A sineta do elevador tocou. Keishin olhou para a mulher, e ela desviou o olhar, fazendo o rabo de cavalo grosso balançar como um pêndulo por cima de sua nuca. Ela entrou no elevador, enfiando o cardápio de delivery na bolsa grande que carregava no ombro, enquanto equilibrava na outra mão uma caixa de donuts com geleia. Keishin entrou em seguida e apertou o botão para o seu andar.

— Oitavo, por favor — pediu a mulher grávida. — Obrigada.

Keishin apertou o botão para ela.

O elevador deu um solavanco. A mulher tropeçou para a frente, derrubando os donuts no chão e empurrando Keishin contra a porta. Ele sentiu o metal batendo no rosto. As luzes se apagaram, mergulhando o cubículo na escuridão. Uma luz de emergência se acendeu, e Keishin sentiu uma dor irradiando pela bochecha.

— Você está bem? — perguntou ele, esfregando o rosto dolorido.

A mulher abraçou a barriga.

— Eu... acho que estou.

— Ok. Ótimo. Vou pedir ajuda. — Ele apertou o botão de chamada de emergência do elevador. — Alô?

O alto-falante emitiu um chiado.

— Alô? — repetiu Keishin. — Tem alguém me ouvindo? Ficamos presos no elevador.

— Estou ouvindo. Vocês estão bem?

— Estamos.

— Estamos ligando para o pessoal da manutenção. Daqui a pouco eles chegam.

Keishin respirou fundo, dizendo a si mesmo que podia ter sido pior. Ele podia ter ficado preso no elevador com Trisha, a vizinha que, depois de um filme ruim, um jantar medíocre e garrafas de vinho em excesso, ele cometera o erro de levar para a cama.

— Eu sou a Liz — apresentou-se a mulher. — Moro no oitavo andar.

— Eu sei.

— Ah, é. Eu pedi pra você apertar o botão para mim. Desculpe. Cérebro de grávida.

— Eu sou o Kei. Moro no décimo — disse ele, não porque fosse necessário, mas porque era educado.

Ele esperava que aquela situação não demorasse a se resolver e não achava que precisavam conversar enquanto esperavam o elevador voltar a funcionar.

Liz se sentou no chão e se abanou com o cardápio do restaurante de comida chinesa.

— Tomara que tirem logo a gente daqui.

— Não deve demorar — disse Keishin, e se sentou do outro lado.

Liz franziu o cenho e esfregou a barriga.

— Ai, meu Deus...

— O que foi? Aconteceu alguma coisa?

Liz gemeu, se contraindo. O suor escorria de sua testa.

— Eu... Eu acho que o bebê vai nascer.

— O quê? — perguntou Keishin, aproximando-se dela.

Liz cerrou os dentes e o agarrou pela manga da camisa.

— Você, por acaso, não é médico, é?

— Hum... eu sou doutor, mas do tipo que não serve pra nada.

Liz contraiu o rosto de dor, apertou o braço dele e gemeu.

— Não quero que a minha filha nasça num elevador — disse ela, começando a chorar.

— A gente já vai sair. Daqui a pouco. Eu prometo.

— Não, "daqui a pouco", não. Agora. A gente tem que sair agora. — Liz respirou fundo. O suor escorria por seu rosto e lábios pálidos. — Não consigo respirar. O ar está acabando. Eu vou morrer. Minha filha...

Keishin apertou a mão dela. Ele não entendia muito de parto, mas sabia bem o que era uma crise de ansiedade. Nos primeiros meses depois que a mãe dele fora embora, pelo menos de duas em duas semanas, Keishin encontrava o pai em posição fetal, achando que ia morrer. Assim como Liz, ele ficava com as mãos frias e úmidas, tremendo junto às dele. Keishin segurava a mão do pai até a respiração dele se acalmar, tentando tranquilizá-lo do único jeito que sabia. Ele se deitava do lado do pai e repassava, como se fosse uma história, todas as coisas que sua jovem mente sabia serem verdadeiras. "O Sol é uma estrela. O cérebro não sente dor. A gravidez dos elefantes dura quase dois anos." Fatos sempre reconfortaram Keishin. O amor da mãe já estivera no topo da lista, antes de qualquer curiosidade sobre a Terra ou a Lua. Depois que ela foi embora, ele passou a coletar o máximo de verdades que conseguia, convencendo-se de que um dia teria o suficiente para preencher o buraco em seu peito que antes se preenchia com a certeza. Ele compartilhava sua coleção de fatos inquestionáveis e indiscutíveis com o pai, dando-lhe algo a que se segurar sempre que uma corrente de dúvida ameaçava levá-lo.

Keishin apertou a mão de Liz.

— "Não se esqueça de uma coisa, pois é a mais absoluta verdade: seu corpo não é um limão. Você não é uma máquina. O Criador não é um mecânico descuidado. Os corpos humanos femininos têm o mesmo potencial de dar à luz tanto quanto os porcos-da-terra, os leões, os rinocerontes, os elefantes, os alces e os búfalos" — disse ele.

— *Quê?* — Liz ofegou.

— É um trecho do livro *Manual de parto de Ina May* — disse Keishin. — E um fato.

— E por que você sabe disso? — perguntou Liz, com a respiração já mais calma.

— Quer a explicação rápida ou a longa?

— A rápida. — Liz expirou de forma controlada. — Com certeza, a rápida.

— As coisas preferidas do meu pai eram as de graça.

— E?

— É só isso. Você pediu a explicação rápida.

— Ah. Entendi. — Liz enxugou o suor da testa. — Está tentando me distrair da minha catástrofe iminente.

— Está funcionando?

— Está. Continue. Me conta a versão mais longa, ou pelo menos a média.

— Tá bem, mas primeiro você tem que me prometer uma coisa.

— O quê?

— Você tem que segurar esse bebê aí dentro mais um pouquinho, está bem? Acho que essa situação precisa de um profissional que entenda mais de parto do que alguém que achou o manual empoeirado da Ina May numa caixa de livros que o pai pegou na rua.

— Está bem.

Liz quebrou sua promessa.

Keishin se agarrou às palavras de Ina May como se fossem o próprio cabo que impedia o elevador de cair no chão. Liz, repetiu ele para si mesmo, não era um limão e, seguindo os conselhos comprovadamente eficientes de Ina May, ela daria à luz com a mesma facilidade que qualquer animal.

— Você está indo muito bem, Liz — disse ele, olhando para ela de onde estava, entre suas pernas abertas e dobradas. — Faça força de novo, só mais uma vez, está bem?

Liz gemeu, franzindo o rosto.

— Está quase lá. Respire fundo, Liz. É agora. Já dá pra ver a cabeça. — Keishin posicionou as mãos entre as pernas de Liz, sustentando a criança que saía. — Estou com ela!

— E... ela está bem? — Liz chorava.

Keishin passou a mão com cuidado pelo nariz e pela boca da neném, como Ina May havia orientado, limpando os fluídos. A criança soltou um grito vigoroso. Keishin a colocou nos braços de Liz.

— Ela é linda. — Liz riu e chorou ao mesmo tempo. — Obrigada.

Keishin enxugou a testa com a manga.

— Agradeça a Ina May.

As portas do elevador se abriram. Lá fora, um homem com um macacão azul-escuro os encarava, de queixo caído.

— Cacete... Está tudo bem?

Keishin olhou para Liz. O sorriso dela parecia descabido dentro daquele elevador tórrido, cheirando a sangue, suor e fluidos de parto. Era um sorriso que só podia pertencer a alguém que estivesse totalmente satisfeito de ficar preso onde estava. Aquilo é que era felicidade, pensou Keishin: uma mulher exausta, sentada em uma poça de líquido amniótico e donuts com geleia esmagados, com um cardápio de delivery de comida chinesa amassado ao seu lado. Os olhos de Liz só viam a filha, e nada nem ninguém importava mais do que aquele pacotinho em seus braços. Keishin limpou o sangue das mãos nas calças e saiu do elevador, se perguntando se algum dia se sentiria feliz o bastante para ficar apenas sentado, em completo silêncio.

CAPÍTULO TRINTA E UM

A mensagem

Hana recostou-se no ombro de Keishin, torcendo para que, se fechasse os olhos, os últimos quinze minutos que teria na loja de conveniência que não era real talvez parecessem mais longos. Ela se recusava a desperdiçar o tempo que fosse imaginando o que iria acontecer quando aquilo acabasse. Ela precisava de todos os segundos daquele momento para reescrever a própria memória. Era ali, no corredor de macarrão instantâneo de uma loja tomada por cores e luzes, que deveria ter conhecido Keishin, e não numa casa de penhores cheia de vidros quebrados. Ali, talvez eles tivessem tido a chance de ser mais do que apenas dois estranhos agarrando-se um ao outro em busca de segurança e calor. Aquilo a fez pensar na história de seu pai, sobre como os pássaros penhorados poderiam alterar o curso do tempo se escapassem. Se pudesse escapar como os passarinhos, pensou ela, voaria para aquele momento.

Hana ouviu um ruído de papel farfalhando perto de sua orelha e se levantou, quase derrubando o copo de café da mão de Keishin.

— Ei! — exclamou Keishin. — Cuidado. Está quente. Mesmo não sendo de verdade.

— Você ouviu isso? — perguntou Hana.

— O quê?

O barulho ficou mais alto. Hana pegou a bolsa, enfiou a mão lá dentro e sacou a folha de papel que Haruto lhe dera. A folha se contorceu em sua mão.

— É o Haruto. — Ela colocou o papel no chão. — Ele está mandando uma mensagem.

Hana e Keishin ficaram observando o papel se mover e se dobrar sozinho, como que manipulado por mãos invisíveis e experientes. Quando ele alcançou sua forma final e angular, ficou imóvel.

Hana fitou o origami no chão.

— Você tinha razão sobre os Shiikuin terem descoberto que Haruto está nos ajudando. Não podemos voltar para a casa dele.

— Como você sabe?

— Porque o Haruto acabou de dizer para onde temos que ir.

Keishin pegou o papel dobrado.

— Para uma estrela?

CAPÍTULO TRINTA E DOIS

O Vale das Estrelas

No fim das contas, a raspadinha azul servia para mais do que só congelar o cérebro. Keishin observou Hana derramar um pouco no chão. Ele mergulhou na poça azul, contente por descobrir que não era fria.

A viagem foi rápida, e Keishin nem teve tempo de tentar entender o que significava viajar para uma estrela. Depois de se deparar com raposas de areia e pergaminhos vivos, ele tivera que repensar seu conceito de "fantástico" mais de uma vez, e uma estrela sem dúvida testaria ainda mais os limites dessa nova definição. Portanto, era bem compreensível que Keishin achasse difícil esconder a decepção quando chegou ao seu destino.

— Não era isso que você esperava — comentou Hana, fitando o vilarejo no sopé de uma pequena colina.

— Acho que entendi errado. Pensei ter ouvido você dizer que íamos para uma estrela.

Hana sorriu.

— Você ouviu certo, mas não vamos ver só uma estrela. Vamos ver muitas. Esse vilarejo tem uma responsabilidade. Toda noite, ele cria o céu.

Pelas ruas de paralelepípedos do vilarejo, o ar fervilhava de energia, fazendo a pele de Keishin formigar. Para onde quer que olhasse, não havia ninguém parado. Todo mundo, até as crianças pequenas, tinha uma tarefa. Cestas moviam-se continuamente de ambos os lados da rua, sendo levadas nas costas e nos ombros. Pequenos grupos se debruçavam sobre mesas de trabalho, cortando papel *washi* ou partindo bambu em ripas finas, quase sem parar para falar ou desviar a atenção do trabalho. As crianças distribuíam bandejas de comida e bebida. Uma menininha de mãos rechonchudas parou e ofereceu biscoitos de arroz a Keishin e Hana.

— Obrigado — disse Keishin, pegando um biscoito redondo e dourado.

Ela fez uma reverência e abriu um sorriso que fez suas bochechas ficarem mais rechonchudas. Então, saiu andando pela rua com a bandeja na mão, em busca da próxima pessoa para comer seus biscoitos.

— Todo mundo da cidade está trabalhando para preparar o céu da noite. Algumas pessoas fazem as estrelas. Outras limpam. Outras garantem que ninguém fique com sede ou com fome enquanto trabalha. No fim do dia, eles expõem o céu e vão dormir. No dia seguinte, fazem tudo de novo.

— Acho que de tudo que eu vi e ouvi desde que entrei no seu mundo, isso que você acabou de me dizer é o que menos faz sentido. Como assim eles estão preparando o céu da noite? Como se faz uma estrela?

— É mais fácil você ver — respondeu Hana. — Venha.

Eles pararam no fim da rua, na frente de uma casa de madeira de dois andares. Dois homens descarregavam uma carroça estacionada na porta. Eles entregaram cestas com pacotinhos embrulhados em seda para duas mulheres, que as levaram para dentro da casa.

— É aqui que o processo todo começa — explicou Hana. — Pense neste vilarejo como uma oficina. Cada rua tem uma tarefa específica, e todas as casas desta rua são responsáveis por cumprir os vários elementos dessa tarefa. Esta casa é responsável por coletar e classificar a esperança.

— A esperança? — perguntou Keishin, arqueando a sobrancelha.

— Mesmo num mundo como o nosso, onde a nossa vida toda está mapeada, ainda precisamos ter esperança, ou pelo menos a ilusão dela. No nosso aniversário, podemos mandar as nossas esperanças para este vilarejo. Algumas semanas antes, nós escrevemos e mandamos para cá. É dever da vila mandá-las para o céu — disse Hana. — É isso que tem naquelas cestas. Esperança. Toda família desta rua está encarregada de coletar e classificá-las. Mas nem toda esperança é igual. Tem umas que dão mais trabalho que as outras. As casas encarregadas de preparar as esperanças que as pessoas têm a respeito do amor são as que têm a tarefa mais complicada.

Keishin e Hana foram calorosamente recebidos numa casa na rua ao lado, como se fossem grandes amigos da família. Suzuki Fumiko, uma senhora encurvada com mais dificuldade para enxergar do que para tagarelar, os levou até a sala onde um pequeno grupo de pessoas estava reunido em torno de uma mesa, pintando finas folhas de papel.

— Não é sempre que recebemos visita aqui no vilarejo. — Fumiko semicerrou os olhos para Keishin. — Sempre fico feliz de ver os rostos de quem manda as suas esperanças para cá.

— Obrigada por nos permitir ver o seu trabalho, Suzuki-san — disse Hana.

— Hoje em dia quem pinta são os meus filhos. Meus olhos desistiram de mim antes da minha cabeça e das minhas mãos. Mas quanta beleza eu costumava pintar... Todo mundo dizia que o meu trabalho era o mais bonito da região. Melhor até que o da minha irmã. A minha especialidade eram rostos. Lábios. Olhos. Narizes. Eu pintava com o maior esmero — disse ela, quase sem parar para respirar. — Ah. Perdão — continuou, com uma risada. — Lá vou eu de novo. É um vício da velhice ficar divagando, tirando vantagem de pessoas educadas demais para me mandarem calar a boca.

Keishin sorriu, achando a tagarelice dela reconfortante. Aquilo lhe fazia refletir sobre algo além do fato de que estava sendo perseguido pelos Shiikuin. Também fazia com que o dia com Hana parecesse mais um passeio em que eles eram dois turistas sem a menor preocupação, a não ser onde iam almoçar e comprar lembrancinhas da viagem. De certa forma, era como um encontro — o segundo deles, se contasse o imaginário que tiveram quando estavam viajando na sua música. Tinha até o friozinho na barriga quando ficavam parados um do lado do outro, com as mãos quase se tocando.

— É um prazer ouvir a senhora falar.

Fumiko sorriu.

— Gostei de você. Você me lembra o meu pai. Ele parava tudo que estava fazendo, não importa quão ocupado estivesse, para ouvir as histórias dos insetos que eu tinha encontrado ou da pedra que eu achava bonita. Ele me fazia achar que eram as coisas mais interessantes do mundo. Hoje em dia, as únicas coisas que vejo com nitidez são o rosto dele e os outros tesouros antigos que eu guardo aqui dentro. — Ela apontou para a lateral da cabeça com o dedo. — Mas eu não tenho do que reclamar. Minha família teve o privilégio de pintar todas as esperanças que o nosso mundo já teve sobre o amor. Dizem que as esperanças sobre os filhos são as mais coloridas, as esperanças sobre a saúde as mais brilhantes, as esperanças sobre a felicidade as mais bonitas e as esperanças sobre o amor as mais difíceis de pintar. E é verdade. É muito difícil capturar em pigmento todos os tons que o amor tem. Mas nós fazemos o nosso melhor, e eu me lembro de tantas esperanças que pintei na vida que daria para encher um museu gigante. Não preciso ver mais nada. Confio nos meus filhos para cumprir o dever da nossa família. — Ela apontou para a pessoa na ponta mais distante da mesa. — Mikio é o meu filho mais velho e um ilustrador talentoso.

Um homem calvo e esguio ergueu o rosto da folha hexagonal de papel *washi* e cumprimentou Keishin e Hana com um sorriso educado. Ele voltou ao trabalho, pintando a folha com tinta preta, numa combinação de pinceladas grossas e finas. A imagem no papel não estava nem metade pronta, mas Keishin já conseguia distinguir as feições de um lindo rosto.

— E essa é a Emiko. — Fumiko apontou para uma mulher com um rosto que fez Keishin pensar num pêssego. — Ela dá vida aos desenhos do Mikio.

Emiko ergueu os olhos do canto da mesa onde estava e acenou com a cabeça, tímida. Ela mergulhou o pincel num potinho de barro, deu uma batidinha na beirada dele e coloriu um rubor delicado no rosto de uma mulher. De onde estava, Keishin quase conseguia sentir o calor irradiando da bochecha pintada.

— Vocês vão ficar para ver as estrelas hoje à noite? — perguntou Fumiko. — Vai ser uma baita vista. Eu morei minha vida toda nesta cidade, e toda noite parece diferente.

— Ainda não sabemos direito o que vamos fazer — comentou Hana. — Mas obrigada por nos deixar ver o seu trabalho. É tudo tão bonito!

— Toda esperança merece brilhar no céu. — Fumiko sorriu, aprofundando as rugas ao redor dos olhos, e deu um tapinha na mão de Hana. — Mesmo que só por uma noite.

Havia uma pergunta estampada no rosto de Keishin quando eles saíram da casa de Fumiko.

— As pinturas que eles estavam fazendo são as estrelas?

— Vão ser. Eles ainda não terminaram. Depois que secam, as pinturas vão para aquelas casas ali. — Hana apontou para uma rua transversal. — Aquelas famílias são responsáveis por prender o *washi* pintado a uma moldura de bambu. As famílias mais adiante passam o barbante e dobram o bambu para garantir que está tudo bem colado.

Keishin estreitou os olhos, imaginando a montagem.

— Eles estão fazendo pipas?

— Uma pipa para cada esperança que é mandada para o vilarejo. Hoje, elas voarão no céu como estrelas. É o único lugar para onde os Shiikuin não podem ir, um lugar onde podemos fingir que somos livres.

— Então foi por isso que Haruto falou para encontrá-lo — disse Keishin. — Porque os Shiikuin não podem nos seguir.

— Isso, e porque a pessoa em quem ele mais confia no mundo mora aqui.

— Quem?

Uma mulher alta, de cabelos platinados e feições muito semelhantes às de Haruto, surgiu atrás de Hana.

— A mãe dele.

Hana se virou e fez uma reverência.

— Masuda-san.

— Hana — disse Masuda Masako, sem sorrir.

— Haruto está aqui?

Masako levantou a mão, silenciando-a.

Hana assentiu, olhando ao redor para conferir se havia alguém ouvindo.

Masako semicerrou os olhos para Keishin.

— Um *forasteiro* — sibilou ela, baixinho.

O comentário foi tão brusco, que cortou o ar e atingiu Keishin na face esquerda. Ele se encolheu. Era uma palavra muito familiar. Era como ele se sentia, não importava onde estivesse. Podia muito bem ser o seu próprio nome.

— Keishin é um amigo, Masuda-san — disse Hana, encarando a mulher.

— Você não tem ideia do tamanho do perigo em que nos meteu, Hana.

— Eu sei. Sinto muito. Nós vamos embora assim que…

— Assim que você vir o que eles fizeram com o meu filho. Por sua causa. — Masako interrompeu Hana, com uma expressão sombria.

A casa de Masako ficava à sombra de uma grande árvore. No quintal da frente, havia arbustos de *gampi*, *mitsumata* e *kozo* crescendo aos montes, quase encobrindo o caminho até a porta.

— Cuidado para não pisar neles. — Masako pulou um dos arbustos. — Preciso disso para o meu trabalho.

— Vimos o seu *washi* no vilarejo — comentou Hana, baixinho. — Muito bonito.

— Me mantém ocupada. É o que as pessoas sensatas fazem quando se aposentam. Elas fazem coisas sensatas em vez de saírem por aí perseguindo fantasmas e colocando os outros em perigo. — Ela parou e encarou Hana. — Isso é tudo culpa do seu pai. Por que ele não podia deixar o passado em paz? Eu não estou nem aí para o que a minha família deve a ele. Ele foi longe demais e pediu demais do Haruto, de todo mundo. Os Shiikuin não teriam… — Ela cerrou os punhos junto do corpo, com lágrimas nos olhos. Então, desviou o olhar para escondê-las. — Venha. Haruto está te esperando lá dentro.

Masako os conduziu por portas de correr até um quarto nos fundos da casa. Havia uma figura magra deitada na cama de futon no canto, de frente para a parede, os longos cabelos platinados desgrenhados.

— Haruto? — chamou Masako, baixinho.

Haruto se mexeu.

— Eles chegaram — disse Masako. — Vou esperar lá fora, enquanto vocês conversam.

Ela saiu do quarto, fechando as portas de papel.

Haruto ergueu-se lentamente, dando um pequeno gemido.

— Você está bem? — perguntou Hana, correndo até ele. — O que aconteceu?

Haruto olhou para ela, o rosto úmido de suor frio. Estava com o cabelo grudado no rosto e na testa.

— Está tudo bem — disse ele, forçando um sorriso que transparecia sua dor.

Hana estendeu a mão para tirar o cabelo de seu rosto.

— Não.

Haruto ergueu o braço para impedi-la. Um curativo ensanguentado cobria sua mão da ponta dos dedos ao pulso.

Hana estava com uma expressão de puro pavor.

— Não...

Keishin, boquiaberto, fitou as mãos de Haruto. Ambas estavam envoltas em bandagens sujas de sangue.

— Os Shiikuin fizeram isso? — perguntou ele, com um nó na garganta.

— Alguém falou para eles que tinha visto você e a Hana no museu. Os Shiikuin me interrogaram em casa. Eles queriam saber por que vocês tinham vindo me ver e onde estavam. Quando eu me recusei a responder...

— Eles podiam ter matado você — disse Hana, se engasgando com as próprias lágrimas.

— Não, não podiam — afirmou Haruto. — Minha mãe é velha demais para fazer o meu trabalho, e eu ainda não tenho filhos para passar adiante o meu ofício. Ninguém mais pode cumprir o meu dever.

Hana aninhou as mãos dele nas dela.

— Então eles fizeram pior.

— Foi o que eu quis. Era o único jeito.

— Do que você está falando? O único jeito de fazer o quê?

— Se os Shiikuin não me machucassem, se não fizessem algo terrível para me obrigar a falar, não teriam acreditado na mentira que eu contei.

— Que mentira? — perguntou Hana.

— Que você acha que o seu pai arrumou um jeito de passar com segurança para o outro mundo e que você estava tentando encontrar uma maneira de ir atrás dele. Eu falei que você estava procurando alguma coisa nas exposições do museu que pudesse ajudar com a travessia. E confessei que ajudei, dando a você algumas das horas da exposição para que tivesse mais tempo para procurar o seu pai antes de desaparecer. Eu disse que tinha mandado vocês ao Lago do Lótus, pois iam coletar os materiais de que eu precisava para fazer o papel para guardar as horas.

— E eles acreditaram em você? — perguntou Keishin.

— Depois que quebraram a minha segunda mão e eu repeti a mesma história, acreditaram.

Hana chorou.

— Você não precisava fazer isso, Haruto.

— Minhas mãos vão ficar boas. Além do mais, se eu tivesse dito a verdade, todos os problemas que passei para recuperar os ossos teriam servido de nada.

— Então... você... — Hana estava gaguejando.

— Eu consegui. Funcionou. Eu dobrei o tempo. Mas...

— Mas o quê? — perguntou Keishin.

— Não posso te dar.

— Por que não? — perguntou Keishin.

— Porque eu tive que o engolir para esconder dos Shiikuin.

— Eu... Eu entendo. Você fez a coisa certa — disse Hana.

— Não posso te dar — continuou Haruto. — Mas posso te dizer tudo que eu vi. Eu sei que não devia bisbilhotar, mas, depois que dobrei o tempo, não consegui me conter. Me desculpe.

— Obrigada. — Hana o abraçou. — Obrigada.

— Mas Hana... — alertou Haruto.

— O que foi?

— A história que vou contar não vai ser fácil de ouvir.

CAPÍTULO TRINTA E TRÊS

O julgamento e a sentença de Ishikawa Chiyo

Vinte e um anos antes

A manhã começou na casa de penhores, como sempre, com a chaleira fervendo para preparar o chá verde. Tirando isso, todo o restante estava diferente. Havia um peso recobrindo a sala, tornando difícil respirar.

— Fale alguma coisa — implorou Chiyo, com as mãos magras torcendo a saia junto de si. — Qualquer coisa. Por favor.

Toshio a fitou do outro lado da mesa.

— Nada que eu diga vai mudar o destino que você nos condenou a viver.

— Eu fiz o que fiz — disse Chiyo — por nós.

— Você fez por você mesma.

— Talvez. — Chiyo baixou os olhos. — E faria tudo de novo.

— Mas você não pode. — Toshio bateu com o punho cerrado na mesa e se levantou. — Você não pode fazer isso de novo. Nunca mais vai poder fazer nada, porque, depois de hoje, você vai morrer.

Chiyo caminhou até ele.

— Eu ainda estou aqui.

Toshio deu um passo para trás, ofegante.

— Pare.

Chiyo o abraçou e pressionou a bochecha em seu peito.

— Conte histórias sobre mim para ela não se esquecer da mãe.

— Eu vou contar a Hana apenas uma história sobre você. — Toshio a afastou de si. — Eu vou contar pra ela deste dia, para que ela tenha o cuidado de nunca ser tão tola quanto a mãe.

— Essas vão realmente ser as últimas palavras que vamos trocar, Toshio? Você me amava…

— Eu… — As lágrimas reduziram a aspereza em sua voz. — Eu continuo te amando.

— Mas queria não me amar.

Toshio cerrou a mandíbula.

— Eu queria conseguir te odiar pelo que você fez com a gente. Seria mais fácil de te esquecer depois que você for embora.

— E eu queria não precisar roubar aquela escolha, mas era o único jeito.

— Tinha outro jeito. — A voz de Toshio falhou. — Você podia ter se contentado com o que tinha. Podia ter sido feliz. Você… Você sempre foi o suficiente para mim.

— Então me aceite agora — pediu Chiyo. — Enquanto ainda temos tempo.

Toshio a puxou para junto de si, reivindicando seus lábios. Chiyo retribuiu o beijou, com vontade e devagar, sem se importar com respirar.

A casa de penhores, pensou Toshio, nunca estivera tão silenciosa. Não havia nem o farfalhar das folhas da árvore no jardim. Ou talvez todos os gritos que ele tinha soltado dentro da cabeça desde que soubera do crime de Chiyo o tinham deixado surdo. Ele viu os Shiikuin saindo lentamente do espelho de água da casa de penhores, com suas máscaras despojadas de emoção. Hana dormia um sono profundo em seus braços, adormecida da maneira como apenas bebês conseguem, sem a sombra da preocupação os perseguindo em seus sonhos.

Depois daquele dia, a vida de sua filha iria mudar para sempre, e ela não iria nem se lembrar de um único segundo da vida que tivera antes. E talvez fosse melhor assim. Era mais fácil lidar com a tristeza sem saber qual era o gosto da felicidade. Embora os Shiikuin tivessem vindo para punir Chiyo por seu crime, era Hana quem iria pagar. Perder a mãe em circunstâncias menos ruins, quando ela estava velha e grisalha, ansiando por descanso, já era de partir o coração. Perder a mãe para os Shiikuin era ainda pior.

Dois Shiikuin moveram-se graciosamente na direção dele, os braços cruzados sobre o peito, as garras escondidas nas mangas do quimono. Seria uma visão bonita se ele não soubesse qual era sua intenção. Alguns meses antes, eles tinham descoberto o crime de Chiyo, no dia em que vieram buscar os pássaros do cofre. Ela teria sido exilada no ato, caso não estivesse grávida. A criança em seu ventre era absolutamente igual a todas as outras em seu mundo; pertencia a eles. Chiyo roubara deles uma vez. Os Shiikuin não tinham a menor intenção de deixar que ela roubasse deles de novo. Decidiram, então, que a pena seria decidida depois que a propriedade deles tivesse sido entregue. Afinal, Chiyo não tinha para onde correr. Hoje, a espera acabava.

— Onde está a criminosa? — perguntaram os Shiikuin em uníssono, as vozes saindo em um coro de, no mínimo, mais de cem.

Hana se mexeu nos braços de Toshio. Ele a ninou com carinho, fazendo-a voltar a dormir.

— Minha esposa está esperando lá dentro.

Os Shiikuin assentiram e passaram por ele. Toshio os seguiu, repassando todos os milésimos de segundo que tinham culminado naquele momento. Tudo parecia exatamente igual a sempre, pequeno e imperceptível, tornando impossível dizer em que ponto Chiyo e ele tinham errado de forma tão horrenda e irreversível.

No centro da casa de penhores, Chiyo encarou os Shiikuin com as costas retas e os ombros empertigados. Embora batesse na orelha deles, naquele momento, para Toshio, era como se Chiyo tivesse uns trinta metros de altura. Ela fitou os olhos escuros dos Shiikuin como se fosse ela que estivesse prestes a sentenciá-los.

— Ishikawa Chiyo — disse a dupla de Shiikuin. — Você foi acusada do mais grave dos crimes. Pegou algo que não pertencia a você, uma escolha atribuída aos Shiikuin em nome dos cidadãos obedientes deste mundo. O que tem a dizer em sua defesa?

— Sonhar... — Chiyo ergueu o queixo. — Desejar... almejar mais do que está escrito na minha pele não é crime.

— Roubar é. Seu dever solene era coletar essas escolhas e protegê-las. Ao tomar uma escolha como sua, você quebrou a confiança do seu marido e a confiança depositada em você pelo nosso mundo. Você nega isso? — interrogaram os Shiikuin em uníssono.

As pálpebras de Chiyo tremeram.

— Não.

Os Shiikuin viraram-se para Toshio.

— Gostaria de dizer alguma coisa em defesa da sua esposa?

— Gostaria. Eu...

Hana se contorceu junto ao peito de Toshio e começou a chorar. Toshio a embalou, sentindo-a pesar em seus braços. Ele começou a suar, com dificuldade para suportar o peso de uma vida que agora dependia exclusivamente dele. Olhou para Chiyo. Ela o fitou, implorando em silêncio para que ele cumprisse a promessa que ela o obrigara a fazer. Ela suplicara a ele que não dissesse nada por causa da filha, para não irritar nem desafiar os Shiikuin ainda mais. Hana não podia perder o pai também.

— Fale — ordenou o Shiikuin.

— Eu não tenho nada a dizer — respondeu Toshio, baixando os olhos e tentando se concentrar apenas no rosto da filha.

Ele perdera Chiyo no momento em que ela pegou a escolha do cofre. Hana era tudo o que importava agora.

— Ishikawa Chiyo — disseram os dois Shiikuin. — Você foi considerada culpada aos olhos deste tribunal. Nós a condenamos ao exílio.

— Eu aceito a minha pena. — Chiyo abaixou a cabeça. — Posso segurar a minha filha nos braços uma última vez?

Os Shiikuin se entreolharam, conversando sem trocar uma palavra.

— Não, não pode.

— Eu imploro. — Chiyo caiu de joelhos. — Só quero me despedir.

— Não.

— Por favor. Depois de hoje, Hana nunca mais vai ter uma mãe que a pegue no colo. Podem me matar pelo meu crime, mas não castiguem a minha filha. Ela é inocente.

Os Shiikuin inclinaram a cabeça, como se estivessem considerando as suas palavras.

— Está bem. Pode se despedir.

Toshio colocou Hana nos braços de Chiyo. Ela roçou o rosto na bochecha e nos cabelos da filha, beijou a testa de Hana e a devolveu para Toshio. Então, acariciou o rosto do marido.

— Cuidem um do outro.

Toshio a beijou em meio às lágrimas.

— Eu te amo.

— Eu também te amo. — Chiyo virou-se para os Shiikuin. — Estou pronta.

Os dois Shiikuin posicionaram-se um de cada lado de Chiyo e seguraram seus braços. Eles olharam para Toshio.

— Vá embora.

— Não. Eu quero ficar — disse Toshio, apertando Hana com força.

— O que você quer não importa — disseram os Shiikuin, cravando as garras mais fundo no pulso de Chiyo. — Vá embora.

— Faça o que eles estão mandando, Toshio — pediu Chiyo. — Você não precisa ver isso. Não quero nem você nem a Hana aqui. Isto não é uma lembrança que eu gostaria que vocês carregassem consigo.

Os dois Shiikuin levaram Chiyo até a porta da casa de penhores, segurando seus braços com força. Chiyo se perguntou se desaparecer seria rápido ou doloroso. Achava que não poderia doer mais do que abandonar a filha. O Shiikuin à sua direita girou a maçaneta com as garras e abriu a porta, então parou de repente e fechou de novo. Os dois Shiikuin fecharam os olhos e baixaram a cabeça, inclinando-as de leve, como quem tenta ouvir algo baixinho ou distante.

— Será feito — disseram eles, respondendo a alguém que Chiyo não conseguia ver ou ouvir.

Eles levantaram a cabeça e olharam para Chiyo.

— O que está acontecendo? — perguntou ela.

— Mudamos de ideia.

— O quê? — Chiyo arfou.

— Decidimos que você precisa de uma pena mais condizente com o seu crime. — Os dois Shiikuin inclinaram a cabeça, fazendo com que as sombras curvassem seus lábios imóveis de gesso em um sorriso de escárnio. — A morte é mais do que você merece.

CAPÍTULO TRINTA E QUATRO

Família

Haruto se recostou na parede, os lábios pálidos. O suor escorria pela lateral de seu rosto. Ele fechou os olhos, ofegante, cansado.

— Eu queria poder contar mais, Hana — disse ele, com a voz fraca —, mas só deu pra ver isso com aquele fragmento de osso. Se eu tivesse a quantidade que usei quando dobrei o tempo para o seu pai, talvez tivesse visto para onde eles levaram a sua mãe. Sinto muito.

— Não precisa se desculpar. Você já fez tanto por mim... Até demais. — Hana o acomodou de volta no futon. — Nem sei como retribuir.

Haruto sorriu para ela e acariciou seu rosto com a mão enfaixada.

— Não precisa me retribuir.

Hana se retesou diante do toque de Haruto e olhou para Keishin. Ele desviou o olhar.

Haruto afastou a mão, não mais sorrindo.

— Não precisa me retribuir, porque dobrar o tempo não avançou em nada na busca pelo seu pai. Continuamos sem saber onde os seus pais estão. O papel não disse nada.

— Disse, sim — contestou Hana. — Disse a coisa mais importante. Os Shiikuin não mataram a minha mãe. Ela não foi apagada.

— O que você acha que os Shiikuin quiseram dizer com "uma pena mais condizente" com o crime dela? — perguntou Keishin.

Hana balançou a cabeça.

— Não sei.

A porta de papel se abriu, e Masako entrou.

— Agora, vocês têm que ir. Já conseguiram o que vieram buscar. Não façam o meu filho correr ainda mais perigo.

Haruto se sentou no futon com uma expressão de dor.

— Eles deveriam ficar. O vilarejo é o lugar mais seguro para eles ficarem enquanto nós tentamos descobrir o que os Shiikuin quiseram dizer.

— *Nós*? — exclamou Masako. — Isso é problema deles, Haruto, e não seu. Nunca deveria ter se envolvido em nada disso.

— Eu devo a minha vida a Ishikawa-san.

— Você não deve nada a ele. Ele não ia precisar te salvar se a Chiyo não tivesse... — Masako olhou feio para Hana. — Você não deve nada a *ela*.

— Hana é da família — insistiu Haruto.

— Ainda não — retrucou Masako. — Ela ainda não é sua esposa.

— Mas vai ser. O nome dela está escrito na minha pele com a mesma nitidez que o do meu pai foi escrita na sua. Você quer que eu desvie ainda mais do meu caminho e irrite ainda mais os Shiikuin?

Masako balançou a cabeça e deu um suspiro.

— É lógico que não. Não foi isso o que eu quis dizer.

— Então está decidido. Hana e o amigo dela ficam conosco enquanto tentamos descobrir para onde os Shiikuin levaram a mãe dela — disse Haruto.

Hana tocou o ombro de Haruto com delicadeza.

— Não é certo colocar você em mais perigo ainda. É melhor irmos embora.

— E para onde você vai, Hana? — perguntou Haruto. — Ir embora sem um plano só vai aumentar as chances de os Shiikuin pegarem vocês.

— Haruto tem razão — concordou Keishin. — Ficar fugindo a esmo dos Shiikuin não vai nos ajudar a achar os seus pais.

— Isto aqui é a minha casa, e eu decido quem pode e quem não pode ficar — disse Masako. — Hana pode ficar, mas eu não vou receber um forasteiro sob o meu teto. Ele pode ficar na estalagem, que é tão segura quanto aqui.

— Eu vou com ele — disse Hana.

— Não — discordou Keishin. — É melhor você ficar. Haruto precisa de você. Se alguém aqui tiver alguma ideia do que os Shiikuin quiseram dizer sobre a pena da sua mãe, nós nos reorganizamos.

— Kei…

— Está tudo bem, Hana — disse Keishin. — É melhor assim. Eu preciso de um tempo sozinho para pensar.

— Pensar no quê?

Keishin olhou para Haruto e então Hana.

— Em tudo.

O bowl de *okayu* aqueceu as mãos de Hana, despertando memórias dos dias em que o pai fazia aquele mingau aguado de arroz quando ela ficava doente. Ele gostava de servir com ovo e batata-doce. Masako complementou o jantar que havia preparado para Haruto com ameixa em conserva. Hana serviu uma colherada para Haruto. Ele a dispensou com um gesto.

— Você tem que comer alguma coisa para recuperar as forças — insistiu Hana.

— Não estou com fome.

— Só uma colherada? — implorou Hana. — Por favor?

Haruto soltou um suspiro.

— Só uma.

Hana levou a colher à sua boca.

— Você não precisa cuidar de mim, Hana.

— Mas eu quero.

Hana limpou os lábios dele com um pano macio.

— Quer mesmo?

— É lógico que eu quero.

— Você nem queria estar aqui. — Haruto se recostou. — Queria ficar com o Keishin.

— Porque ele não é daqui. Fiquei preocupada com ele sozinho na estalagem.

Haruto fitou o teto.

— Foi só isso?

— E o que mais poderia ser?

— Você se preocupa com ele.

— Me preocupo — disse Hana. — Ele é meu amigo.

— É isso que eu também sou para você — disse Haruto. — Um amigo.

Hana pousou as mãos com carinho sobre as dele.

— Meu primeiro e mais querido amigo.

— Daqui a um mês, nós vamos nos casar, Hana.

— Eu... sei.

Hana tinha afastado de propósito a data da cabeça. Desde que Keishin chegara, ela se viu fazendo isso ainda mais.

— E você ainda não me ama.

— Eu te amo.

— Não como uma esposa ama o marido.

— Sei que é isso que o meu pai queria para nós dois, mas já temos mais do que qualquer outra pessoa que se casa no nosso mundo. O meu pai viu a minha mãe pela primeira vez no dia do casamento. Os seus pais também. Nós temos uma amizade mais profunda do que a maioria das pessoas vão chegar a ter. Isso já não é o suficiente?

— Eu sei que deveria ser — disse Haruto. — Mas não é.

— Minha mãe aprendeu a amar o meu pai. O que quer que esteja faltando agora, pode vir depois.

— Pode? Nós nos conhecemos a nossa vida toda. Se você ainda não aprendeu a me amar, acha que uma cerimônia num templo vai mudar alguma coisa? Eu só queria que...

— O quê? Me diz.

— Não importa. — Ele fitou o céu escuro pela janela. — O céu é o único lugar para esperanças e desejos.

CAPÍTULO TRINTA E CINCO

Entre as estrelas

Keishin seguiu a procissão para fora do vilarejo, sem saber aonde estava indo. Caminhar a esmo era melhor do que ficar deitado na cama da estalagem, esperando o sol nascer. Não gostou dos pensamentos que vieram lhe fazer companhia. Tentou dar a eles a tarefa de resolver o quebra-cabeça que Haruto havia deixado para Hana e ele, mas eles se esquivaram, preocupados apenas em pintar o rosto de Hana sob suas pálpebras. Antes que conseguisse cair no sono, iria ter que suportar horas insones, visualizando um sorriso que jamais poderia ser dele.

Masako tinha razão de evitá-lo, pensou Keishin. Ele era um forasteiro tanto no seu mundo quanto neste. Havia se intrometido na vida de Hana, inserindo-se num roteiro com o qual não tinha nada para contribuir. Ver Hana com Haruto deixara aquilo muito evidente. Haruto fez um sacrifício que apenas uma pessoa que dedicara a vida à outra poderia fazer. Havia muito tempo que Haruto dera a Hana seu coração. E agora ele lhe dera suas mãos. Seu propósito de vida. Seu *ikigai*.

Keishin devia sentir admiração, mas só o que conseguia sentir era a própria vergonha. Ele desejava uma mulher que nem conhecia direito, mesmo sabendo que não era capaz de cometer o mesmo sacrifício a que o homem que realmente a amava se submetera. Ainda assim, ele a queria. Tanto quanto queria conhecer as estrelas e todos os seus segredos. Talvez mais.

Era o instinto mais básico, pensou ele, capaz de levar as pessoas a roubarem. Fora isso que a mãe de Hana sentira. Keishin não sabia o que Chiyo havia roubado. Mas não precisava saber. Um ladrão entende o outro. Eles desejavam a lua de água. Keishin imaginou Chiyo sentada dentro do cofre da casa de penhores, cercada por todas as coisas que não podia ter. A mãe dele certamente sentia o mesmo sempre que o pegava no colo. A vida que ela tanto queria a esperando lá fora, e só o que ela precisava fazer era esvaziar as mãos para poder abrir a porta e sair.

— Você de novo — disse uma voz idosa atrás dele. — Oi.

— Suzuki-san. — Keishin a cumprimentou com uma reverência. — Boa noite.

— E a sua amiga? Decidiram ficar para ver as estrelas?

— Ela está um pouco mais à frente — mentiu Keishin. — É, resolvemos que não queríamos deixar de ver o resultado do trabalho árduo do vilarejo.

— Vocês não vão se arrepender — disse Fumiko, abrindo um sorriso com dois dentes faltando. — Prometo que é uma visão que não vai esquecer tão cedo. Mas é melhor ir logo. Já está quase noite, e as estrelas não esperam por ninguém.

Os moradores do vilarejo se reuniram num campo gramado sob um céu sem estrelas. Os que iam na frente carregavam cestas grandes nas costas e, ao som de um gongo distante, soltaram-nas dos ombros. Então, enfiaram a mão na cesta e tiraram uma pipa, passando a cesta para a pessoa de pé logo atrás. Isso continuou até as cestas chegarem ao fim da multidão. Uma mulher sorridente se virou e entregou uma cesta vazia a Keishin. Ele retribuiu o sorriso, tentando não parecer desapontado.

— Melhor assim. — Fumiko deu um tapinha no braço de Keishin. — Não dá pra olhar para cima e correr ao mesmo tempo. Hoje o show não é no chão.

O vento aumentou e levantou o quimono de Fumiko. Keishin ergueu os olhos para o céu, quase que esperando ver nuvens de chuva.

— Desculpe — disse ele, meio que no automático, já pronto para se desculpar pelo seu azar com o clima.

Fumiko o fitou, curiosa.

— Pelo quê?

— Pelo tempo ruim. Acho que vai chover. Não vai dar para soltar pipa hoje.

Fumiko riu.

— E por que alguém se desculparia pelo tempo ruim? Além do mais, a chuva sabe que não pode vir aqui. A nossa água vem toda do rio e do orvalho. Nada impede as estrelas de encontrarem o seu lugar no céu. Nem a chuva, nem os Shiikuin podem impedir as estrelas de voarem.

— É muita sorte de vocês estarem livres daqueles monstros aqui — comentou Keishin.

— Monstros?

— Os Shiikuin.

Fumiko deu um tapinha na mão de Keishin.

— Os Shiikuin não são monstros. Eles são necessários. Eles cumprem o papel deles, que nem você e eu. Se o nosso mundo tem ordem, é porque eles abatem quem perturba essa ordem.

— A senhora acredita mesmo nisso?

— Acredito, lógico. Os grous do Kyoiku Hakubutsukan são uma evidência dos desatinos do mundo atrás da porta. Um vilarejo como o nosso jamais existiria naquele caos. As luzes ofuscantes daquele mundo esconderam as estrelas de lá. Os Shiikuin não podem vir aqui, mas todos os moradores da cidade são gratos pelo serviço que eles desempenham. Quem mais iria coletar e cuidar dos pássaros?

Outro gongo soou, mais estrondoso que o primeiro, carregando o ar com uma energia que Keishin conseguia sentir na alma. Os moradores ergueram as pipas acima dos ombros e, fileira após fileira, correram para o campo, tentando pegar o vento. Keishin os viu lançando suas pipas. As pipas brilhavam ao subir, e, por um momento, Keishin achou que estavam pegando fogo. Uma a uma, elas foram subindo ao céu, voando mais alto do que qualquer fio concebível poderia levá-las. Mais de cem pipas cintilavam contra a tela que era a noite, mergulhando e girando, formando constelações que Keishin gostaria de saber nomear. E, quando todas as pipas tinham encontrado seu lugar, os moradores cortaram as linhas, deixando Keishin sob um dossel cintilante com as esperanças de um mundo inteiro.

— É a coisa mais bonita que eu já vi — disse Keishin, esticando o pescoço para ver tudo.

— Ah. — Fumiko sorriu. — Você não tem filhos?

— Não, não tenho. Por quê?

— Porque, se tivesse, esse céu seria a segunda coisa mais bonita que você já viu — comentou Fumiko. — Você e a Hana vão entender quando tiverem filhos.

— A Hana não... Quer dizer, eu e ela não... É...

— Ah, me desculpe. Por favor, perdoe esta velha boba e intrometida. Não sabia que você e a sua esposa não têm filhos escritos na sua pele. Mas temos que confiar no mapa que a Horishi nos deu.

— Hum... pois é. — Keishin assentiu. — Verdade.

— Tem gente que simplesmente não está fadada a ter filhos. Que nem eu.

Keishin franziu a testa.

— Mas a senhora tem filhos. Nós conhecemos eles na sua casa.

— São da minha irmã. Quando ela morreu, eu criei e amei eles como se fossem meus filhos. E eles me amam também — explicou Fumiko. — O máximo que podem. Por muitas noites, eles deitaram comigo e choraram por causa da mãe biológica até pegarem no sono. Por mais que tivessem estrelas iluminando o céu do vilarejo, foram as noites mais obscuras que eu já vivi. Mesmo assim, eu não conseguia deixar de pensar que merecia aquilo.

— Merecia?

— Eu mandei para o céu uma esperança que não tinha lugar entre as estrelas. Eu queria ter filhos, mesmo não tendo o menor sinal de nome de criança na minha pele. Quando fiquei responsável pelos filhos da minha irmã, a sensação era de que eu tinha roubado o destino dela. — Fumiko olhou para o céu. — Não existe tristeza maior do que segurar nos braços algo que você sabe que não é seu de verdade. Nos momentos mais complicados, eu achava que seria melhor trocar de lugar com a minha irmã.

— Por quê?

— Porque a morte é gentil e rápida. A saudade é uma prisão perpétua. Mas é lógico que hoje as coisas estão melhores, e eu…

— Uma prisão perpétua — repetiu Keishin, sem se dar conta de que estava falando em voz alta.

— O que foi que você disse? — perguntou Fumiko.

— Eu… Desculpe. Eu tenho que ir.

CAPÍTULO TRINTA E SEIS

Ensopado de atum, uma gravata azul e um estranho numa caixa

Se tivesse morrido no Japão, ele estaria vestido de branco. Mas o pai de Keishin tinha morrido a muitos quilômetros de sua antiga casa e, naquele lugar, os mortos usavam ternos que os faziam parecer estar vestidos para uma entrevista de emprego.

O pai de Keishin nunca tinha vestido um terno na vida, e a sua madrasta passou horas na arara com as promoções, tentando se decidir entre um terno cinza com gravata preta ou um risca de giz com uma gravata azul. Se ela tivesse pedido a opinião de Keishin, ele teria dito que dava no mesmo. O homem no caixão seria um estranho independentemente da roupa. O câncer fez do pai dele um prato cheio, devorando tudo até restar apenas pele e osso. A madrasta por fim escolheu o terno risca de giz com a gravata azul, quando a vendedora disse que aquele estava com um desconto adicional de vinte por cento. A outra coisa que parecia estar na promoção naquela semana era atum. Depois de enfiar na geladeira o quarto ensopado de atum que um dos vizinhos trouxera, Keishin tinha quase certeza de que, até o fim da semana, iriam brotar guelras nele.

Empurrando de um lado para o outro do prato seu terceiro jantar consecutivo de ensopado de atum, Keishin contava as garfadas até o momento em que iria poder mergulhar de cabeça no último livro que havia pegado na biblioteca, um exemplar surrado de *Uma breve história do tempo*, de Stephen Hawking.

— Não precisa comer tudo — disse a madrasta, sem desviar os olhos do próprio prato intocado.

Keishin olhou para ela, tentando processar o que tinha acabado de ouvir. Quando o pai era vivo, tais palavras jamais eram proferidas naquela casa. Ouvir uma coisa daquelas talvez o tivesse matado mais rápido do que o câncer. O pai de Keishin amava muitas coisas em sua nova terra natal, mas a quantidade de comida que ele via sendo jogada fora todos os dias no restaurante em que trabalhava o tirava do sério.

— Eu vou comer — disse Keishin, enfiando uma garfada de ensopado sem gosto na boca.

— As coisas não precisam continuar igual eram antes — disse ela. — Se você não quiser.

Keishin engoliu em seco, sem mastigar.

— Como assim?

— Não precisa mais fingir — continuou ela. — Sei que quando eu me casei com o seu pai você fez de tudo pra me aceitar como a sua nova mãe. E eu fiquei muito grata por isso. De verdade. Mas agora o seu pai se foi. E você não precisa fingir nem por ele nem por mim. Prefiro que sejamos honestos um com o outro, em vez de apenas nos tratarmos com educação. Quem sabe assim não aprendemos até a ser amigos.

Keishin pousou o garfo na mesa e fitou a madrasta como se a estivesse vendo pela primeira vez. Nunca a vira falar tão abertamente, com tanta franqueza. Ficou em parte aliviado de ela ter dito aquilo para ele. Não era que Keishin não se importasse com ela. Gostava dela. E sabia que ela gostava dele. Mas se casar com seu pai não a transformou na sua mãe como em um passe de mágica, e chamá-la de *Okaa-san* não fez dele seu filho. Chamar qualquer coisa por um nome que não a definia só tornava aquilo menos verdadeiro. E, no entanto, outra parte de Keishin ficou triste de ouvir a madrasta falar daquele jeito. A mentira deles, como a maioria das mentiras, era um bálsamo para uma verdade incômoda. Sem ela, só lhe restava a consciência implacável de ter algo perfeitamente igual a uma mãe, fazendo tudo que uma boa mãe deveria fazer.

E foi por isso que, ao ouvir as palavras de Fumiko naquela noite sob as estrelas, Keishin soube que precisava correr, o mais rápido que conseguisse, até Hana. Ele tinha entendido qual fora a verdadeira punição de Chiyo, pois, assim como Fumiko, ele também recebera a mesma pena.

CAPÍTULO TRINTA E SETE

Uma pena condizente com o crime

Deitada ao lado de Haruto, Hana o observava, enquanto ele dormia. Ele respirava de forma irregular, com um vinco fundo entre as sobrancelhas. Ela se levantou do futon e foi até a janela. O trabalho das pessoas do vilarejo cintilava no céu.

— Hana? — chamou Haruto, esfregando os olhos com as costas da mão enfaixada.

— Você cruzou a ponte cedo demais. Ainda é noite.

— Não tinha sonho nenhum para me manter dormindo. — Ele se sentou. — Por que você ainda está aqui?

— Fiquei para caso você precisar de alguma coisa.

— Eu já falei. Posso cuidar de mim mesmo.

— Está bem. Eu saio.

Hana começou a andar até o quarto que Masako havia arrumado para ela.

— Espera. Desculpe. Se quiser… pode ficar.

Hana se sentou do lado dele no futon.

— Quando foi que você percebeu?

— Quando foi que eu percebi o quê?

— Quando você percebeu que o que sentia por mim era mais do que só amizade?

Ele balançou a cabeça.

— Não precisamos conversar sobre isso. Sei que você não sente o mesmo por mim.

— Eu quero saber — insistiu Hana. — Preciso saber.

— Eu não sei se consigo responder a sua pergunta. Não foi um dia específico, nem um momento exato. Eu não acordei de repente e percebi que te amava. A única resposta que eu posso dar é que foi gradual. Devagar, sem que eu reparasse, do mesmo jeito que o mar transforma pedra em areia. E você é um oceano, Hana. Gentil e calma, mas poderosa o suficiente para varrer qualquer homem ou navio. Tem muito tempo que eu me afoguei em você e nem tinha noção disso.

— E se... E se for igual comigo? E se eu te amar sem nem me dar conta?

— Eu posso te ajudar a achar uma resposta pra isso, mas primeiro tenho que te fazer uma pergunta.

Haruto se aproximou, falando com os olhos antes de usar a boca. Eles não escondiam nada de Hana. Revelavam as mudanças mais sutis dentro dele, deixando transparecer o exato momento em que ele ficava sem graça, com vergonha, com medo, triste, feliz ou surpreso. Naquele instante, eles estavam falando, com todas as letras, que Haruto queria beijá-la.

— Pode — disse Hana.

— Posso o quê?

— Você vai me perguntar se pode me beijar, e a minha resposta é pode.

— Tem certeza de que é isso que você quer?

Hana o encarou e viu o menino que gostava de dobrar papel em flores para ela e o homem que sacrificou as mãos para protegê-la. Ela fechou os olhos e esperou os lábios de Haruto tocarem os seus para finalmente saber se poderia ser a esposa que ele merecia.

— Tenho.

— Espero que você encontre o que está procurando, Hana.

Os lábios de Haruto tocaram sua boca, fazendo-a se abrir.

O coração de Hana estava batendo tão rápido em seu peito que ela tinha certeza de que Haruto também podia ouvir. Mas uma batida na porta soou mais alto que seus batimentos cardíacos. Hana se afastou depressa.

— São os Shiikuin — exclamou ela, ficando de pé.

— Hana? — chamou um homem atrás da porta. — Haruto?

— Keishin? — disse Hana, correndo até a porta.

Keishin estava ofegante e apertando a lateral da barriga.

— Fumiko... — começou ele, tentando recobrar o fôlego. — Ela... sabe...

— Ela sabe o quê? — perguntou Hana.

— Ela sabe o que é ter uma coisa que você quer mais que tudo. — Keishin enxugou o suor que escorria para dentro dos seus olhos. — Mesmo sabendo muito bem que não é o que parece.

— Do que você está falando? — perguntou Haruto.

— Acho que eu sei o tipo de pena que os Shiikuin tinham em mente para a mãe da Hana, o tipo de tortura que poderia ser pior do que a morte. Os Shiikuin não estão nem aí pra justiça. — Keishin fitou as mãos quebradas de Haruto. — Eles só querem saber de causar o máximo possível de dor. E existe dor maior do que estar tão perto do que você quer — continuou ele, voltando-se para Hana —, mas saber que na verdade aquilo não é seu?

— Não estou entendendo — disse Hana.

— Os Shiikuin viram como a sua mãe ficou desesperada para te abraçar. Eles sabiam quanto ela te amava — explicou Keishin. — A morte teria arrancado você dela, mas essa punição não era suficiente. Os Shiikuin queriam que ela sofresse.

— Como? — perguntou Haruto.

— Com uma prisão perpétua — respondeu Keishin. — Deixando-a passar o resto da vida num lugar onde seria constantemente lembrada da filha que deixou para trás.

Haruto balançou a cabeça.

— Mesmo que você esteja certo, onde nós vamos procurar por ela? Está querendo vasculhar todas as prisões do nosso mundo?

— Talvez não seja necessário — disse Masako, entrando no quarto.

Haruto voltou-se para a mãe.

— Por quê?

— Acho que o forasteiro tem razão. O exílio no outro mundo teria apagado a Chiyo e a sua dor. Mas viver exilada num lugar onde estivesse cercada por algo que ela queria, sem nunca poder ter aquilo, seria mais cruel do que a morte. Qual punição seria melhor para alguém que pegou algo que não era seu? Como mãe, só consigo pensar em uma prisão que possa infligir uma tortura dessas.

— E que prisão é essa? — perguntou Haruto. — Onde fica?

— Eu não sei onde fica, mas ouvi uns boatos no Mercado Noturno. Dizem que é um lugar onde moram crianças que não são crianças de verdade. Crianças que passam dia e noite chorando por uma mãe, sem parar.

Keishin franziu o cenho.

— O que você quer dizer com "crianças que não são crianças de verdade"?

— Para saber mais do que isso, você vai ter que descobrir sozinho — respondeu Masako.

— Então temos que ir quanto antes para o Mercado Noturno — disse Haruto.

— Eu vou com o Keishin — disse Hana. — Você precisa ficar aqui.

— Hana está certa — concordou Masako. — Você não está em condições de viajar. Só iria atrasar os dois. Se está mesmo preocupado com a segurança da Hana, o melhor que pode fazer por ela é ficar aqui.

Haruto baixou a cabeça e soltou um suspiro.

— Mas, antes do Mercado Noturno, precisamos passar em outro lugar — disse Hana.

— Que lugar? — perguntou Haruto.

— É melhor que você não saiba.

— Também acho — disse Masako.

Hana olhou para ela.

— Eu sei que já pedi demais, mas preciso pedir uma última coisa antes de ir embora.

— Se isso fizer com que vá embora logo, eu ajudo no que você precisar.

CAPÍTULO TRINTA E OITO

As luzes no lago

À medida que Keishin e Hana remavam rio abaixo, as luzes do vilarejo iam ficando cada vez menores. Os vaga-lumes aglomerados entre as árvores como constelações dinâmicas, brilhando em pé de igualdade com as estrelas do céu. Até a água estava viva. Bichinhos reluzentes, menores que um grão de areia, rodeavam o remo de Keishin e seguiam o barco pequeno, enchendo o rio de estrelas. Keishin se debruçou para fora do barco, para ver melhor. Os bichinhos nadavam em círculos, mudando de forma até recriarem uma imagem espelhada do rosto dele. Keishin levou um susto e se afastou daquele reflexo vivo.

— Nós chamamos isso de *hansha* — explicou Hana. — Eles gostam de copiar o que veem.

Keishin esticou o braço por cima da água. Os *hansha* se revolveram, imitando perfeitamente o formato de seu braço e de sua mão. Eles então perderam o brilho, passando de um reflexo cintilante para uma forma sólida que parecia feita de carne e osso. Keishin moveu os dedos, e os *hansha* repetiram o gesto.

— Incrível… — disse Keishin, recolhendo a mão para dentro do barco.

— É bem interessante — comentou Hana, com a voz cansada.

— Eu posso remar sozinho a partir daqui — ofereceu Keishin, atrás dela.

— Não estou cansada. — Hana olhava fixamente para a frente. — Vamos chegar mais rápido na cachoeira se remarmos junto. O lago fica logo depois.

— Por que você não quis contar para o Haruto para onde estamos indo? — perguntou Keishin.

— Porque ele teria tentado nos impedir.

— Por quê?

— Porque o Lago do Lótus foi justamente o lugar para onde ele disse aos Shiikuin que estávamos indo.

— O quê? Então por que ir pra lá?

— Eles quebraram as mãos do Haruto para arrancar a verdade dele. Imagina o que iam fazer se descobrissem que ele mentiu. Nós temos que ir até o lago para os Shiikuin não acharem que ele os enganou.

— E você pretende me explicar como exatamente nós vamos escapar dos Shiikuin quando chegarmos lá? — perguntou Keishin, e então parou de remar.

Hana se virou para trás, fazendo o barco balançar.

— Por que você parou?

— Entendo que você quer proteger o Haruto, mas cair numa armadilha não vai ajudar ninguém.

— Não vamos cair numa armadilha.

— Como você sabe?

— Porque vamos entrar nela nadando.

O topo da cachoeira que caía em cascata pela rocha íngreme estava encoberto pela neblina e a escuridão. Ela batia com tanta violência no rio que para Keishin era como se estivesse caindo do céu. Ele apertou os remos com força, fazendo um baita esforço para manter o controle do barco pequeno, enquanto se aproximavam dela.

Hana remava, ofegante, lutando para diminuir cada centímetro que os separavam da cachoeira.

— Só... mais... um... pouquinho.

A cachoeira se abriu como uma cortina, revelando uma grande caverna. Keishin sentiu o barco ficar firme, deslizando suavemente sem precisar dos remos. A cachoeira se fechou atrás deles, e um silêncio se instaurou, deixando-os apenas com o som do barco na água. A profusão de *hansha* no lago fazia a caverna inteira brilhar com uma luz suave e quente. Daquela caverna principal, outras quatro se ramificavam, com a luz dos *hansha* desaparecendo nas entradas escuras. O barco parou no meio do lago, como se estivesse dando a Keishin e Hana uma chance de escolherem para onde queriam ir.

Hana apontou para a caverna mais à esquerda.

— Aquela vai dar nas Montanhas do Luto. A outra vai para a Floresta Cantante. A terceira caverna é a que nós queremos.

— A que vai dar no Lago do Lótus.

— Isso.

— E a última? Onde ela dá?

— Na estação central de Tóquio.

— Que... hum... conveniente.

— E aí, entendeu o plano? — perguntou Hana.

Keishin fez que sim.

— Não se esquece de tentar não os assustar. Nada de movimentos bruscos quando estiver na água.

Hana ficou de costas para ele e começou a se despir.

Keishin desviou os olhos e tirou a própria roupa.

— Nada de movimentos bruscos. Entendi.

Hana entrou na água. Os *hansha* nadaram em volta dela, iluminando sua pele.

— Se eles gostarem de você, vão manter a sua forma por mais tempo.

— Vou ser o mais agradável possível.

Keishin entrou no lago, se preparando para o frio, mas se viu envolvido por uma água morna, do jeito que ele gostava quando tomava banho.

— Vai com cuidado — alertou Hana.

Ela respirou fundo e submergiu, desaparecendo sob uma camada fluida de luz líquida.

Keishin mergulhou. Galáxias reluzentes giravam em torno do seu corpo, explorando sem pressa cada centímetro de seus membros. Os *hansha* paravam e depois se moviam como um só, mudando de forma, até que Keishin se viu fitando seu irmão gêmeo. Keishin piscou. O irmão gêmeo piscou também. Keishin deu tchau. O irmão gêmeo deu tchau também.

Hana nadou até Keishin e fez sinal para subir. Keishin a acompanhou, fazendo o possível para não admirar as curvas delicadas de Hana. Ela se movia com tanta graciosidade quanto os *hansha*, com a luz deles brilhando feito lampadazinhas em cada centímetro de sua pele.

Hana emergiu na superfície do lago e respirou fundo.

— Conseguimos.

Boiando na frente dela, Keishin comentou:

— Se pelo menos o resto do seu plano fosse assim tão fácil.

A única luz no túnel da caverna era a que vinha dos dois cardumes de *hansha*, que tinham assumido as formas de Keishin e Hana. Eles foram acompanhando o barco, olhando para cima de vez em quando, para sorrir para Keishin e Hana e acenar para eles.

— Pelo menos tem duas pessoas aqui que parecem estar tranquilas — comentou Keishin.

— Que bom que eles resolveram acompanhar a gente.

— Hana…

— O quê?

— Se o plano não funcionar…

— Vai funcionar.

— Mas se não funcionar, se alguma coisa der errado, você tem que pensar em você. Não no seu pai. Nem na sua mãe. Nem no Haruto. Você tem que correr. Prometa que vai correr sem nem olhar pra trás.

— Eu prometo, mas só se você me prometer uma coisa também.

— O quê?

— Que quando eu correr… — Ela pegou a mão dele. — Você não vai soltar a minha mão.

Enquanto amarrava o barco a uma pedra perto do fim do túnel, Keishin repassou o plano de Hana na cabeça. A ideia era estar em dois lugares ao mesmo tempo, uma noção que, menos de uma semana atrás, teria feito Keishin gargalhar ou revirar os olhos. Agora ele não estava fazendo nenhuma das duas coisas. Havia perdido a conta de quantas leis da natureza tinha visto caírem por terra desde que entrara no mundo de Hana. Acrescentar mais uma à lista não ia fazer muita diferença.

— Eu estava na dúvida se a mãe do Haruto ia concordar em fazer isso por nós. Ainda bem que ela aceitou. — Hana vasculhou a bolsa e pegou dois peixes de origami. — O plano não ia funcionar sem isso.

Keishin pegou um dos peixes de Hana e fitou a cachoeira cobrindo a saída da caverna. Embora não fosse tão larga quanto a da entrada, tinha a mesma potência. Keishin ainda não havia se acostumado com uma coisa tão poderosa que não fazia barulho. Queria que a cachoeira fosse barulhenta. Ela talvez abafasse as batidas de seu coração e tornasse muito mais fácil fingir que era corajoso. Ele colou as costas na parede da caverna e avançou lentamente pela saliência estreita que levava até a saída. A cachoeira se abriu para eles passarem.

Keishin e Hana se agacharam atrás de uma faixa de queda d'água, tão próximos um do outro quanto a saliência permitia. Keishin olhou por entre uma abertura na água. Lá fora, um campo de lótus se estendia até o horizonte, parecendo mais um extenso jardim de flores do que um lago. Ao contrário do lótus do mundo dele, que se abrem apenas para o sol, as grandes flores brancas do lago sorriam para a lua. Silhuetas escuras deslizavam pelo lago, com a bainha das vestes quase roçando a água. Elas vinham empunhando uma foice e ceifando as flores do caminho.

— Shiikuin — sussurrou Keishin para Hana.

— Quantos você está vendo?

— Uns dez, no mínimo. Estão cortando as flores.

— Eles acham que estamos escondidos na água.

— Exatamente como você falou que ia acontecer.

— E agora nós vamos dar a eles algo para encontrar.

Hana soltou um dos origamis que Masako fizera e ficou olhando o peixe de papel disparar na água.

— Sua vez — sussurrou Keishin para seu peixe, antes de libertá-lo. Assim que tocou a água, ele saiu nadando atrás do companheiro.

O gêmeo *hansha* de Keishin atravessou a cachoeira e foi atrás do peixe de papel. O gêmeo de Hana veio logo em seguida. Os lótus por onde eles passaram tremiam na superfície. Os Shiikuin se voltaram na direção do movimento e começaram um coro de gritos aterrorizantes.

Keishin sentiu um calafrio subindo dos tornozelos até a coluna. Ele se encolheu mais, com o peito arfando.

— Não se esqueça do que você me prometeu, Hana.

Hana apertou sua mão. Estava com os dedos trêmulos.

— Você também.

Os Shiikuin ficaram em silêncio e baixaram as foices. Eles ficaram parados feito estátuas, apenas acompanhando o movimento na água com a cabeça inclinada. Então. se entreolharam, assentiram e começaram a perseguir os *hansha*.

— Eu não acredito — disse Keishin. — Funcionou.

Hana soltou a respiração.

— E agora? — perguntou Keishin.

— Os *hansha* vão se divertir um pouco. Quando cansarem, vão se dispersar e voltar pra caverna, mas não antes de mostrar a nossa cara para os Shiikuin. Eles são bem travessos.

— E aí os Shiikuin não vão poder duvidar do Haruto — concluiu Keishin.

Hana assentiu.

— E nós vamos estar em vantagem no nosso caminho para o Mercado Noturno.

CAPÍTULO TRINTA E NOVE

Infestação de carrapatos

Keishin estava com os ombros e os braços ardendo de tanto remar. O rio subterrâneo que levava à Floresta Cantante era duas vezes mais comprido que o do lago. Do outro lado da cachoeira no fim da caverna, o céu estava claro. Keishin manteve os olhos fixos na luz e continuou remando, ignorando a dor na palma das mãos. Uma melodia tilintante atravessava a água encobrindo a saída.

— Está ouvindo isso?

— Estamos perto da floresta — disse Hana. — É a música dela.

— O Mercado Noturno fica longe da floresta? — perguntou Keishin.

Hana continuou remando, como se não tivesse ouvido a pergunta.

— Hana?

— Desculpe. — Hana deu um suspiro. — Sei que você está exausto, mas infelizmente vai ser mais de meio dia caminhando até sair da floresta. Quando chegarmos à clareira, podemos usar uma poça até um vilarejo perto do mercado.

— Não precisa se desculpar. — Keishin olhou para Hana com um sorrisinho. — Depois de passar a noite inteira sentado neste barco, uma boa caminhada vai cair bem.

Hana sorriu.

— Pois é.

Dos galhos das árvores altas, brotavam sinos dos ventos de vidro colorido em formato de folhas que cantarolavam com a brisa. Infiltrando-se por entre esse dossel cintilante, o sol pintava um arco-íris no chão da floresta. Keishin ficou maravilhado com aquela visão e não conseguia desviar os olhos dos sinos. A canção penetrante mudou de alegre para melancólica, alterando-se ao capricho do vento.

Hana o segurou pelo cotovelo.

— Cuidado com onde pisa.

— Eita. — Keishin olhou para baixo e parou antes de tropeçar num tronco podre. — Se tem uma coisa que não precisamos agora, é um tornozelo torcido.

— Os sinos distraem demais — comentou Hana, evitando pisar no tronco. — Já caí e ralei os joelhos mais de uma vez aqui nesta floresta.

— Distrair é eufemismo. — Keishin se obrigou a se concentrar no caminho sinuoso. — Acho que, se eu passasse a vida inteira no seu mundo, conseguiria me espantar todo dia com alguma coisa.

— Eu sinto a mesma coisa sobre o seu mundo — comentou Hana.

— Sério?

— O pouco que eu vi, achei fascinante. As roupas dos nossos clientes. As coisas deles. As histórias. Eles continuam vivendo na minha cabeça muito depois de irem embora e dos Shiikuin levarem as suas escolhas.

Keishin franziu a testa, inclinando levemente a cabeça.

— O que foi?

— Ficamos tão ocupados fugindo dos Shiikuin que acabei de pensar que eu nem sei para que eles querem as escolhas do meu mundo.

— Acho que talvez seja melhor assim — disse Hana, e continuou andando.

Keishin a alcançou.

— Depois de tudo que passamos, você não acha que tenho o direito de saber a verdade? E o que Haruto quis dizer com o seu mundo inteiro estar em dívida com a casa de penhores e com o seu pai?

— Não é uma questão de ter direito à verdade.

— Então é o quê?

— É se proteger dela.

— Você não precisa me proteger, Hana.

— Não é você que estou protegendo. — Hana parou de andar. — Sou eu. Se você soubesse a verdade sobre o que o meu pai e eu realmente tiramos do seu mundo e o que fazemos com isso, você nunca mais me olharia da mesma forma.

— Nada que você me dissesse iria mudar o que eu sinto... — Keishin se conteve. — O que eu penso de você.

Hana o fitou nos olhos.

— Pode ser que você esteja certo. Talvez você devesse saber. Quem sabe não se dá conta de que foi um erro ter vindo aqui e que você devia voltar para casa antes que seja tarde demais.

— Casa... é o maior desafio de um cartógrafo, né? — Keishin chutou uma pedra. — Um cartógrafo pode fazer o mapa mais detalhado de todos, incluir todos os pontos de referência e desenhar as estradas mais claras. Com esse mapa, ele pode chegar a quase qualquer lugar que quiser. Pontes. Parques. Bibliotecas. Mas não à casa. Mapa nenhum do mundo tem um lugar chamado casa. Você pode viver anos no mesmo lugar, decorar todas as rotas de ônibus, de bicicleta e a pé de volta para esse lugar e nunca saber o caminho de casa. Talvez seja por isso que não dê para encontrar sua casa em nenhum mapa. Porque ela não existe. — Keishin olhou para Hana com um sorriso triste. — Ou porque está sempre mudando de lugar.

— Do que está falando?

— Estou falando... — começou Keishin. — E se eu não quiser voltar?

— Nós pegamos almas — disse Hana.

Keishin a fitou, boquiaberto.

— Os pássaros que guardamos no nosso cofre... eles não são só escolhas — continuou Hana, com a voz trêmula. — Eles são pedaços da alma dos nossos clientes. Eles acham que estão trocando um arrependimento antigo por contentamento, mas estão enganados. O meu pai os engana. Eu os engano. O meu pai me disse que os pedaços de alma que nós pegamos são tão pequenos que as pessoas não sentiriam falta, mas eu nunca acreditei nele. Pode até ser pequeno, mas é a sua melhor parte, a parte que decidiu ir para a esquerda em vez de para a direita. Não importa qual teria sido a consequência da escolha. Poderia ter causado algo terrível, e eles poderiam ter se arrependido, mas, quando os clientes deixam a escolha na casa de penhores, eles desistem da chance de fazerem as pazes com a vida que escolheram. É uma jornada que eles nunca vão poder completar, uma lição que nunca vão aprender. Como você consegue viver em paz com uma parte sua faltando? É um buraco que vai passar o resto da vida tentando tapar sem nem saber por que ele existe.

Keishin respirou fundo e soltou o ar bem devagar.

— E o que os Shiikuin fazem com os pedaços que você dá para eles?

— Você se lembra das gaiolas vazias que viu na casa da Horishi?

Keishin assentiu, temendo a resposta que Hana estava prestes a lhe dar.

— Você me perguntou onde estavam os pássaros. — Hana arregaçou a manga e esticou o braço. — Eles estão aqui. Na nossa pele, na tinta da Horishi. Nós pegamos as almas de vocês porque não temos alma. Esta é a "dívida" que este mundo tem com o meu pai por causa do trabalho dele. Sem a casa de penhores, este mundo de parasitas que você acha tão fascinante não existiria. Este lugar não pode ser a sua casa, Keishin. Isso aqui não passa de uma infestação de carrapatos se refestelando nas costas de um cachorro.

Keishin e Hana estavam sentados na grama, recostados cada um de um lado do tronco grosso de uma árvore. Sobre eles, os galhos balançavam com a brisa, regendo uma orquestra de vidro e vento. Por entre os sinos dos ventos, Keishin mirou o céu sem nuvens e se viu com saudade da chuva que em geral o seguia por toda parte. O tempo tinha escolhido um momento ruim para decidir que gostava dele. Ou talvez a ausência de nuvens fosse o jeito dele de ser ainda mais cruel. Uma tempestade teria sido muito útil agora, pois esconderia as lágrimas que ameaçavam cair assim que Keishin piscasse. Ele não sabia se eram lágrimas de raiva ou de tristeza, só que iriam doer.

— Quando chegarmos à clareira, você pode usar a poça para voltar para a casa de penhores. Aí é só sair pela porta da frente e voltar para casa — disse Hana. — Você vai esquecer tudo o que aconteceu aqui e seguir com a sua vida. Vai encontrar os seus neutrinos e responder a todas as perguntas que tiver sobre o seu universo.

— E vou ser feliz.

— Vai.

— Ah, se eu acreditasse em você...

— Você não confia em mim.

— E como vou confiar? — Keishin se levantou e foi até Hana. — Você acabou de me contar que passou a vida inteira aprendendo a mentir e a manipular as pessoas para elas te darem uma parte da própria alma. Como vou saber que o que você está dizendo agora não é só um truque? E se eu voltar para casa e me lembrar de tudo? Como vou seguir com a minha vida e fingir que tudo o que vi neste mundo não existe? Como você sabe o que acontece com os seus clientes depois que eles saem da sua loja? Você só sabe o que seu pai te contou, o seu pai que te abandonou para ir atrás da esposa morta. — Keishin se arrependeu de dizer aquilo assim que as palavras saíram de sua boca. — Eu... Desculpe.

Hana se levantou.

— Pelo quê? É a verdade. A minha única habilidade e obrigação neste mundo é mentir, e o meu pai me abandonou. E você também estava certo quando disse que eu não sei o que vai acontecer com você depois que voltar para o seu mundo. Eu só sei... — A voz dela ficou embargada. — Que você vai estar seguro.

Keishin reprimiu a vontade de puxá-la para um abraço.

— Por favor, não chore.

Hana secou os olhos com as costas da mão.

— Tem razão. Parasitas não merecem chorar.

— Não fala assim. Você não é uma parasita.

— Sou — afirmou ela, e mais lágrimas surgiram nos olhos de Hana.

— Não, não é. — Keishin a envolveu com os braços. — Eu não sei por que o seu mundo funciona assim ou por que ele precisa que o meu exista, mas de uma coisa eu sei. Você me deu mais do que tomou de mim. Você me mostrou coisas além da minha imaginação e… — Ele ergueu o queixo. — E me fez sentir coisas que nunca achei que fossem possíveis.

— Coisas que não devia sentir.

— Porque o seu destino é o Haruto — completou Keishin, baixando os olhos.

— Haruto não tem nada a ver com isso.

— Ele te ama.

— Ama.

— E um dia você também vai amá-lo.

— Não vou.

— Você não sabe disso.

— Eu sei. Eu o beijei — disse Hana. — E foi diferente.

— Diferente do quê?

— De quando eu beijei você. — Hana se afastou dele. — Mas, o que quer que a gente sinta um pelo outro, não é bem-vindo neste mundo nem no seu.

— O que sentimos não precisa pertencer a nenhum dos nossos mundos, Hana. Só precisa pertencer a nós dois.

Hana encostou a cabeça no peito dele, deixando as lágrimas escorrerem.

CAPÍTULO QUARENTA

Fantasmas

Há anos que o vilarejo havia escapado das mãos do tempo e caído no esquecimento da estrada da vida. Jazia apenas como uma sombra do que fora um dia, prestes a se desfazer sob o sol do fim de tarde. Houve um tempo em que ansiava por visitantes, mas agora estava cansado demais e com poeira demais nos olhos para notar as duas pessoas que saíram da poça ao lado de uma ponte que talvez um dia tenha sido vermelha. Sob a ponte, havia um leito de rochas redondas e empoeiradas, as beiradas suavizadas por um rio desaparecido.

Hana ajeitou o rabo de cavalo e olhou ao redor. Keishin e ela mal haviam trocado palavras durante a caminhada para sair da floresta, e, mesmo depois de viajar pela poça, ela continuava sem ter nenhuma palavra que valesse a pena dizer.

— Era mais fácil com os sinos — comentou Keishin.

— O quê? — perguntou Hana.

— Não falar com você. Os sinos disfarçavam o vácuo. — Keishin observou a cidade vazia. — Mas o silêncio deste lugar deixa o ar carregado. É difícil respirar. Desculpe, mas se você não falar alguma coisa, eu vou ter que encher a sua paciência com uma palestra sobre física quântica e outras coisas bem maçantes, só pra gente não morrer sufocado.

— Bem-vindos! — Um homem acenou para eles do outro lado da ponte. — Sejam bem-vindos!

— Ah... Oi. — Hana fez uma reverência. — Não sabia que ainda tinha alguém morando aqui.

O homem caminhou até eles com um enorme sorriso no rosto.

— Eu sou Uchida Tomo. Vocês estão procurando um lugar para passar a noite? A minha família tem um *ryokan* aqui.

— Ah... é... obrigada, Uchida-san, mas estamos indo ao Mercado Noturno — explicou Hana.

— O mercado só abre à meia-noite, e vocês estão com uma cara de que não dormiram muito. Por que não ficam no *ryokan* até lá? Minha esposa pode cozinhar para vocês.

— Dormir um pouco cairia bem — sussurrou Keishin para Hana. — Comer também.

Hana pegou os óculos da mãe na bolsa e olhou para Tomo. Ela ergueu a sobrancelha e tirou os óculos com a mesma rapidez com que os tinha colocado. Então, fez que sim com a cabeça e sorriu.

— Onde fica o seu *ryokan*, Uchida-san?

O *ryokan* era simples e todo ajeitadinho, e ficava no sopé da montanha. Comparado com o vilarejo em ruínas ali perto, parecia um palácio.

— Quase ninguém mais passa pelo vilarejo — comentou Tomo, conduzindo-os por um pequeno jardim. — Minha esposa vai gostar de ter hóspedes.

— Eu já passei por este vilarejo algumas vezes para ir ao Mercado Noturno. Não sabia que ainda tinha gente morando aqui. Achei que estava abandonado.

— Somos só minha esposa e eu agora — disse Tomo. — Quando o rio secou, foi todo mundo embora. Mas aqui é a nossa casa, e não há nenhum outro lugar que queremos morar.

Uma mulher esbelta e de rosto gentil os cumprimentou na porta.

— Bem-vindos.

— Esta é minha esposa, Yui — disse Tomo, apresentando Hana e Keishin.

— Entrem, por favor. — Yui sorriu. — Vou levá-los até o quarto de vocês.

Em uma mesa baixa, no centro do quarto, do lado de um bule de chá verde recém-preparado, havia um pratinho com *daifuku* — bolas de *mochi* recheadas com purê de feijão *azuki* e mel — e um bowl de *karintō* — docinhos fritos, que pareciam galhos, cobertos com açúcar mascavo.

Keishin olhou para Hana, surpreso de ver a comida esperando por eles.

— O *onsen* fica por aqui. — Yui caminhou até as portas de correr do outro lado do quarto e abriu. Num jardim ornamental, havia uma banheira externa escaldante, alimentada por uma fonte termal com pedras lisas ao redor. — Vocês são os únicos hóspedes, então o *onsen* é todo de vocês.

— Obrigada — disse Hana. — É lindo.

— O jantar vai ser servido na sala, depois que terminarem o banho. Vou deixar vocês descansarem agora, mas, por favor, se precisarem de alguma coisa, é só me chamar.

Yui curvou-se com um sorriso e saiu, fechando a porta.

— Para um *ryokan* numa cidade abandonada, até que eles estão bem preparados para receber hóspedes. É quase como se soubessem que estávamos chegando — comentou Keishin, baixando a voz. — Você acha que pode ser uma armadilha dos Shiikuin?

— Não é uma armadilha.

— Mas não é estranho que...?

— Eles são fantasmas.

— *O quê?*

— Tomo e a esposa são fantasmas. — Hana tirou os óculos da mãe. — Eu vi quem eles realmente eram com isso aqui. Já morreram há muito tempo.

— Então o que ainda estamos fazendo aqui? — perguntou Keishin, confuso, hesitando por um instante.

— Você mesmo disse que precisávamos descansar e comer alguma coisa.

— Mas…

— Eles não vão fazer nada de mal pra gente.

Keishin observou o quarto ao seu redor.

— Tem alguma coisa aqui que seja real?

— É real porque o Tomo e a Yui acreditam que seja.

— Eles não sabem que morreram?

Hana fez que não.

— E não somos nós que vamos contar.

Keishin levou a mão à nuca.

— Eu nunca acreditei em fantasmas.

— Ah, é? Mas não foi por isso que você se mudou para o Japão? Para encontrar fantasmas?

— Neutrinos não são fantasmas.

— Você me disse que eles são resquícios do passado. Fios de nada que você não pode ver ou tocar. Ecos que carregam histórias de estrelas mortas. Como não são fantasmas?

— Eu… Eu não sei — disse Keishin. — Acho que não sei de mais nada.

— Não tem problema nenhum não saber das coisas.

— Se a sua carreira é toda baseada em encontrar respostas, tem, sim.

— Alguma das respostas que você encontrou te deixou feliz?

— A ciência não é uma questão de encontrar a felicidade.

— Eu achava que o objetivo da vida no seu mundo era encontrar a felicidade. Por isso sempre foi tão fácil convencer os nossos clientes a desistir das suas escolhas. Eles só querem sorrir. Se fosse fácil assim encontrar a felicidade aqui neste mundo, eu também teria abdicado de parte da minha alma por ela.

— O que você quer que eu diga, Hana? Que nada do que eu fiz no meu mundo me deixou feliz de verdade? Que eu passei a vida inteira tentando preencher um vazio deixado pela minha mãe? Que quando eu cheguei aqui, fingindo ser todo nobre e dizendo que queria te ajudar, eu só estava pensando que finalmente ia achar algo que me tornasse digno de ser amado? Não foi só você que escondeu a verdade.

— Acho que somos mais parecidos do que eu imaginei.

— Acho que sim.

De braços cruzados em lados opostos do *onsen*, Hana e Keishin apoiaram o queixo nas mãos, admirando os arredores. A lua tinha acabado de nascer e banhava o jardim com um brilho sobrenatural, revelando sua verdade. Era mais do que só uma paisagem bonita. Era o ponto de vista único de seus criadores a respeito do mundo e do lugar que eles tinham nele. O jardim era a natureza em miniatura, uma versão idealizada em que pedras eram montanhas e lagos de carpas eram mares. Era um prazer ao qual você não se entregava de uma só vez, mas que devia ser explorado aos poucos, com delícias escondidas por pequenas colinas ou árvores. Trilhas irregulares de pedras o obrigavam a prestar atenção onde pisava, mantendo-o no presente e totalmente consciente do caminho diante de si.

— Isto aqui é o paraíso de Tomo e Yui, não é? — comentou Keishin.

— Quero acreditar que sim.

— Será que somos todos livres para criar a própria vida após a morte?

— Que tipo de paraíso você criaria para si mesmo? — perguntou Hana.

Keishin se virou para encará-la, afastando dos próprios olhos uma mecha molhada de cabelos brancos. Hana jamais conhecera um homem tão alheio ao modo como ele preenchia o espaço ao seu redor com a sua energia. A luz em seu cabelo a fez acreditar que, se a lua desaparecesse e a escuridão os engolisse, ele continuaria aceso. Keishin andou até ela, o luar brilhando em seus ombros úmidos.

— Seria igualzinho a este lugar e com tudo que tem aqui. Eu não mudaria nada — respondeu ele, olhando para Hana. — E você?

A água quente balançava entre eles, acariciando os seios de Hana.

— Não sei.

— Faça um esforcinho. Feche os olhos e tente imaginar o que a deixaria feliz por toda a eternidade.

— Acho que eu não sei o que é a eternidade. É grande demais.

— Então comece com uma coisa menor. Pense no agora. Uma coisa que você possa segurar nas suas mãos.

Hana fechou os olhos e deixou o calor do corpo de Keishin guiar seus dedos até o rosto dele. Ela os deixou vagar pelas linhas do seu queixo e roçar o arco dos seus lábios.

— Assim?

— Hana… — Ele murmurou o nome dela, envolvendo-a pela cintura e puxando-a para seu peito.

O calor envolveu os seios de Hana e se contorceu como uma chama entre suas pernas.

— Eu devia afastar você de mim.

— Devia — disse Keishin, deixando um rastro de beijos da nuca até o ombro dela.

Hana gemeu. Keishin a levantou da água e levou seu seio à boca. Hana enroscou os dedos no cabelo de Keishin, apertando-o junto a ela. A língua dele fez sumir quase todos os argumentos que ela tinha para se afastar dele, listando uma série de razões para ela ficar, com pequenos círculos ao redor do seu mamilo.

— Kei… — murmurou ela, obrigando o que ainda tinha de juízo a se expressar no que esperava que fossem palavras. — Nós não temos futuro.

Keishin se afastou, com a respiração ofegante.

— É verdade.

Hana sentiu um nó na garganta. Uma parte dela estava torcendo para que ele argumentasse, que risse e insistisse que alguma lei científica do mundo dele refutava completamente o que ela tinha dito.

— O amanhã não está prometido a ninguém — disse Keishin. — Não tem contrato, voto, nem tatuagem mágica que garanta o para sempre com ninguém, independentemente se são do mesmo mundo. O que existe é o que você e eu estamos tentando negar desde o instante em que nos conhecemos. Nós temos uma conexão, Hana, um nó que não tem forma nem peso mensurável, mas que só fica mais apertado toda vez que tentamos nos afastar.

— Então esse nó é uma armadilha. Uma armadilha linda, igual a sua gaiola aquática para os seus fantasmas de estrela.

Um trovão ressoou sobre o *ryokan*.

— Vai chover — disse Hana, surpresa que a chuva tenha demorado tanto para encontrá-la. Aquela parecia ser a única constante em sua vida, sempre a postos, para lembrá-la do seu dever. — É melhor a gente entrar.

— Ou o quê? — perguntou Keishin. — Vamos nos molhar?

Hana deixou escapar uma risada que levou consigo toda a dor que ela estava engolindo em seco. Keishin riu com ela, as lágrimas dos dois escorrendo na banheira, lavando-os, e então subia em nuvens de vapor. A chuva bateu em seus rosto e desceu pelos ombros. A pele de Hana brilhava com a tinta azul da Horishi. Ela tentou se tampar com a mão.

Keishin a pegou pelo pulso e afastou sua mão com delicadeza.

— Eu já falei, Hana. Eu vejo você. Só você.

Gotas de chuva respingaram no pulso de Keishin. Um nome, tatuado em tinta azul, brilhou na sua pele.

Hana.

Ela arfou.

— O quê? Como...?

Keishin soltou o braço dela. Ele passou o polegar sobre o nome de Hana.

— A Horishi me disse que nunca havia tatuado o destino de um homem adulto. Eu já tinha vivido muito da minha vida, então ela achou que era melhor começar a minha história pelo fim. Seu nome. Foi tudo que ela conseguiu escrever antes de você aparecer e mandar parar.

— Por que... Por que você não me contou?

— Porque contar pra você não teria mudado nada. Está feito, Hana. O meu destino, assim como o seu, está escrito.

— Mas o que isso significa?

— Acho que você sabe o que isso significa tão bem quanto eu. Esta jornada com você é onde a minha história acaba.

— Não. Não fale assim. Você vai voltar para o seu mundo. Vai achar o caminho de casa.

— Está tudo bem, Hana. A escolha foi minha. Eu já falei, o amanhã não está prometido a ninguém. Sou muito grato pelo tempo que tenho agora. Ver fantasmas. Ouvir sinos dos ventos. Abraçar você, mesmo que por tão pouco tempo. Pela primeira vez na vida, a minha cabeça não está cheia de perguntas. Eu tenho a minha resposta. Está escrita na minha pele.

Hana colou os lábios nos de Keishin e o beijou. Mesmo que horas, semanas, anos se passassem, Hana não teria percebido. A distância entre sua pele e a de Keishin não deixava espaço para o tempo. A urgência ocupava todos os espaços disponíveis. Tudo que não fosse sua boca desapareceu, deixando apenas o tremor que vinha dos lábios dele para os dela. Ela sentiu o gosto do desejo dele e, pela forma como Keishin a devorava, soube que ele também sentia o dela. Mas havia algo mais se passando entre as suas línguas, um medo tácito que dava ao beijo um gosto agridoce. Despedidas quase sempre vêm disfarçadas, sempre escondendo o que são até ser tarde demais e só restar a saudade.

Mas Hana sabia que o dia em que conhecera Keishin fora o começo de uma longa despedida. Em sua primeira e possivelmente última noite juntos, Hana fez questão de se lembrar de cada detalhe. Os dois já eram fantasmas um para o outro.

CAPÍTULO QUARENTA E UM

Finais

Keishin não se lembrava de como eles saíram do *onsen* e chegaram ao chão do quarto deles no *ryokan*. Tinha vivido vidas dentro de Hana e, quando a exaustão venceu o desejo, ele se entregou, contente, ao seu abraço. Keishin fechou os olhos, se deliciando com o peso da cabeça de Hana em seu peito.

— Um dia você vai me contar como a história do Taro termina? — perguntou ele, acariciando o braço dela.

— Por que você quer saber? — Hana devolveu a pergunta, a voz soando como se vindo de algum lugar a meio caminho do sono.

— Tem que ter um motivo?

— Tem. O motivo certo. — Hana se sentou, apertando o roupão junto do corpo. — Porque se você quer saber o final porque acha que vai morrer aqui, então…

— Eu quero saber o final porque, a partir de agora, eu não quero deixar nada não dito entre nós. Chega de segredos.

Hana o encarou com firmeza.

— Tá bem — disse ela, deitando de novo em seu peito. Ela pegou a mão dele e beijou o local em que a Horishi tinha escrito o seu nome. — Velhice.

— Velhice?

— É o que tinha na caixa do Taro. O tempo no mundo dele tinha passado de forma diferente do que no oceano. Quando ele voltou para o vilarejo e abriu a caixa que a princesa lhe deu, todos os anos que se passaram ficaram em dia com ele e Taro envelheceu.

Keishin ficou olhando para o teto.

— Acho que é isso que ia acontecer comigo se eu voltasse. Eu ia virar um velho. Parece que o que eu experimentei aqui precisa de mais do que só uma vida. Parece que eu estou sempre além do limite, tentando, a cada segundo que passo aqui, encaixar tudo numa salinha que costumava ser o meu mundo inteiro. Tem horas que parece que, se eu respirar muito fundo ou falar alto demais, andar rápido demais, vou arrebentar.

— Até agora? — sussurrou Hana em seu coração.

— Não, agora não. — Keishin deu um beijou em sua cabeça. — Pela primeira vez desde que eu cheguei aqui, não tenho paredes a minha volta para quebrar.

Keishin e Hana deixaram o *ryokan*, com Tomo e Yui se curvando numa reverência e acenando para eles. Sob o luar, Keishin quase podia ver através deles. Ele acenou também e sorriu, sentindo os pés ficarem mais pesados a cada passo que dava. Numa cidade abandonada, num *ryokan* assombrado por fantasmas, ele encontrara um pedacinho do céu. E agora estava deixando tudo isso para trás.

— O Mercado Noturno fica aqui perto — disse Hana.

— É errado dizer que eu queria que fosse longe?

Hana o fitou com um sorriso triste.

— Eu também queria não ter que ir embora do *ryokan*.

Keishin entrelaçou os dedos nos de Hana. A palma dela estava quente e macia, um abrigo acolhedor contra o frio. Keishin se viu querendo dar passos menores e mais lentos.

— Posso te perguntar uma coisa?

— Pode, lógico.

— Mas não precisa responder. É só uma coisa que não consigo tirar da cabeça. Eu sei que a minha história termina com você, mas não sei como...

— A minha termina?

— Odeio que essa pergunta esteja pairando na minha cabeça há tanto tempo, mas foi ainda pior ter que dizer em voz alta. Estou me sentindo péssimo por ter perguntado isso. Me desculpe.

— Não tem problema. O meu nome está no seu pulso, e a sua vida está ligada à minha — disse Hana. — Mas infelizmente eu não tenho como te responder.

— Ah. Isso é... hum... tudo bem. Eu entendo.

— Eu não sei como a minha história termina.

— Mas você não tinha a vida toda mapeada?

— E tenho, mas eu me desviei tanto do meu caminho que não reconheço mais nada no meu mapa. Nada nele mudou, mas parece a história de outra pessoa agora, uma estranha cujo caminho termina... — Hana tocou a marca invisível em seu pulso. — Em uma lua na água.

— E o que isso significa?

— Não sei. Antigamente eu ficava incomodada de não entender o que a imagem significa, sendo que os caminhos das outras pessoas eram tão óbvios. Mas isso não vem mais ao caso.

O som dos vendedores montando suas barracas se uniu à voz de Hana.

— O mercado fica muito mais perto do que eu imaginava. — Keishin deu um suspiro. — Mas acho que, quanto mais cedo chegarmos, mais cedo vamos ter uma resposta.

— Talvez demore um pouco para encontrar alguém que possa nos ajudar. O Mercado Noturno é bem grande.

— Que bom que é grande. Se os Shiikuin descobrirem que estamos no mercado, vamos ter onde nos esconder.

— Fugir dos Shiikuin no Mercado Noturno pode ser meio complicado.

— Por quê?

— Porque podemos cair nas nuvens.

CAPÍTULO QUARENTA E DOIS

O Mercado Noturno

Havia quatro âncoras, do tamanho de casas, presas ao chão, uma em cada canto do gramado. De cada uma, erguiam-se cordas que desapareciam no céu noturno. Sob o céu sem estrelas, ouvia-se as vozes abafadas e o tilintar que era comum em um mercado começando a abrir. Keishin olhou para cima, tentando entrever alguma coisa por entre as nuvens densas.

— Como vamos chegar lá em cima? E repare que eu nem perguntei como é possível existir um mercado no céu. Imaginei que, qualquer que fosse a explicação que você me desse, eu não ia entender mesmo.

— Vamos subir usando escadas. E a resposta para a pergunta que você não fez, mas que, lá no fundo, quer muito saber é "corvos".

— Corvos — repetiu Keishin. — Lógico.

Escadas coloridas se desenrolaram do céu e pousaram em diferentes pontos no chão. Os sininhos pendurados nas escadas tilintaram com a brisa, anunciando à multidão reunida lá embaixo que o Mercado Noturno estava aberto. Keishin e Hana foram até a escada mais próxima e entraram na fila.

Keishin olhou para a escada balançando ao vento e a palma de suas mãos começaram a suar frio. Ele as enxugou no casaco.

— Acho que não cheguei a comentar que tenho medo de altura.

— Eu também odeio altura — disse Hana. — O meu pai costumava me mandar ficar de olho na escada e não olhar para baixo de jeito nenhum.

— E ajudava?

— Nem um pouco.

— Maravilha. Obrigado pela dica.

Chegou a vez de Keishin. Ele respirou fundo, segurou os dois corrimões da escada e subiu. Suas mãos, ainda machucadas depois de uma noite inteira remando, arderam. Quanto mais ele subia, mais forte ficava o vento, fazendo a escada balançar em arcos largos. Keishin parou de subir e olhou para baixo, para ver como Hana estava.

— Continue — gritou ela.

Keishin assentiu, com as mãos trêmulas e suadas. O alívio de ver Hana em segurança na escada logo foi substituído pelo horror de ver o chão. Keishin levantou a perna para subir mais um degrau, mas seu pé escorregou, e metade do corpo balançou no ar, fora da escada.

— Kei! — exclamou Hana, logo abaixo.

Keishin envolveu o braço no degrau e ergueu o corpo.

— Eu... Eu estou bem — disse ele, acelerando o passo antes de perder a coragem.

Quando chegou ao topo, um homem de mãos ásperas segurou sua mão. Ele o puxou da escada e o colocou numa lajota de pedra flutuando sobre uma nuvem.

— Bem-vindo ao mercado — anunciou ele, enrugando todo o rosto com seu largo sorriso.

A pedra oscilou sob os pés de Keishin.

— Ah... Obrigado — disse ele, quase sem conseguir encontrar a própria voz.

Hana subiu logo em seguida.

— Parece que este lugar aumentou desde a última vez em que estive aqui.

Keishin olhou ao redor e avistou fileiras compridas de barracas bem iluminadas que vendiam mercadorias que ele não conseguia reconhecer. Os fregueses eram transportados de uma a outra em barcos estreitos. As nuvens iam se agitando na esteira dos barcos, abrindo-se vez ou outra e dando um vislumbre do chão.

— Por aqui. — Hana pulou numa lajota. — Vamos ter que alugar um barco para circular.

No fundo do barco, havia uma mulher alta, segurando um remo comprido. Ela usou o remo para se afastar do cais, fazendo o barco deslizar pelo rio de nuvens. Ela conduzia o barco pelas barracas do mercado com tanta elegância e sem o menor esforço que, se houvesse música, seus movimentos seriam como uma dança.

Keishin desviou a atenção da condutora e deixou seus olhos se demorarem nas barracas. Em uma delas, havia pilhas de bolas brilhantes de luz, como se fossem frutas. A seguinte vendia garrafas cheias de estrelas. A última barraca pela qual passaram parecia não vender absolutamente nada, mas eram muitos os clientes ansiosos para comprar.

— Não dá nem para entender o que estou vendo — comentou ele, sussurrando para Hana. — O que esse mercado vende mesmo?

— Coisas perdidas. Coisas encontradas. Coisas feitas por corações ou mãos. — Hana apontou para uma barraca à sua esquerda. Nas prateleiras, via-se filas organizadas de conchas de vários tamanhos. — Aquela era uma das minhas preferidas quando eu era criança.

— Deixa eu adivinhar — disse Keishin. — Você gostava de ouvir o mar.

— O mar? — perguntou Hana, inclinando a cabeça.

— O barulho das ondas dentro das conchas.

— Ah. É isso que tem dentro das conchas do seu mundo?

— Aqui é diferente?

— Aqui elas contam piadas. — Ela apontou para a prateleira mais alta. — Aquelas são as mais engraçadas. Teve uma vez que eu ri tanto que quase caí da nuvem.

Keishin riu.

— Esta aí uma coisa que eu queria ver.

Hana sorriu e franziu a testa para ele.

— Você quer me ver cair?

— Quero ver você não conseguindo parar de rir de tão feliz.

— Eu... também quero o mesmo para você.

Ele fez um carinho no rosto dela.

— Então o seu desejo já virou realidade.

— Boa noite — cumprimentou um homem de quimono cinza-prateado numa barraca próxima. — Estamos com uma seleção ótima hoje. Querem dar uma olhada? — Ele apontou para uma coleção bonita de colares e pulseiras de contas que pareciam pérolas azuis cintilantes.

— O que é aquilo? — sussurrou Keishin para Hana.

— Aquela barraca vende lembranças. Aquilo são pérolas *kioku*.

Keishin se debruçou na lateral do barco para ver melhor. As pérolas eram pequenas esferas de cristal com um oceano inteiro em miniatura dentro, inclusive o horizonte com nuvens, ou um nascer ou pôr do sol. O vendedor levou um colar até a orelha de Keishin. O barulho das ondas se quebrando dentro do cristal era tão alto que parecia que ele estava caminhando na praia.

— Obrigada — agradeceu Hana ao vendedor com uma reverência, enquanto o barco passava por sua barraca. Então, voltou-se para Keishin. — As pessoas guardam as lembranças dentro das pérolas para passar para os filhos, como herança de família. Mas tem gente que vende. Esse vendedor as transforma em joias.

— Por quê?

— Em um mundo em que o seu destino já está definido, as lembranças dos outros às vezes são o único jeito de ver vidas que você não poderia ter. — Hana apontou para outra barraca perto da qual nenhum barco parava. — Aquela ali vende pomadas e poções de cura.

— Tipo uma farmácia? — perguntou Keishin.

— Mais ou menos.

— Não parece ser muito popular.

— A maioria das pessoas não pode pagar pelo produto.

— E como a barraca consegue se manter?

— Basta ter uma pessoa desesperada o suficiente pra pagar o preço que eles pedem. Se tiverem um comprador por ano, já conseguem se manter.

— Vocês querem ir a algum lugar específico? — perguntou a condutora.

— Precisamos ver os carregadores — disse Hana.

A condutora a fitou, confusa.

— Ver os carregadores?

— Estamos querendo saber mais sobre um boato que ouvimos. Falaram pra gente que ele começou a circular aqui no mercado.

— Todos os boatos começam aqui — comentou a condutora. — E está certa em ir falar com os carregadores. Eles sabem de tudo.

— Ótimo — disse Hana.

— Mas cuidado, os carregadores são mais gananciosos do que qualquer vendedor — avisou a condutora. — E eles gostam de apostar.

Os carregadores colocavam as compras dos clientes em suas cestas e as amarravam nas costas. Eles conferiam as cargas um do outro, tomando cuidado para deixar tudo bem preso. Assim que ficavam prontos, faziam fila diante de um poço para então entrar num balde grande e descer por um buraco nas nuvens.

— As pessoas pagam os carregadores para que eles entreguem as compras em suas casas, para não terem que descer a escada levando um monte de coisas — explicou Hana.

— É um trabalho importante. Subir sem estar carregando nada já foi bem difícil — comentou Keishin.

Hana se aproximou de um grupo jogando dados numa doca flutuante de madeira.

— Boa noite — cumprimentou ela, fazendo uma reverência.

Eles ergueram os olhos do jogo, ficaram de pé e fizeram uma reverência para ela também.

— Boa noite — disse a carregadora mais próxima de Hana. Nas duas fileiras de pérolas em seu pescoço, cem oceanos brilhavam sob o luar. — Precisa de ajuda com as suas compras? Meu nome é Nakajima Natsuki, sou a carregadora-chefe.

— Eu queria saber se você pode nos ajudar com outro assunto, Nakajima-san — disse Hana.

— Ah, é? — Natsuki inclinou a cabeça de leve. — Que assunto?

— Ouvimos por aí um boato que dizia...

— Ah. Um boato. — Natsuki sorriu. — O nosso outro serviço.

O grupo riu.

— Que boato você ouviu? — Natsuki pousou as mãos na cintura. — São tantos...

— O das crianças que não são crianças — disse Keishin. — Já ouviu falar desse?

— Lógico que já — respondeu Natsuki, ofendida. — Nós ouvimos tudo.

— E o que pode nos contar sobre isso? — perguntou Hana.

— Muitas coisas — disse Natsuki —, sobre muitas coisas.

— Mas tudo tem um preço, né? — sugeriu Hana.

— Não, de jeito nenhum. — Natsuki balançou a cabeça. — Todas as informações que nós oferecemos são de graça. Nós só pedimos que você jogue um jogo.

— E imagino que para jogar nós temos que fazer uma aposta — disse Keishin.

Mais carregadores se reuniram ao redor de Keishin e Hana, murmurando entre si, animados.

Natsuki sorriu.

— Jogar sem arriscar nada não vale a pena.

— Como é o jogo e que tipo de aposta temos que fazer? — perguntou Keishin.

— É simples. Um jogo de dados. O que torna a coisa interessante é o que vamos apostar. Aqui, nós jogamos por lembranças.

— Lembranças? — perguntou Keishin.

— Não precisa se preocupar. Nós não temos o menor interesse nas lembranças ruins de ninguém. Disso, já temos o suficiente. Só queremos um pouco das suas alegrias. Nós nascemos neste mercado e aqui morreremos. Não conhecemos outra vida. O pouco que vemos do mundo sob as nuvens quando entregamos as compras dos nossos clientes só torna a volta mais difícil. É lógico que a memória original fica com você, mas nós vamos ficar com uma cópia e fazer com ela o que bem entendermos.

— Você quer uma lembrança feliz — disse Hana.

— A última vez que você riu até ficar com a barriga doendo. Você sabe que extrair uma pérola ***kioku*** às vezes é meio... complicado. Ninguém quer que você tenha que ir fundo demais pra isso. Depois pra curar é muito caro, e a ideia é só divertir um pouco os meus funcionários. — Natsuki girou o colar em volta do dedo. — Vamos jogar?

Divertir. A palavra embrulhou o estômago de Keishin. Sua última lembrança feliz era nos braços de Hana, e ele suspeitava que a de Hana era tão íntima quanto a dele. Não importava quem jogasse contra os carregadores, só de imaginar Hana como a diversão de alguém, exposta para todos verem, o fez sentir uma ânsia de vômito e raiva subindo pela garganta. Ele cerrou os punhos junto do corpo.

— Não.

— Você que sabe.

Natsuki voltou ao seu jogo de dados.

— Kei. — Hana o agarrou pelo braço. — Nós não temos escolha. Precisamos jogar.

— Mas se perdermos...

Hana caminhou até Natsuki.

— Nós topamos. Vamos jogar.

Natsuki sorriu e chamou um carregador atarracado que estava ao lado de uma pilha de cestas vazias.

— Daichi! Pegue a caixa.

O carregador assentiu e pegou algo atrás das cestas. Então, veio correndo na direção de Natsuki com a caixa pequena de madeira debaixo do braço.

— Obrigada. — Natsuki pegou a caixa, virou-se para Hana e Keishin e a abriu, revelando uma jarra de vinho de barro marmorizado e uma faca *deba* de cabo preto, própria para filetar peixes. Do lado da faca havia um anzol e um carretel de barbante de pesca. — Vocês já decidiram quem vai jogar e quem vai arrancar a pedra do jogador? Precisamos ter todas as apostas de antemão.

Keishin olhou para Hana.

— *Arrancar*?

Hana puxou Keishin para longe dos carregadores e explicou baixinho:

— O vinho vai formar uma pérola dentro da pessoa que beber. A pérola pode se formar em diferentes partes do corpo, dependendo de onde a lembrança for mantida. Tem umas memórias que vivem no estômago, outras logo embaixo da pele. Tem umas que são mais profundas. Eu já ouvi falar de pérolas que nasceram dentro dos ossos. Mas não se preocupe. Eu jogo.

— Não — disse Keishin. — Eu jogo.

— Kei…

— Não tem discussão, Hana. Se tem alguém aqui que vai ser retalhado ou que vai perder um pedaço de osso, sou eu.

— Por quê?

— Porque não existe nenhum cenário nessa vida em que eu possa te causar mais dor do que você já está sentindo. Não dá mais, não vou aceitar. Agora, por favor, me dê o vinho e vamos acabar logo com isso.

O vinho aqueceu a garganta e o estômago de Keishin. Natsuki disse que bastava um gole, mas Keishin tomou dois. O primeiro para gerar a pedra da memória, e o segundo para entorpecer a dor de ser retalhado com uma faca de peixe. Embora confiasse em Hana, não confiava que conseguiria conter o grito.

Keishin deixou de lado a jarra de vinho e deitou numa esteira de vime que um carregador esticou na nuvem. Outro carregador trouxe dois lampiões para iluminar melhor. Keishin fitou a chama em um dos lampiões, se perguntando se iria conseguir sentir a pérola se formando dentro dele. Sentiu um calor crescendo e se agitando em seu pulso, numa veia que seguia até seu coração, bem no lugar em que a Horishi havia tatuado o nome de Hana. Keishin esfregou o pulso e olhou para Hana.

— Está aqui. Dá pra sentir.

Hana derramou vinho na lâmina da *deba*.

— Não se preocupe. Vou ser rápida.

Keishin mordeu a alça rasgada da cesta e fechou os olhos.

Hana aproximou o lampião do braço de Keishin, respirou fundo e passou a lâmina na pele dele.

Keishin estremeceu.

— Estou vendo a pérola — disse Hana. — Mas, para tirar, vou ter que cortar um pouco mais fundo.

Keishin continuou mordendo a alça, se recusando a fornecer mais entretenimento para os carregadores. O suor escorria pela sua testa.

— Consegui — disse Hana, tirando a pérola.

Keishin cuspiu a alça e exalou.

— Kei?

— O quê?

Hana enfiou o barbante de pesca num anzol pequeno.

— Acho melhor você continuar mordendo essa alça mais um pouco.

Keishin cerrou os dentes na alça e fechou os olhos, mergulhando no calor e nas sombras do seu restaurante indonésio preferido, e do quase sorriso esperando por ele na mesa de sempre.

— Do que você precisa hoje? — Ramesh deu um gole na cerveja. — Continua fingindo que não está interessado na mulher que você conheceu na casa de penhores?

Keishin puxou uma cadeira e se sentou.

— Essa batalha eu perdi.

— Você não parece muito chateado com isso.

Ramesh pousou a cerveja na mesa.

— E não estou.

Keishin sorriu e comeu um pouco de *satay*.

— Então por que eu estou aqui? Pelo visto está com tudo sob controle.

— *Controle*? Quem me dera. Neste momento, estou sendo costurado com um anzol e um barbante.

— Ah, entendi. Quer que eu peça mais umas cervejas? — perguntou Ramesh. — Ou talvez uma coisa mais forte?

Keishin balançou a cabeça.

— Só preciso me distrair um pouco.

— Da sua cirurgia de Frankenstein?

— Do jogo de dados que estou prestes a perder. — Ele deu um suspiro. — Eu sou o cara mais azarado que existe. Nunca ganho esse tipo de coisa. Tem alguma dica pra me dar?

— Você está planejando roubar?

— Não.

Ramesh deu de ombros.

— Então não posso te dar nenhum conselho.

— Ah, Ramesh. O que eu faria sem você?

— Neste momento? Provavelmente estaria gritando de dor — respondeu Ramesh, e deu uma colherada no *nasi goreng*.

— Eu queria que você pudesse ver o mundo da Hana. A minha cabeça não consegue nem dar conta. É lindo e...

Keishin passou o polegar nas gotículas de condensação em sua cerveja.

— E o quê?

— Assustador ao mesmo tempo.

— Os melhores mistérios são assim — comentou Ramesh. — E a Hana? Ela te assusta também?

— Mais do que tudo.

Ramesh arregalou os olhos.

— Isso é que é sinceridade. Não esperava isso de você.

— Se eu não for sincero com o meu amigo imaginário mais antigo e querido, com quem vou ser?

— Então eu tenho boas notícias para você.

— O quê?

— Você vai ganhar no jogo de dados.

— Eu acabei de falar que nunca ganho esse tipo de coisa.

Ramesh revirou os olhos.

— Que tipo de físico é você? Nunca ouviu falar da Segunda Lei do Universo e dos Jogos de Dados, de Ramesh Kashyap?

— Devo ter faltado a sua aula nesse dia.

— Ela afirma que a probabilidade de ganhar num jogo de dados é diretamente proporcional ao que o jogador tem em jogo. — Ramesh ergueu a garrafa de cerveja num brinde. — E, pela primeira vez na vida, Kei, você tem em jogo uma coisa que todos os átomos do seu corpo estão absolutamente aterrorizados de perder.

Keishin fitou o sol se pondo no pequeno oceano dentro da pérola azul que segurava entre o indicador e o polegar. Era difícil conceber como as horas que Hana e ele tinham passado explorando o corpo um do outro se encaixassem em algo tão pequeno.

Natsuki estendeu a mão.

— Vou ficar com a pérola até o fim do jogo.

Relutante, Keishin lhe entregou a pérola.

Natsuki a admirou sob a luz do lampião. Então, olhou de relance para Keishin e Hana, com um sorriso malicioso.

— Sem dúvida, é um prêmio e tanto.

— E agora? — perguntou Keishin.

Natsuki guardou a pedra numa bolsinha pendurada no pescoço.

— Agora nós jogamos. As regras são simples. Você aposta se a soma dos dados lançados é par ou ímpar. Se ganhar dois de três lançamentos, as informações que você procura são suas. Se perder, você sai daqui sem as respostas ou sem a sua pérola. Daichi vai jogar os dados.

A pequena multidão de carregadores reunida ao redor de Keishin e Hana comemorou. Daichi deu um passo à frente. Ele tirou a jaqueta e a blusa e foi até o meio do círculo. Então, ergueu os braços e girou lentamente, exibindo o peitoral nu e musculoso.

— Você confia que ele não está escondendo nada? — perguntou Natsuki.

— Confio — afirmou Hana.

Natsuki ofereceu dois dados de seis lados e um copo de bambu para Keishin e Hana inspecionarem.

— Queremos que vocês vejam que não vai ter trapaça aqui.

Keishin assentiu e devolveu o copo e os dados a Natsuki.

— Vamos começar — anunciou Natsuki, entregando os objetos para Daichi.

O homem colocou os dados dentro do copo e o sacudiu. Então, ele o virou de cabeça para baixo numa mesinha e olhou para Keishin.

— Par — disse Keishin, com os olhos fixos no copo.

Daichi levantou o copo, exibindo os dados. Cinco e quatro.

A multidão comemorou. Daichi pegou os dados e os colocou de volta no copo.

Keishin soltou um palavrão.

— Ainda temos mais duas chances — lembrou Hana.

Os dados chacoalharam lá dentro. Daichi virou o copo na mesa.

Keishin respirou fundo e endireitou os ombros.

— Par.

Seis e dois.

Hana apertou a mão de Keishin.

Daichi sacudiu o copo.

A mente de Keishin era um turbilhão de probabilidades, combinações e permutações, chacoalhando mais alto do que os dados no copo.

Daichi virou o copo. Ele pousou a palma da mão no fundo e ficou esperando a escolha de Keishin.

— Par — disse Keishin, simplesmente porque gostava da sensação da palavra na boca.

Sua intuição vagava mais livremente no mundo de Hana, recusando-se a ser controlada por cálculos ou pela lógica. Ali, era possível despejar oceanos dentro de orbes, e a probabilidade tinha tanto peso quanto um mercado que flutuava nas nuvens. A Segunda Lei do Universo e dos Jogos de Dados, de Ramesh Kashyap, estava do seu lado. Tinha que estar. Keishin prendeu a respiração.

Daichi levantou o copo.

Três.

Keishin olhou depressa para o segundo dado.

Um.

— Isso! — exclamou Keishin, levantando Hana pela cintura e dando um beijo nela.

Hana retribuiu o beijou, enquanto a multidão se dispersava.

— Muito bem. — Natsuki tirou a pérola de Keishin da bolsinha. — Parabéns.

Keishin colocou Hana no chão, pegou a pérola de Natsuki e a enfiou no bolso.

— Queremos nossas respostas agora, por favor.

— E vocês a terão — disse Natsuki. — Querem saber mais sobre as crianças que não são crianças.

— O que são essas crianças e onde elas ficam?

— Não podemos falar disso aqui. — Natsuki gesticulou para um barco pequeno. — Venham.

Natsuki conduziu o barco até a beirada da nuvem, para longe do agito do mercado. Ela puxou o remo para dentro do barco e se sentou.

— Quando o boato apareceu pela primeira vez no mercado, o meu colar era bem mais curto — comentou Natsuki. — Muitos dos vendedores que trabalhavam aqui na época já se aposentaram. Esse boato se espalhou mais rápido do que os outros, e não porque era interessante, mas porque, depois que o ouviam, as pessoas não aguentavam guardar tanta tristeza só para elas. Elas passavam adiante depressa, na esperança de que, ao compartilhar, teriam menos daquele boato vivendo em sua cabeça. Eu posso dizer, por experiência própria, que compartilhar não deu certo.

— O que você ouviu? — perguntou Hana.

Natsuki fitou as luzes reluzentes do mercado.

— O nosso mundo existe porque há uma ordem nas coisas. Todo mundo sabe a sua função e o seu lugar. Os vendedores vendem. Os carregadores carregam. Os varredores vasculham cada centímetro do mercado no fim de cada noite, limpando e deixando tudo pronto para a próxima. Nós acordamos, e os dias são sempre iguais, e nós damos um jeito de nos divertir para as horas passarem mais depressa, só para dormir, acordar e fazer tudo de novo, até ficarmos roucos demais para vender o nosso produto, ou com as costas fracas demais para carregar as nossas cestas. Mas nós não reclamamos. Por quê? Porque sabemos que existe algo pior do que a lida diária. Pior até do que a morte.

— O que isso tem a ver com o boato sobre as crianças? — perguntou Keishin.

— Todos nós aprendemos, ainda criança, que, na nossa hierarquia, existem duas pessoas que desempenham os papéis mais importantes do mundo. O dono da casa de penhores, que coleta almas, e a Horishi, que as infunde em nós na forma de um mapa. — Natsuki olhou para trás, nervosa, observando as nuvens, e então continuou num sussurro: — Os Shiikuin não querem que a gente saiba disso, mas às vezes eles falham.

— Como assim, falham? — perguntou Hana, e se enrijeceu.

— Nem sempre o dono da casa de penhores consegue coletar almas suficientes para todas as crianças que nascem no nosso mundo. Quando essas crianças são levadas para a Horishi, elas não recebem alma nem destino. São só uma casca. Conchas sem alma.

— Sem alma... — Hana levou a mão aos lábios trêmulos.

Keishin passou o braço em volta dos ombros de Hana e a puxou para si.

— O que acontece com essas crianças?

— Elas não são crianças — respondeu Natsuki. — São monstros.

— Mas por que eu nunca vi essas crianças... — Hana se corrigiu. — Essas criaturas? Os Shiikuin as matam?

— Isso seria a atitude gentil de se fazer, mas os Shiikuin não são gentis. De acordo com os boatos... elas são enterradas vivas.

— Vivas? — disse Keishin, sentindo um calafrio no corpo.

— Onde elas são enterradas? — perguntou Hana.

— Isso você vai ter que perguntar para quem começou esse boato.

— E quem foi?

— O dono da barraca quinhentos e dez.

CAPÍTULO QUARENTA E TRÊS

A barraca quinhentos e dez

Na barraca quinhentos e dez, havia cestas, potes e caixotes de madeira expostos em prateleiras, cada um com um item diferente à venda. Potes de vidro com canetas esferográficas, organizadas por cor, como num buquê de plástico. O maior deles era o de canetas azuis. Logo ao lado, uma fileira de potinhos menores, com uma variedade de quinquilharias que poderia ser encontrada no fundo de uma bolsa. Frascos de batom. Recibos. Troco. Embaixo disso, havia cestas quase transbordando com pilhas de óculos e chaves. As cestas da prateleira mais próxima das nuvens continham uma coleção impressionante de meias sem par.

— Odeio admitir isso — comentou Keishin —, mas, tirando o batom, essa barraca meio que me lembra o meu antigo alojamento na faculdade em semana de prova. A única diferença era que eu não guardava as minhas tralhas dentro de cestas. Ficava tudo espalhado pelo chão.

— Pra mim, não é nenhuma surpresa — respondeu Hana. — Essa barraca só vende coisas do seu mundo. A porta que a casa de penhores divide com o restaurante de ramen não é a única entrada para o seu mundo. Às vezes, surgem umas rachaduras. As coisas perdidas ou esquecidas nos cantos empoeirados do seu mundo acabam passando por elas. — Ela pegou um cartão de crédito dourado de uma pilha pequena.

— Eu costumava colecionar isso. Os marcadores de livro do seu mundo são tão lindos.

— Hum, é. Muito bonitos. — Keishin deu uma risada. — Que neutrinos, que nada! O maior mistério da vida está finalmente resolvido. Sempre me perguntei para onde iam as meias que somem na minha máquina de lavar.

Keishin pegou uma moeda de um pote de vidro e a girou nos dedos.

Um homem com um casaco de retalhos coloridos apareceu dentro da barraca. Na altura da cintura do casaco, Keishin conseguiu distinguir a metade inferior de uma gravata listrada cinza e vermelha, costurada a uma manga de camiseta que um dia foi um souvenir de parque temático. O vendedor os cumprimentou com uma reverência demorada e um sorriso tão alegre quanto o próprio casaco. Ele notou a moeda na mão de Keishin.

— Gostou? É chamada de moeda. As pessoas do outro mundo usam para comprar coisas. E parece que as que têm um buraco no meio, como a que você está segurando, dão sorte.

— Que... hã... interessante. — Keishin colocou a moeda de volta no pote.

— Acabei de receber uma entrega nova de carteiras — comentou o vendedor. — Ainda não consegui arrumá-las aqui, mas posso pegar, se quiser dar uma olhada.

— Obrigado, mas não queremos comprar nada. Nakajima-san disse que o senhor poderia nos dar algumas respostas sobre algumas perguntas que temos — disse Keishin.

— Nakajima Natsuki? A carregadora?

— Ela mesmo — disse Keishin.

— Se ela mandou vocês aqui, então imagino que as suas perguntas não são do tipo que seria bom dizer em voz alta. — O vendedor pegou um caderno nos fundos da barraca e uma caneta azul de um dos potes da loja. — Aqui — disse ele, entregando-os a Keishin. — Escreva a sua pergunta, e eu vejo o que posso fazer.

Keishin segurou a caneta, impressionado com a sensação familiar e ao mesmo tempo estranha do peso e da forma do objeto em sua mão.

Não conseguia se lembrar de nenhum dia em que não tivesse pegado uma caneta para escrever um lembrete ou uma ideia enquanto corria para uma aula ou trabalhava no laboratório da universidade. Ele deixava duas canetas numa caneca lascada na mesinha de cabeceira para as muitas noites em que uma das perguntas que moravam em sua cabeça decidia que não podia esperar até o dia seguinte para tagarelar no seu ouvido. Mas, desde que chegara ao mundo de Hana, Keishin não segurava uma caneta, e, naquela noite, aquilo parecia mais um artefato exótico do que uma ferramenta comum. Ele abriu o caderno do vendedor e escreveu uma pergunta na página em branco, deslizando a caneta no papel, atento a cada traço. Ter controle era um luxo num mundo em que ele não tinha feito nada além de ir atrás de uma pergunta estranha seguida da outra, correndo para se salvar. Ele saboreou cada segundo.

O vendedor percorreu os olhos pelo caderno, arrancou a página e a queimou na chama de um dos lampiões da barraca. Então, apagou o lampião e espalhou as cinzas da página na nuvem.

— Eu vou ter que dar uma palavrinha com a Natsuki sobre ter mandado vocês aqui — comentou o vendedor, depois de se certificar de que todas as cinzas tinham sido engolidas pela nuvem. — Acho que vou ficar um tempo sem dar nenhum trabalho para ela.

— O senhor pode nos ajudar? — perguntou Hana. — O meu pai...

O vendedor ergueu a mão.

— Eu não quero saber os seus motivos. Quanto menos eu souber, melhor. Só vou ajudar porque sei que a Natsuki já fez vocês pagarem um preço alto por uma resposta que ela não podia dar. — O vendedor puxou um banquinho e se sentou. Ele se debruçou sobre o caderno e escreveu com tanto fervor que Keishin temeu que rasgasse o papel. O vendedor arrancou duas páginas, dobrou-as ao meio e as entregou a Hana. — Isso é tudo que eu sei.

— Temos uma grande dívida com o senhor — disse Hana.

— Podem me pagar indo embora do Mercado Noturno para nunca mais voltar. Não quero nem saber o nome de vocês dois. Mas o meu é

Nakano Yasuhiro. Diga à minha mãe que fui eu que mandei vocês. — O vendedor enfiou a mão numa jarra e jogou uma moeda para Keishin. — E levem isso para dar sorte. Vocês vão precisar.

CAPÍTULO QUARENTA E QUATRO

A biblioteca dos perdidos

Hana parou nas sombras de um bosque de bambu, segurando as páginas que Yasuhiro lhe dera. Ela as amassou no punho cerrado.

— Ele tinha razão sobre não ser possível falar desse boato em voz alta. Coitadas daquelas crianças.

— Elas não são crianças, Hana — disse Keishin.

— Não é culpa delas não terem almas. É culpa minha e do meu pai.

— Aconteceu muito antes de você nascer, mesmo antes de a casa de penhores ser de responsabilidade do seu pai.

— Não importa. É a vergonha da minha família.

— Não sabemos a história toda.

— Mas sabemos o suficiente. Sabemos que o avô do vendedor era carregador e que os Shiikuin o mandaram buscar um pacote na casa da Horishi e enterrar. E agora sabemos o que tinha no pacote. — A voz dela falhou. — Uma criança sem alma.

— É uma história terrível, mas você não está vendo que finalmente temos uma pista para seguir? A mãe do Yasuhiro sabe aonde o pai dela levou a criança, o terreno onde ele ouviu as vozes e os lamentos das crianças sob o solo. Tem que ser o mesmo lugar onde os Shiikuin prenderam a sua mãe. Que punição poderia ser mais cruel para uma mãe morrendo de saudade da filha?

O sol brilhava por entre as nuvens, enquanto Hana e Keishin subiam os degraus estreitos esculpidos na encosta cinzenta da montanha. A trilha sinuosa e escorregadia de tão gasta era o acesso a uma aldeia que parecia não querer ser encontrada. A única coisa que insinuava a presença da cidade natal da mãe de Yasuhiro eram as portas de madeira pontilhando a encosta. Hana foi segurando a corda ao longo da trilha por todo o caminho, tentando não olhar para o chão.

— Nunca achei que fosse dizer isso — comentou Keishin —, mas prefiro as escadas do Mercado Noturno. Quem teve a ideia de esculpir casas numa montanha devia sentir falta de emoção na vida.

— Podia ser pior.

— Como assim?

— Podia estar de noite, ou chovendo.

— Não dê ideias ao tempo. — Keishin segurou a corda com força. — Já falei que ele me odeia.

Hana revirou os olhos.

— E eu já falei que a chuva segue a gente por minha causa.

— Tá bem. Não vou discutir. Pelo menos não até encontrarmos a mãe do Yasuhiro e estarmos em segurança atrás de uma dessas portas.

Duas crianças vieram descendo a trilha na direção de Hana, sem notar nem se importar com quão estreitos ou escorregadios os degraus eram. Elas sorriram para Hana e a cumprimentaram com uma reverência.

A visão de crianças monstruosas e sem alma se sobressaiu às que estava à sua frente. Hana ficou paralisada. Como se fosse capaz de ler a sua mente, Keishin apertou com carinho seu ombro. Hana piscou, afastando a imagem da cabeça.

— Ah… é… oi. Vocês sabem onde mora uma mulher chamada Nakano Hiroko?

A criança mais baixa olhou para uma porta logo acima.

— Mas ela nunca está em casa — disse a mais velha. — Ela passa o dia na biblioteca.

— Onde fica a biblioteca? — perguntou Keishin.

As crianças apontaram para uma porta no topo da subida.

— Ali.

A porta da biblioteca era a mais alta e a mais larga das castigadas pelo vento naquela encosta. Era tão preta e reluzente quanto uma tecla de piano e, tirando a aldrava de latão, não parecia muito gasta. Um dragão preto segurava um anel na boca, à espera dos visitantes. Hana pegou o anel de latão e bateu duas vezes na porta. Lá de dentro, veio o som de passos arrastados.

— Pois não? — respondeu uma mulher pela porta.

— Oi — disse Hana. — Estamos procurando por Nakano Hiroko.

A porta se abriu para dentro com um rangido alto.

— Sou eu — disse a mulher.

Ela tinha um cabelo grisalho da cor da rocha em que a biblioteca fora esculpida e um sorriso tão caloroso quanto o sol reluzindo na nuca de Hana.

— Nakano-san. — Hana curvou-se numa reverência. — Meu nome é Ishikawa Hana, e este é o meu amigo Minatozaki Keishin. Yasuhiro, o seu filho, nos disse que a senhora poderia nos ajudar a encontrar... — Hana hesitou, relutante em falar das crianças sem alma em voz alta. — Uma coisa.

— Não sei o que está procurando, mas, se você perdeu "uma coisa" — disse Hiroko com um sorriso —, a Biblioteca dos Perdidos é um bom lugar para começar a procurar.

Estantes imponentes esculpidas na pedra da montanha irradiavam como raios de sol na grande sala circular de leitura, pois, sobre as prateleiras, pairavam enxames de vaga-lumes muito maiores do que os da casa de chá da avó de Hana, iluminando os corredores da biblioteca com uma luz dançante. Hana passou a mão nas marcas de cinzel nas prateleiras, tentando imaginar o tempo e a força de vontade necessários para esculpir uma biblioteca que mais parecia uma fortaleza do que um lugar para guardar livros e pergaminhos empoeirados.

— Consigo ver em seu rosto que está com a mesma dúvida que todo mundo tem quando visita esta biblioteca pela primeira vez — comentou Hiroko. — Você quer saber que tesouro requer a segurança de um santuário tão impressionante. É a pergunta que eu também me fazia na primeira vez que pisei aqui, ainda criança, mas o mapa na minha pele me disse que o meu lugar era do lado do meu marido, no Mercado Noturno. E a minha pergunta teve que esperar até eu me aposentar.

— E a senhora encontrou a sua resposta? — perguntou Hana.

— Encontrei. A biblioteca guarda tudo e nada. Os livros não têm valor quando são escritos. O valor deles existe quando são lidos. Cada um dos livros desta biblioteca é ao mesmo tempo inútil e inestimável. Depende de para quem você pergunta. Como ainda não tive o prazer de ler metade da nossa coleção, posso dizer que só os livros que tirei das prateleiras e guardei no coração são realmente preciosos. — Hiroko apontou para uma prateleira do outro lado da sala. — Aquela é a minha seção preferida da biblioteca. É onde ficam todos os finais possíveis. Quando um escritor muda de ideia sobre o destino de um personagem, o caminho alternativo da sua história vem parar aqui. Agora está quieto, mas quando os livros acordam, todos os finais gostam de debater sobre qual deles é o melhor.

— Acho que eu poderia morar aqui — comentou Keishin.

— Sei bem o que você quer dizer. — Hiroko riu. — Eu faço parte deste lugar tanto quanto as prateleiras.

— Por que ela se chama de Biblioteca dos Perdidos? — perguntou Keishin, examinando as prateleiras.

— É o nome da nossa coleção mais importante — respondeu Hiroko. — A biblioteca tem um pequeno tesouro no acervo, e a barraca da minha família no Mercado Noturno contribui para ele. Às vezes, coisas muito mais valiosas do que canetas e moedas passam pelas rachaduras, e nós trazemos esses itens para cá. Cartas de amor não enviadas. Histórias abandonadas. Diários de infância. Cartões-postais amarelados. Livros emprestados que ficaram esquecidos debaixo da cama e nunca mais são devolvidos. Vocês estão interessados em alguma coisa específica? Os livros do outro mundo são muito estranhos, mas vale a pena dar uma olhada.

— Não estamos procurando um livro, Nakano-san — disse Hana. — Nós gostaríamos de saber se a senhora poderia nos ajudar a achar um lugar.

— Um lugar?

— O lugar onde o seu pai ouviu crianças chorando debaixo da terra.

Hiroko cobriu a boca de Hana com a mão, olhando nervosa ao redor.

— Não diga mais nem uma palavra.

Hiroko os levou até um canto escuro da biblioteca, onde prateleiras estavam cobertas por teias de aranha e uma camada espessa de poeira.

— Aqui é a seção das histórias com final feliz. Como você pode ver, não é muito popular. Até os vaga-lumes evitam este lugar.

— Por quê? — perguntou Keishin.

— As pessoas vêm aqui para escapar, e não para invejar. — Hiroko olhou para o corredor vazio. — Podemos conversar aqui.

— Eu gostaria de não ter que perguntar das crianças — continuou Hana. — Mas há vidas em jogo.

— Eu não imaginava que palavras que falei quando era criança iriam me perseguir até a velhice. Deve ser o meu castigo por ter espalhado um segredo que não era meu para contar. Só o que pensei na hora foi que não queria ser como aquelas cartas que encontrei.

Os olhos de Hiroko se encheram de lágrimas.

— Cartas? — perguntou Keishin.

— Cartas do outro mundo, perdidas antes de serem enviadas. Eu as encontrei apodrecendo dentro de uma caixa úmida e gasta. Estavam cobertas de mofo e sujeira, cheirando mal, com as palavras e os sentimentos se decompondo. É o que acontece quando as palavras ficam por não ditas. Por mais bonitas que sejam. Com o tempo, tudo apodrece. Foi assim que eu fiquei sabendo que o segredo do meu pai estava apodrecendo dentro de mim também. Dava para sentir o fedor. Eu tinha que contar para alguém. Qualquer pessoa. Acabei contando para um amigo, o filho de um carregador, e o fiz jurar que não contaria para ninguém, mas antes de o dia acabar todo mundo no mercado já sabia do meu crime. E agora você trouxe a minha vergonha para o único lugar onde eu achava estar segura dela.

— Gostaríamos de pedir desculpas — disse Hana. — Não sabíamos que seria motivo de tanta angústia.

— A culpa não é de vocês, é minha. O meu pai não sabia que eu o segui até aquele terreno. Ele sempre dizia que eu era curiosa demais e que isso me traria problemas. Ele tinha razão. Não tem um dia em que eu não me arrependa de ter me escondido nas ruínas daquele templo e de ter visto o "pacote" que os Shiikuin mandaram o meu pai enterrar entre as flores silvestres. — Hiroko cobriu os ouvidos com as mãos e fechou os olhos. — As crianças... a voz delas... Eu ainda consigo ouvi-las vindo do chão, encobrindo o barulho do rio.

— Onde fica esse lugar, Hiroko-san? — perguntou Hana.

Hiroko deixou as mãos penderem junto do corpo.

— Por favor, acredite em mim, você não quer encontrar esse lugar.

— Eu não tenho escolha. Eu preciso achar.

— A única escolha que temos neste mundo é nos dar por satisfeitos — disse Hiroko. — Mas eu era uma criança obstinada e gananciosa, eu queria ver mais do que o mundo na minha janela, e desobedeci o meu pai. Foi um erro com o qual vou ter que conviver pelo resto da vida. Os gritos na minha cabeça nunca vão me deixar esquecer. Vou levar isso comigo para o túmulo, não importa quanto esse segredo apodreça dentro de mim.

Keishin se sentou nos degraus da montanha, sem coragem de olhar para além dos próprios pés. Ele não queria olhar para Hana. A busca pelos pais dela havia chegado ao fim, tornando-se a mais recente adição à coleção empoeirada de coisas perdidas e inacabadas da biblioteca.

— Eu sinto muito, Hana. Nós tentamos.

Hana fitou o vale.

Keishin esticou a mão na direção dela, e então mudou de ideia. Tocá-la só iria deixá-lo ainda mais desamparado. Não havia nada que ele pudesse dizer para consolá-la, nem nenhum abraço apertado o suficiente que pudesse transmitir que ia ficar tudo bem. Ele enfiou as mãos nos bolsos e sentiu algo duro e frio roçar a ponta de seus dedos. Ele pegou a moeda que Yasuhiro lhe dera. O objeto não trouxera sorte, e a vontade de Keishin era de arremessá-la lá do topo da montanha. Ele a apertou com força, levou a mão até atrás da cabeça e então parou, lembrando que tinha um jeito melhor de usar aquilo. Ele colocou a moeda no degrau e a girou, seguindo um roteiro de uma outra vida. A moeda rodopiou perigosamente perto da beirada da montanha, retardando os pensamentos de Keishin e abafando o barulho dentro de si o suficiente para ouvir o conselho de um velho amigo.

Keishin contornou depressa as mesas do restaurante indonésio lotado e quase derrubou um garçom. Ele puxou a cadeira diante de Ramesh e se sentou, ofegante.

— Eu preciso achar um terreno.

— Um terreno? — Ramesh pousou o garfo no prato. — Essa é novidade. Que tipo de terreno?

— Do tipo onde você enterra segredos.

Ramesh esfregou o queixo.

— Interessante. Continue.

— A única pessoa que sabe onde ele fica se recusa a me dizer onde é. Estou num beco sem saída.

Ramesh cruzou os braços.

— E o que foi que a pessoa falou?

— Hiroko disse um monte de coisas, mas nada que fosse útil.

— Ótimo.

Ramesh enfiou uma colherada de curry de legumes com arroz na boca e começou a mastigar bem devagar.

— Como isso pode ser ótimo?

— Quando você perguntou onde fica esse lugar, ela podia simplesmente ter dito que não ia responder e pronto, fim de papo. Ia ser uma pena desperdiçar toda essa comida. Mas "um monte de coisas" pode servir de algo.

— Quem dera fosse verdade. Mas Hiroko só ficou falando como ela se arrependia de ter seguido o pai às escondidas até esse lugar.

Ramesh sorriu.

— Agora estamos chegando a algum lugar.

— Estamos?

— Se a Hiroko seguiu o pai sem que ele soubesse, então é porque ela arrumou um bom lugar para se esconder.

— Foi. Ela se escondeu num… — Keishin arregalou os olhos. Ele pulou da cadeira, derrubando a cerveja. — Obrigado, Ramesh. Acho que agora eu consigo descobrir sozinho.

— De nada. — Ramesh deu um suspiro, fitando com pesar a comida que eles mal haviam tocado. — Boa sorte.

* * *

A moeda girou até cair pela encosta da montanha, levando consigo a recusa intransponível de Hiroko de revelar a localização do terreno. No silêncio, Keishin ouviu todas as palavras que ela dissera.

— Ela se escondeu num templo em ruínas... é isso.

— Do que você está falando? — perguntou Hana.

— Eu sei como encontrar esse terreno.

— Você sabe? Como?

— Hiroko pode não ter dito o lugar exato, mas, quer tenha sido intencional ou não, ela nos deu uma chance de encontrar. Acho que uma parte dela queria libertar esse segredo. Ela nos contou três coisas sobre o terreno que não sabíamos. Primeiro, perto de onde o pai dela enterrou a criatura, existe um templo em ruínas. Segundo, o lugar é coberto de flores silvestres. Terceiro, passa um rio ali perto. Um templo em ruínas. Flores silvestres. Um rio. Isso deve restringir consideravelmente a nossa busca.

Hana se levantou num pulo.

— Precisamos de um mapa.

Parecia mais uma área de camping do que uma estação de trem. Ao longo dos trilhos, havia uma fileira de barracas coloridas, algumas da dimensão de uma casa de bom tamanho. Na plataforma da estação, pessoas cozinhavam nas fogueiras, enquanto outras penduravam roupas em cordas amarradas nos postes. Algumas chegaram até a plantar hortas. Entre as barracas, as crianças brincavam de pique-pega, rindo enquanto corriam uma atrás da outra. Keishin fitou o letreiro com os horários de partida e chegada e notou que ninguém parecia preocupado com o fato de que estava em branco.

Hana se aproximou de Keishin trazendo consigo um punhado de mapas.

— Foi tudo o que eu consegui achar.

Keishin olhou para a cidade improvisada na plataforma.

— Por que essas pessoas estão acampando aqui?

— Estão esperando o trem.

Keishin franziu o cenho.

— Há quanto tempo?

— Bastante.

— Com que frequência os trens passam?

— Isso aqui não é que nem a estação central de Tóquio. Os trens aqui não têm hora programada. Eles chegam quando chegam. Tem passageiro que nasceu aqui, e outros vão morrer sem nunca ver o trem que estavam esperando.

— E eles não estão nem aí?

— Eles não têm escolha. As linhas nem sempre ficam no mesmo lugar, ainda mais as que passam pelo mar. As correntes mudam. Os trilhos saem boiando, e os trens dão voltas imensas — comentou Hana. — Venha. Precisamos achar um lugar para estudar esses mapas.

Eles foram até uma parte mais deserta da estação.

— Quer ouvir uma coisa estranha? — perguntou Keishin.

— Mais estranha do que trens que se perdem no mar?

Hana se ajoelhou no chão e abriu os mapas.

— Não. — Keishin sorriu. — Eu não gosto de mapas.

— Por quê?

— Eles me fazem pensar em todas as coisas que as pessoas fingem que sabem, todas as coisas que nós inventamos para achar que entendemos tudo, que estamos no controle. Os mapas são mais uma expressão artística do que uma ciência. Eles são feitos de acordo com os critérios de quem os desenha. Algumas coisas ficam pequenas, outras grandes; alguns lugares são mantidos, outros são cortados. Nós circulamos com linhas vermelhas e grossas os lugares que reivindicamos como nossos, como se fosse possível ver onde um lugar termina e o outro começa. Mas fronteiras são só um conceito. Elas só existem na nossa cabeça.

Hana ficou quieta, sem saber como discordar completamente e ser educada. As fronteiras existiam, e as mais difíceis de cruzar não eram as linhas invisíveis entre as cidades, mas os muros que as pessoas construíam em torno de si mesmas. As fronteiras eram necessárias. Elas protegiam os segredos.

— Então vai gostar de saber que os nossos mapas são um pouco diferentes daqueles que você conhece.

Ela abriu um mapa no chão e revelou uma página em branco.

— Entendi. — Keishin se agachou ao lado do mapa. — E como vamos encontrar alguma coisa nele?

— Não vamos. Os mapas vão encontrar o lugar para nós. Se pedirmos com educação.

— Já que eu nunca conversei com um mapa, acho que é melhor você fazer as honras.

Hana alisou o mapa com a palma das mãos para suavizar as dobras.

— Com licença, poderia nos ajudar a encontrar um terreno?

O mapa estremeceu no chão. Uma cordilheira em formato de meia-lua surgiu na superfície, vincando a página. O mapa franziu-se e formou um campo na curva interna da cordilheira. Ele tremeu, como se perguntasse a Hana se aquele era o lugar que ela estava procurando.

— É uma área com flores silvestres e um templo — continuou Hana. — E um rio.

As montanhas do mapa abaixaram, deixando o papel tão liso quanto antes de aparecerem. O mapa se fechou novamente num retângulo.

— Vai ver o próximo mapa sabe onde é — disse Keishin.

Hana abriu um segundo mapa e fez a mesma pergunta.

O mapa se fechou novamente.

Keishin roeu a unha do polegar.

Hana abriu o terceiro mapa e perguntou do lugar. Ela falou devagar para ter certeza de que o mapa tinha entendido todas as palavras.

O mapa continuou plano e imóvel.

Hana fez menção de pegar o quarto mapa.

O terceiro mapa estremeceu, e duas montanhas se ergueram da folha em branco, uma de frente para a outra, formando um vale entre elas. O vale se aprofundou, e surgiu um templo. No meio do vale, fez-se uma fenda, expondo o chão embaixo do mapa.

— Kei… — Hana olhou para a fenda, imóvel. — Eu acho que…

— Que é um rio — completou ele, e apertou a mão dela.

Sua voz foi encoberta pelo barulho de um trem. No acampamento, as pessoas começaram a comemorar. Um quarto das pessoas reunidas na plataforma correu, enfiando os pertences em bolsas e equilibrando o que não cabia nos braços. Um homem colocou a filha nos ombros, enquanto corria na direção do trem com duas bolsas cheias em cada mão. A filha foi quicando a cada passo que ele dava, abraçando um pequeno vaso de plantas junto do peito. O pequeno grupo com o qual dividiam a barraca foi correndo atrás deles para se despedir.

Keishin ignorou a comoção, concentrando-se na longa tira de papel que pairava sobre o mapa. A tira, então, se contorceu no ar, rasgando-se em pequenos pedaços semelhantes a pétalas. Os pedaços ficaram no tom mais claro de azul antes de caírem como chuva sobre o mapa e se espalhar pelo vale de papel.

— Flores silvestres…

O mapa ficou imóvel. Seus fragmentos se juntaram de novo, e, num piscar de olhos, o mapa estava imaculado e inteiro. Aos poucos, foram surgindo pinceladas na página do vale, revelando a localização do terreno, fazendo surgir com cautela uma palavra de cada vez.

— Conseguimos! — exclamou Keishin, e abraçou Hana, enquanto o trem se afastava da estação.

Mais palavras apareceram no mapa, e Hana leu depressa as instruções completas. Ela enrijeceu dentro do abraço de Keishin.

Keishin a soltou.

— O que foi?

— Eu sei onde fica esse lugar. — Ela fitou os trilhos vazios. — E acabamos de perder o trem que o mapa nos mandou pegar para chegar lá.

Um onda de silêncio se instaurou sobre a cidade de barracas, enquanto os moradores se recolhiam às suas casas improvisadas e iam dormir. Havia ainda um cochicho aqui e outro ali, trocados entre os grupos reunidos ao redor das fogueiras. Eles seguiam falando da mesma coisa por horas a fio, sem se cansar de reviver a emoção da passagem do trem naquele dia.

Hana se juntou a um grupo pequeno ao redor de uma fogueira e aqueceu as mãos com as chamas.

— E se o trem nunca mais vier?

Keishin passou o braço em volta dela.

— Vai vir. Tem que vir. Já chegamos longe demais para desistir agora.

— Vocês são novos aqui, não são? — perguntou um senhor de idade, sentado do lado de Keishin.

— Somos — respondeu Hana.

— Sejam bem-vindos. Eu sou Ono Aritomo. Sempre reconheço quem acabou de chegar. — Ele abriu um sorriso quase todo desdentado. — São os que têm pressa. Eu também era assim quando cheguei aqui com a minha mãe.

— Com a sua mãe? — disse Keishin, tentando, mas não conseguindo esconder a surpresa em sua voz.

Aritomo sorriu.

— Na época, eu era menino, tinha só doze anos. Eu me casei e construí família aqui. O trem da minha esposa chegou há dez anos, e o nosso filho foi com ela.

— Lamento muito por isso, Ono-san — disse Hana.

— Por quê? — Aritomo coçou o queixo. — A minha esposa estava na jornada dela, e eu estou na minha. Quando o trem dela chegou, ela teve que ir. Não tem nada do que se lamentar. Eu vivi uma vida boa. Fui filho, marido e pai. Sou amigo de um monte de gente aqui. Plantei um jardim e alimentei quem passava fome, e montei uma barraca onde desconhecidos encontraram descanso. O que mais um homem pode querer da vida? Ninguém nos prometeu o nosso destino. Só a jornada. Esperar faz parte dessa jornada.

Keishin assentiu lentamente.

— O senhor é um homem sábio, Ono-san.

Aritomo balançou a cabeça.

— Não mais do que qualquer pessoa aqui. Fomos abençoados com tempo para pensar. Isso nos permitiu perceber que a vida é encontrar alegria entre o lugar de onde você veio e o lugar para onde você vai. Posso nunca chegar aonde quero ir, mas, quando olho para trás, posso afirmar que não gastei um segundo da minha vida amargurado por não estar em outro lugar. A felicidade não existe num lugar. Ela está no ar que respiramos. Você precisa optar por respirá-lo, de novo e de novo.

As palavras de Aritomo aqueceram Keishin mais do que a fogueira, encontrando e preenchendo espaços vazios que ele nem sabia que tinha.

— Fico muito grato de ter conhecido o senhor.

— Não precisa me agradecer. Conheci todo tipo de gente nos anos em que passei aqui nesta estação. Uns passam depressa, outros ficam um tempo. Todo mundo que encontrei, por mais breve que fosse, levou ou deixou alguma coisa. As pessoas mal-educadas podem tirar o sorriso do seu rosto, mas as gentis o fazem voltar. Eu aprendi que não há nenhum ganho em roubar a felicidade dos outros. Não importa quanto roube, não é algo que você possa usar para si mesmo.

Hana estava enroscada junto a Keishin, encaixada em seu peito.

— Você acha que poderia ser feliz aqui? Uma horta na plataforma de uma estação de trem poderia te fazer tão feliz quanto os seus neutrinos e as suas estrelas?

Keishin massageou o ombro dela com o polegar.

— Eu adoraria poder fingir que sou tão sábio quanto Aritomo, mas sei que não ficaria satisfeito aqui.

— Por quê? — perguntou Hana, e se mexeu para encará-lo.

— Porque eu me recuso a quebrar a promessa que fiz pra você, Hana. Nós vamos achar os seus pais, de uma forma ou de outra. Não importa quão longe fique esse terreno, ou a dificuldade que é para chegar lá, ou quantos Shiikuin estão atrás de nós. Nós vamos achar os seus pais.

— Com licença — sussurrou uma mulher na mesma barraca para Hana. Ela afastou o cabelo escuro do rosto e o prendeu num coque frouxo. — Eu não queria me intrometer na conversa de vocês.

— Ah... Desculpe por acordar você — balbuciou Keishin.

— Você disse que está procurando os seus pais? — perguntou ela. — E que os Shiikuin estão atrás de vocês?

Hana empalideceu.

— Não se preocupe. Sei guardar segredo. Eu me chamo Keiko e não sou amiga dos Shiikuin. Eu sei como eles podem ser cruéis. Perdi o meu pai para eles. Ele estava doente e pegou no sono na barraca dele, no Mercado Noturno, e por causa disso os Shiikuin o perseguiram até cair no rio.

— Eu sinto muito — disse Keishin, lembrando-se da história que Hana lhe contara.

— Existe um outro jeito de chegar aonde vocês querem ir sem ser pegando o trem — informou Keiko.

— Verdade? — disse Hana. — Mas o mapa falou que...

— Nenhum mapa ia sugerir esse jeito de viajar — continuou Keiko. — Só nos cantos mais afastados do Mercado Noturno é que você ouviria alguma coisa sobre isso, e só das pessoas mais desesperadas.

— Por quê? — perguntou Keishin.

— Porque as pessoas acham que é uma vergonha, uma desonra — respondeu Keiko. — Mas, se a vida de quem eu amo dependesse disso, acho que não estaria nem aí para honra.

— Nem eu — concordou Hana. — É só uma questão de tempo até os Shiikuin nos encontrarem aqui. Não podemos nos dar ao luxo de esperar pelo trem.

Keiko assentiu.

— O Caminho Proibido vai levar vocês aonde precisarem, mas não vai ser fácil.

— Nós topamos — disse Hana. — Quando podemos ir?

— Daqui a pouco. Mas primeiro vocês têm que fazer uma coisa.

— O quê? — perguntou Keishin.

— Beber.

CAPÍTULO QUARENTA E CINCO

A terceira garrafa de saquê

一杯目人を酒飲む二杯目は酒酒を飲み三杯は酒人を飲む

Ippai-me wa hito sake o nomi, nihai-me wa sake sake o nomi, sanbai-me wa sake hito o nomu.

A primeira garrafa de saquê é o homem que bebe, a segunda então bebe a primeira, e, por fim, é o saquê que bebe o homem. Hana percebeu que, até aquela noite na estação de trem, nunca tinha entendido direito o velho ditado. Ela virou o copo e limpou o saquê que escorria pelo queixo com as costas da mão. A plataforma e as barracas giravam ao seu redor. Ela dispensou a quarta garrafa de saquê quando Keiko tentou encher seu copo de novo.

— Eu sinto muito — disse Keiko, servindo o restante do saquê no copo de Hana. — Mas é necessário.

— Tim-tim. — Keishin inclinou a cabeça para trás e virou o copo num único gole.

As sombras dançaram em seu rosto, num jogo de luz provocado pela fogueira.

Hana semicerrou os olhos, observando a história formada pelas sombras se desenrolar em meio à sua mente embaralhada. Keishin era um herói numa missão, inconsciente de quão próximos os monstros na verdade estavam. Ela virou o copo e o bateu no chão da plataforma.

Keiko assentiu.

— Agora vocês podem ir.

— Você ainda não disse como nós vamos — lembrou Keishin.

— A próxima parte é mais simples — disse Keiko. — Você só precisa falar, e eu só tenho que ouvir. O saquê dentro de você vai tornar mais fácil dizer o que está pensando e escolher quais palavras sussurrar.

Hana massageou as têmporas, sem saber se a dificuldade de entender as palavras de Keiko era por causa do saquê ou da exaustão profunda.

— Não tem nada que viaje tão rápido quanto um boato — continuou Keiko. — E os boatos com mais fundo de verdade são os mais velozes. Esta noite, você vai escolher um boato para espalhar e pegar carona nele até o seu destino.

Keishin esfregou os olhos.

— Desculpe, mas acho que não estou bêbado o suficiente para entender como vamos pegar carona num boato.

— Você não precisa entender para que isso funcione — disse Keiko. — Mas precisa confiar em mim. A barraca da minha família no Mercado Noturno vendia mais do que só bugigangas. Nós oferecíamos uma saída. Antes do meu pai morrer, ele me ensinou como se fazia.

— O que a gente precisa fazer? — perguntou Hana.

— Hana. — Keishin a afastou da fogueira. — Tem certeza de que quer fazer isso? Ela pode estar nos enganando. E se a Keiko nos entregar para os Shiikuin?

— Até outro dia, eu também não te conhecia — disse Hana. — E você tem se mostrado uma pessoa de palavra.

Keiko se aproximou deles.

— Vocês estão na dúvida?

— Não — afirmou Hana.

— Então escolha a sua verdade e vá em frente.

A escolha era óbvia. Hana nunca teria aceitado contar aquilo se estivesse sóbria, mas o saquê dentro de si era bem convincente. Nenhum outro boato viajaria tão depressa quanto o segredo de Keishin. Ele segurou a mão dela e sussurrou no ouvido de Keiko.

Eu não sou do seu mundo.

Hana se viu desaparecer. Seus pés foram os primeiros a sumir. Depois as pernas, esvaindo-se aos poucos, começando pelos tornozelos. A última coisa a ir foram seus olhos, e, quando eles se foram, restou apenas a escuridão.

CAPÍTULO QUARENTA E SEIS

O boato sobre um homem chamado Minatozaki Keishin

"Eu não sou do seu mundo." Keishin foi se desfazendo a cada palavra dita. A verdade que ele sussurrou no ouvido de Keiko o transformou de volta na poeira estelar da qual todas as coisas foram feitas e o lançou no ar e na escuridão. As partículas de sua mente se apegavam a um único pensamento. Mesmo como poeira, ele se atinha a Hana, e o que restava dela se atrelava a ele.

Keishin seguiu à deriva até começar a se recompor a partir do ponto que costumava ser sua barriga. Não dava pra saber direito. Ele não tinha olhos para ver. Sentiu-se como se estivesse sendo costurado, átomo por átomo, e, assim que voltou a ter pálpebras, abriu os olhos e ficou observando Hana ganhar forma.

— Onde estamos? — perguntou Hana, assim que voltou a ter lábios para formar palavras.

— Onde quer que seja… — Keishin olhou ao redor. Estavam dentro de uma barraca cheia de coisas. Cobertores. Cestas. Panelas. Livros. Tudo equilibrado em pilhas, ocupando todos os espaços disponíveis. — Acho que não fomos longe. Parece que ainda estamos na estação.

Hana foi até a entrada da barraca e tentou abrir a porta. Não conseguiu. Ela puxou com mais força.

— Não está abrindo.

Keishin tentou levantar uma das paredes de tecido da barraca, mas não conseguiu encontrar uma lacuna entre a barraca e o chão. Então, empurrou a barraca, e a barraca o empurrou de volta, derrubando-o no chão. Ele se levantou, caminhou para trás o máximo que podia em meio à bagunça e se lançou contra a barraca, atingindo-a com o ombro. Bateu em algo duro como osso. A dor em seu braço foi lancinante. Keishin cambaleou para trás, com a mão no ombro dolorido, xingando e socando a parede com o punho.

— Keiko! Keiko! Deixe a gente sair.

Hana puxou Keishin para longe da parede.

— Não adianta. Estamos presos. Você tinha razão. A Keiko nos traiu.

— Nós entramos aqui. — Keishin empurrou uma pilha de cestas. — Então quer dizer que tem uma saída.

A tenda balançou com violência, derrubando Keishin e Hana no chão. Hana tentou se levantar, e Keishin segurou a sua mão.

— Fique abaixada.

O estrondo parou. A barraca foi invadida por uma luz forte. Hana espiou por entre a bagunça, com os olhos apertados. Ela arfou e se levantou.

— A barraca abriu!

Keishin se levantou.

— Corra!

Eles correram para a porta, derrubando pilhas de livros e saltando montes de cobertores e roupas como numa pista de obstáculos. Protegendo os olhos da claridade, os dois saíram. Keishin afastou a mão do rosto bem em tempo de ver Hana desaparecer.

Na segunda vez, juntar os pedaços espalhados de si mesmo foi mais rápido. Ou talvez tenha sido só impressão. Sem corpo, era difícil ter noção do tempo. Keishin abriu os olhos. Hana estava diante dele, seus membros se moldando do nada.

Hana olhou para as mãos recém-formadas e flexionou os dedos.

— O que está acontecendo com a gente?

Keishin olhou ao redor. Eles estavam sob um gazebo hexagonal no meio de um lago reluzente. Na água, uma lua cheia flutuava. Keishin estendeu o braço, mas uma parede invisível impedia seus dedos de irem além da estrutura de madeira do gazebo.

— Outra armadilha.

Hana fitou o lago calmo.

— Não parece uma armadilha.

— Como você chama um lugar do qual não pode sair?

O chão sob eles se moveu, enviando ondas pelo lago. Eles se agarraram aos postes do gazebo, e a luz os atingiu como se uma porta invisível tivesse se aberto e o sol tivesse entrado.

— Está acontecendo de novo — disse Hana, semicerrando os olhos diante da claridade.

Keishin deu um passo hesitante em direção à luz.

— Kei, espere. — Hana segurou seu braço. — Podemos desaparecer de novo.

Keishin também estreitou os olhos para a luz.

— Vai ver é isso que tem que acontecer.

— Como assim?

— Acho que você pode ter razão. Talvez isso não seja uma armadilha.

— Então é o quê?

— E se for isso que a Keiko quis dizer com viajar dentro de um boato?

— Você acha que estamos dentro da cabeça de uma pessoa?

— Até essa pessoa passar o boato para outra. — Keishin estendeu a mão para Hana. — Mas só tem um jeito de saber.

Keishin descobriu que os humanos têm os mais variados tamanhos e formatos de mente. Umas não passavam de um armário, outras eram tão compridas quanto um trem. Algumas não tinham quase nada dentro, e outras estavam abarrotadas de coisas. A mais estranha até então era um cômodo no topo de uma árvore, com o chão inteiramente coberto por um tapete de xícaras de chá verde recém-preparado.

Keishin se viu de pé dentro de uma sala boleada de vidro e ficou esperando Hana se materializar. A cada salto de luz, o tempo que passavam na mente seguinte ficava mais curto. Essa era a natureza dos boatos, pensou ele. À medida que expandia, ia ganhando velocidade. Keishin avaliou o último ambiente em que foi parar, na esperança de poder permanecer ali um pouco mais. Gostou daquela mente. Era como uma orbe flutuando entre as estrelas.

— É lindo — disse Hana, admirando as constelações.

— É mesmo — concordou Keishin, observando as estrelas refletidas nos olhos dela. — Muito lindo.

— Quem é que pode ter uma mente dessas?

Hana pousou a palma da mão na parede transparente.

— Alguém que eu invejaria muito — respondeu Keishin.

— Invejar? Por quê? Imagino que a sua mente também deve estar cheia de estrelas.

— Quem me dera. Mas, infelizmente, não deve passar de uma sala cinzenta e mal iluminada, cheia de números e gráficos. E talvez uma cadeira. E um pacote vazio de Cebolitos. Ou dois.

— Cebolitos? Vale a pena saber o que é isso?

— Não. É um vício horroroso. Eu não consigo trabalhar sem. Trouxe uma mala cheia desse biscoito, porque fiquei com medo de não achar no Japão. E, agora que eu falei isso em voz alta, parece a preocupação mais boba do mundo. — Keishin olhou para as estrelas. — É curioso como a mente arranja um jeito de se encher de coisas inúteis, como se tivesse medo de ficar vazia.

— Ou silenciosa — completou Hana.

A orbe tremeu, e a luz rompeu seu cristal.

Keishin apertou a mão de Hana.

— Vamos — disse ele, entrando na luz.

Era impossível dizer onde as flores silvestres terminavam e o céu começava. O azul das pétalas combinava perfeitamente com o horizonte sem nuvens. Keishin não questionou como podia haver flores no outono, estava simplesmente feliz que tivessem desabrochado.

O boato os deixou numa estrada de terra junto do vale de flores silvestres, quando um fazendeiro não conseguiu encontrar ninguém para quem contar, além do cavalo puxando sua carroça. O animal relinchou e balançou o rabo, afastando o boato como uma mosca. Ele não estava nem aí para um homem que se chamava Minatozaki Keishin, que dirá para o mundo do qual ele vinha. Só queria chegar em casa, ao seu estábulo quentinho, na fazenda de seu dono, longe daquele campo azul infinito que o fazia espirrar. O boato pairou no ar entre o fazendeiro e o cavalo, girou por um momento e se afastou com o vento.

Assim que voltou a ter boca, Hana se viu de queixo caído.

— Chegamos.

— Se a gente quiser encontrar esse templo e o rio, é melhor seguirmos em frente logo — comentou Keishin. — Temos muito que andar.

— É muito maior do que eu imaginava. Por onde vamos começar?

Um vento forte soprou na direção deles, fazendo as flores balançarem. Hana inclinou a cabeça.

— Ouviu isso?

— O quê?

O vento sacudiu o cabelo de Hana, e ela levou os fios soltos de volta para o rabo de cavalo.

— Nada. Foi só o vento.

Uma brisa beijou o rosto de Keishin, levando um som de risos de crianças até seus ouvidos. Ele parou no meio da passada.

— Hana…

Ela olhou para ele.

— Eu também ouvi.

CAPÍTULO QUARENTA E SETE

Sob os salgueiros

A única coisa que restava do templo eram os *torii*, os portões de pedra que marcavam a fronteira entre o secular e o sagrado. Passar por eles era entrar no mundo dos espíritos. Mas, quando Hana passou pelos portões e cruzou o riacho que cortava as ruínas do templo, ela não se sentiu na companhia de nenhum deus que conhecesse. O que o campo tinha de bonito, a área do templo tinha de opressiva, desoladora e fria.

— Não gostei daqui — disse Hana, e abraçou o próprio corpo.

— Então somos dois — concordou Keishin.

— Não estou mais ouvindo as crianças. Será que estamos no lugar errado?

— O lugar bate com a descrição da Hiroko. Só pode ser aqui.

Uma risada abafada surgiu do chão.

Hana deu um pulo.

— Está vindo dali.

Keishin apontou para uma área onde as flores silvestres pareciam mais pálidas, mas que era mais densa que o restante do campo.

Hana se agachou junto às flores e colou a orelha no chão.

— Está ouvindo alguma coisa? — perguntou Keishin.

Ela levou o dedo aos lábios e fechou os olhos. Sob as flores, ouviu passos.

— Parece que estão correndo. Brincando. Hiroko falou que, quando ouviu as crianças, elas estavam chorando. O que será que mudou?

— Aqui no alto, não vamos descobrir — disse Keishin, com os olhos nas flores. — Espero que tenha trazido uma pá nessa bolsa.

— Não. — Hana enfiou o braço até o cotovelo na bolsa e começou a vasculhar. — Mas o meu pai tem duas no galpão do nosso quintal, perto do espelho de água.

À medida que eles cavavam, o riso das crianças ficava mais alto. Hana fez de tudo para ignorar a vontade de cavar mais devagar. O campo era sua última pista, e, se não encontrassem seu pai ou sua mãe ali, não tinha a menor ideia do que faria. Tentou imaginar os dois num lugar seguro, mas não conseguia conceber um mundo subterrâneo que não a fizesse querer fugir do buraco que Keishin e ela estavam cavando.

Os risos pararam.

Hana segurou com força o cabo da pá.

— Por que elas pararam?

Keishin apoiou a pá na parede do buraco e levou o rosto ao chão.

— Dá pra ouvir alguém se mexendo. Elas continuam aí, mas acho que estão quietas porque... porque também estão ouvindo a gente.

Do fundo do buraco que cavou, Hana não conseguia mais ver o campo. O céu reluzia lá no alto, em tons de roxo e laranja. Logo o buraco estaria fundo demais para eles conseguirem sair, e, no escuro, seria impossível achar o caminho de volta até a estrada. Fugir não era mais uma opção, não importava o que estivesse esperando por eles debaixo da terra.

Hana enxugou o suor da testa e deixou uma marca de lama em seu rosto. Todos os seus músculos ardiam, mas o que mais doía era a palma das mãos em carne viva. As luvas improvisadas que fizera com a tira de pano que arrancara da barra da blusa pendiam de suas mãos, ameaçando se desfazer a qualquer momento.

— Descanse um pouco — sugeriu Keishin.

— Eu estou bem.

Ela ignorou a dor e continuou cavando.

— Espere. — Keishin fincou a pá no chão, pegou as mãos machucadas de Hana e, com gentileza, enrolou melhor o pano. — Acho que assim aguenta um pouco mais.

— Obrigada — disse Hana.

Ele limpou a sujeira no rosto dela. O pano atado às mãos dele estava sujo de sangue.

— Você está sangrando.

— Não é nada de mais — disse Keishin.

— Engraçado como "nada de mais" é igualzinho a uma mancha de sangue.

— É coisa boba. Não é pior do que o corte que você fez no pé na casa de penhores.

Hana olhou para o céu cada vez mais escuro.

— Parece que passou uma vida desde aquele dia — comentou Hana.

— Para mim, *tem* uma vida. Não sou mais a mesma pessoa que apareceu na sua porta. Eu vi, ouvi e... — Os olhos de Keishin se demoraram em Hana. — Senti tantas coisas que nunca imaginei serem possíveis. Eu não sei o que vamos encontrar aqui embaixo, nem o que vai acontecer, mas preciso que saiba que eu me importo com...

— Não.

— Não o quê?

— Não diga que você acha que se importa comigo. Aquela noite no *ryokan* foi um erro. O que quer que a gente sinta um pelo outro é uma ilusão, por mais que pareça verdade. Quando você entrou no meu mundo pela primeira vez, eu te disse que nada aqui é o que parece. Nem o céu.

Nem este campo florido. Nem eu. Sou muito grata por tudo o que você fez, de verdade. Mas, em algum lugar no meio do caminho, nós dois nos deixamos acreditar que você e eu éramos uma possibilidade. Nós não somos. Nunca vamos ser.

Garras surgiram do chão e arranharam as pernas de Keishin.

Hana gritou.

— Corra, Hana! — Keishin contorceu o rosto de dor ao sentir as unhas sujas de lama cravarem em sua pele. — Corra!

Hana pegou a pá e começou a bater nas mãos que mais pareciam garras. Elas apertaram Keishin com mais força e o puxaram para dentro da terra. Hana segurou Keishin pelos ombros e firmou os pés nas paredes de lama do buraco. As mãos sujas puxaram mais forte, arrancando Keishin de suas mãos.

— Não!

Keishin se engasgou com a lama.

— Vá embora.

Hana segurou a mão machucada dele. O sangue deixou a pele escorregadia, fazendo o pano se soltar.

— Segure firme.

Keishin a fitou nos olhos.

— Desculpe — disse ele, e soltou a mão dela.

Um turbilhão de mãos o agarrou pela cabeça e o puxou para dentro do chão, sumindo no solo com ele.

— Kei! — Hana se jogou onde Keishin havia desaparecido e começou a cavar com as mãos. — Kei!

Ela desabou, chorando, com as mãos cobertas de lama. O trecho do céu que podia ver no alto do buraco tornou-se embaçado com as suas lágrimas. Deixou as lágrimas caírem, escorrendo pelas bochechas e regando o chão. Sua pá desapareceu na lama. Hana arfou e sentou. Mãos retorcidas a agarraram pela cintura. Mais mãos irromperam da terra à sua volta. Elas cravaram os dedos nas pernas e nos braços de Hana e a puxaram para dentro da terra enquanto ela gritava.

CAPÍTULO QUARENTA E OITO

Elas pareciam crianças

Keishin ouvi à sua volta um riso baixo de crianças. Cuspindo lama, ele rastejou de quatro, às cegas. Limpou a terra dos olhos e piscou. Viu apenas sombras em algum tipo de túnel ou caverna. Ao se levantar, avistou silhuetas escuras entrarem em foco na sua frente.

— Que lugar é esse? — questionou ele, semicerrando os olhos para as formas borradas. — Quem são vocês?

A resposta foi o eco da sua própria voz. E então mais risos.

— O que vocês querem? — perguntou Keishin.

— Brinca com gente — respondeu um coro de vozes infantis. — A gente quer brincar.

— Brincar?

Keishin começou a enxergar melhor. Estava cercado por um grupo de crianças pequenas, mas a luz de seus lampiões sumia por completo em seus olhos pretos e profundos. Os cabelos ralos mal cobriam a cabeça e pendiam em seus rostos pálidos. Keishin cambaleou para trás.

As crianças ergueram mais os lampiões, iluminando as unhas que eram garras cobertas de lama.

— A gente quer brincar.

Um grito cortou a escuridão.

— Hana! — exclamou Keishin, virando-se para trás.

— Kei? — chamou Hana, sua voz ecoando pelo túnel.

Keishin se apressou na direção da voz, mas as crianças fincaram as unhas no braço dele, o detendo e roubando com dedos gélidos o calor de seu corpo. Keishin estremeceu. A única vez em que tocara um cadáver foi quando segurou a mão do pai para se despedir. Aquelas crianças eram ainda mais frias, sem o menor resíduo de vida. Elas o puxaram.

— Brinca com a gente.

— Eu brinco... Eu brinco — disse Keishin, tentando ignorar o frio que se infiltrava em seus ossos. — Mas tenho que achar a minha amiga primeiro. Depois a gente brinca com vocês. Vai ser mais divertido.

As crianças se entreolharam e então se voltaram para Keishin.

— Vai ser mais divertido — repetiram elas, imitando a voz de Keishin.

— Vai, sim. Eu prometo. Só me levem até a Hana.

— Hana! Hana! — diziam as crianças em uníssono, entre risadas.

— Hana! — Outras crianças riram nas sombras do túnel. — Hana!

Um grupo de crianças emergiu da escuridão, arrastando Hana consigo.

Keishin se esforçou para se soltar das crianças, cortando o braço nas unhas afiadas e quase reabrindo os pontos da sua ferida. Ele correu até Hana.

— Você está bem? Elas te machucaram?

— Eu estou... Estou meio tonta. — Ela esfregou a testa. — Bati a cabeça quando caí.

— Brinca com a gente — disseram as crianças. — Você prometeu.

— Nós vamos brincar — disse Keishin. — Mas agora a Hana não pode. Ela precisa descansar. E de água. Ela precisa de água.

— Água! — As crianças riram. — Vamos brincar na água. Vem. Você prometeu. Vem.

— Não — disse Keishin. — A Hana está machucada. Ela...

— Temos que ir com elas — disse Hana, com o calcanhar esquerdo afundando na lama. — Qualquer lugar deve ser melhor do que aqui.

Keishin perdeu a noção de quanto tempo eles caminharam pelo túnel, mas dava para sentir nos ouvidos quanto desceram. Ele engoliu em seco para desobstruir os ouvidos.

Hana caminhava ao seu lado.

— Você não devia ter soltado a minha mão.

— E você devia ter fugido quando pôde — rebateu Keishin. — Acho que está na cara que somos teimosos demais e nos ferramos por causa disso. Você não acha que é inútil continuar discutindo?

— Eu não ia discutir com você. Ia agradecer por cuidar de mim — disse Hana. — Mas você tem que parar. Eu já avisei. Nada aqui é o que parece. Nem eu.

— Você fica falando isso como se eu tivesse que entender o que quer dizer. Se você não é quem diz ser, então, pelo amor de Deus, fale logo a verdade. Você me deve no mínimo isso. Eu sou cientista, Hana. Eu acredito no que eu vejo e no que posso provar. O que você me mostrou até agora é uma mulher altruísta, forte, corajosa e dedicada às pessoas que ama. Até que me mostre algo que prove o contrário, o que você está dizendo continua sendo uma hipótese. Uma hipótese ruim.

No fim do túnel, onde deveria haver escuridão, irradiava uma luz. Hana protegeu os olhos.

— Isso é o sol?

As crianças saíram correndo do túnel e entraram num jardim de pedras aparentemente infinito. Fontes de água, árvores e arbustos podados pontilhavam a paisagem de seixos. Um riacho largo com o curso da água rápido serpenteava pelo jardim, passando sob pontes em arco e desaguando nas pedras. Lá no alto, o sol iluminava o céu azul-claro.

— Como é possível? — Keishin fitou o céu, boquiaberto. — Nós descemos o tempo todo. Como chegamos à superfície?

Hana observou as nuvens sobre eles.

— Não estamos na superfície — disse ela, apontando para uma nuvem. — Olhe.

A nuvem se moveu, revelando um trecho onde o céu parecia mais fino. Através dela, era possível ver o teto de pedra da caverna.

— Ainda estamos debaixo da terra — disse Hana.

— Ainda presos — concluiu Keishin, baixinho.

— Ou exatamente onde deveríamos estar. Estávamos procurando as crianças e as achamos. Meus pais têm que estar aqui.

— Brinca com a gente. — Uma criança puxou o braço de Keishin, apertando seu pulso com as garras. — Na água. Você prometeu.

— É, prometi. — Keishin caminhou até a árvore e arrancou uma folha. — Vamos fazer uma corrida de barcos.

— Uma corrida! — repetiram as crianças em coro.

— Uma corrida com regras. Cada um de vocês só pode escolher uma folha para ser o seu barco — disse Keishin. — E vocês têm que correr atrás da sua folha enquanto ela desce o rio. Ninguém pode perder a folha de vista. Se isso acontecer, você está fora da corrida. Entenderam?

— Regras. Folhas — disseram as crianças, e saíram correndo pelo jardim para pegar folhas nas árvores.

— Acho que sei o que você está tramando — comentou Hana, baixinho.

— Tomara que funcione.

As crianças voltaram com as folhas e Keishin se agachou na beira do riacho para colocar seu barco de folha na água. Ele ficou segurando, esperando todas as crianças se posicionarem ao longo do riacho.

— Prontos?

Todos assentiram.

— Agora! — anunciou Keishin, e soltou a folha na água.

As crianças soltaram suas folhas e foram correndo atrás delas, enquanto o riacho as levava embora.

— Agora, Hana — sussurrou Keishin. — Corra.

CAPÍTULO QUARENTA E NOVE

Pique-esconde

Keishin e Hana correram pelo jardim de pedras, espalhando seixos para todos os lados. Não tinham nenhum plano além de fugir das criaturas que pareciam crianças e, a cada passo que davam, mergulhavam cada vez mais no desconhecido. Eles correram na direção do falso sol porque, num jardim subterrâneo, aquela era a única coisa que parecia familiar. Hana caiu de joelhos, ofegante.

Keishin apertou a barriga, sentindo pontadas terríveis.

— Levanta, rápido. Só mais um pouquinho, tá bem?

Hana levantou e correu, mas tropeçou.

Keishin foi depressa até ela.

— Você está bem?

— Só preciso recuperar o fôlego.

O suor escorria da testa dela.

Keishin examinou a área.

— Não podemos ficar aqui, expostos. Vamos descansar ali — disse ele, apontando para um amontoado de pedras arrumadas para parecerem uma cordilheira.

Hana assentiu e se levantou.

— Segure firme — disse Keishin.

— Em quê?

Keishin a ergueu nos braços.

— Em mim.

Respirando com dificuldade, Hana se recostou nas pedras.

— Quando Yasuhiro falou das crianças, achei que tinha uma ideia do que a gente ia encontrar.

— Monstros — disse Keishin, olhando para os cortes que as crianças tinham deixado em seus braços. — São monstros, Hana.

— Monstros — disse Hana, como se tivesse comido algo podre.

— A aparência não importa, elas não eram crianças. Você sentiu quando elas te tocaram. Elas são... ocas. Estão mortas.

— Eu sei — respondeu Hana. — Mas acho que elas não queriam nos machucar.

— Acho que esse galo gigante na sua cabeça pode discordar dessa afirmação.

— Foi sem querer.

— Elas nos agarraram e arrastaram por aquele túnel, isso não foi sem querer.

— Se elas são monstros, é porque a minha família não cumpriu o nosso dever.

Keishin balançou a cabeça.

— Não vou fingir que sei o que aquelas criaturas são, por que elas existem e por que fazem o que fazem. Eu só sei que, para encontrar os seus pais, temos que nos afastar delas o máximo possível.

Hana assentiu.

— Melhor esperar aqui até...

Eles ouviram passos nos seixos.

Keishin cobriu a boca de Hana com a mão.

Os passos se aproximaram.

Keishin tensionou os músculos, à espera de instruções: lutar ou fugir.

Os passos pararam, então correram na direção oposta, cada vez mais distantes.

— Foram embora. — Keishin soltou o ar, relaxando os ombros. — Descanse um pouco. Você tem que recuperar as forças. O jardim é enorme. Temos muito que andar. — Keishin reprimiu um bocejo. A adrenalina que alimentara o impulso da corrida já estava quase no fim, e ele estava usando o pouco que restava para manter os olhos abertos. — Eu fico de vigia.

— Acho que você precisa dormir mais do que eu — disse Hana. — Pode descansar. Não conseguiria fechar os olhos nem se eu quisesse.

— Por que não?

— Não importa.

— Está na hora de eu te relembrar como sou teimoso e que não aceito não como resposta?

— Não precisa me relembrar. Você não me deixa esquecer.

— Então tá. — Keishin cruzou os braços. — Pode falar.

Hana abraçou os joelhos.

— Eu não consigo parar de pensar em como vai ser finalmente ver a minha mãe. Tudo o que sei dela foi o que o meu pai e a minha avó me contaram. Eu costumava ter uma versão perfeita dela na minha cabeça.

— E agora?

— Agora eu fico culpando a minha mãe por tudo o que aconteceu. Com o meu pai. Com o Haruto. Com você. Estamos presos aqui, debaixo da terra, cercados por aquelas… *criaturas* porque ela foi egoísta e pegou uma coisa que não era dela. — Hana pegou uma pedra e a rolou na mão. — Pronto. Falei. Isso é evidência suficiente para você? Isso prova que eu não sou a pessoa que você pensa que sou? Você acha que eu sou a filha obediente, numa aventura corajosa para salvar os pais, mas a única coisa que consigo pensar em fazer quando finalmente encontrar a minha mãe é me afastar dela. Se aquelas crianças são monstros porque são ocas e frias, então eu também sou um monstro.

— Se você quer alguém pra te julgar pelo que sente pela sua mãe, então está se escondendo com a pessoa errada — rebateu Keishin. —

Você acabou de descrever exatamente como eu me sinto em relação à minha mãe. Passei a vida inteira tentando encontrar maneiras de me sentir digno do amor dela, mas a verdade é que só quero poder olhar em seus olhos e esfregar na cara dela tudo o que conquistei sem a ajuda dela, só pra provar que escolher outra vida sem o filho foi um erro. Eu finjo que quero descobrir a origem do universo, mas a única coisa com que me importo de verdade é arrumar um jeito de magoar a mulher que me deu à luz.

— Que bela dupla que nós formamos — comentou Hana. — Dois monstros escondidos atrás das pedras.

— Sentindo coisas um pelo outro que, segundo você, são uma ilusão.

— Uma ilusão.

— Então me fala que sentimento ilusório é esse que você tem por mim.

— E que diferença faz se não são reais?

— Quando a gente se conheceu, eu te disse que era uma pessoa curiosa. Eu quero saber. Preciso saber. — Keishin se aproximou dela até sentir o calor irradiando de sua pele. — E talvez porque, quando se está correndo perigo de vida, uma coisa que pareça verdadeira já basta.

Hana puxou Keishin para os seus lábios. Ele se derreteu em sua boca, entendendo que aquela era a resposta dela. O calor entre eles ardeu com o pouco tempo que lhes restava, e Keishin tornou-se profundamente consciente da tragédia singular deles. As horas que costumavam fortalecer os laços entre dois amantes era o que na verdade os separavam. Cada momento que passava os arrastava de volta a mundos onde o outro não podia estar. Inclusive aquele beijo. Não havia espaço para o ar entre seus lábios, mas Hana já estava a mil quilômetros de distância.

Fique, Keishin gritou em sua cabeça. *Fique comigo.*

— Hana? — chamou a voz de um homem por trás das pedras.

Hana interrompeu o beijo.

— Hana? — repetiu o homem com mais urgência.

Hana tentou se levantar.

Keishin a segurou pelo pulso.

— Fique abaixada — sussurrou ele. — É uma armadilha.

— Não. — Hana afastou a mão dele e se levantou. — É o meu pai.

Keishin se levantou de um salto. Um senhor com as mesmas maçãs do rosto que Hana e a mesma força silenciosa por trás dos olhos o encarou. Uma menina de menos de sete anos segurava a mão dele com as suas garras. Ao contrário das outras, esta tinha o ralo cabelo escuro penteado com esmero num coque mínimo, mais flores e fitas do que cabelo.

— *Otou-san*... — disse Hana.

Toshio chegou a arfar de susto.

— Hana.

A menina puxou a mão de Toshio e sorriu para ele.

— Eu não disse, *Otou-san*? — Ela riu. — Eu falei que a nossa irmã estava escondida aqui.

CAPÍTULO CINQUENTA

Uma boa filha

Para Hana, estava tudo conforme ela se lembrava. A mesma casa de penhores, idêntica. A única diferença era que aquela casa de penhores construída no meio de um imenso jardim de pedras estava impecável. Sem nenhum vestígio do caos no qual ela acordara no dia em que o pai desaparecera.

— Por favor, sente-se — disse Toshio, oferecendo um assento a Keishin na mesa da sala de jantar.

— Obrigado, Ishikawa-san — respondeu Keishin, ainda confuso.

Hana se perguntou se ela também estava com a mesma aparência. Tomar um chá com o pai numa casa idêntica à deles era a última coisa que esperava encontrar debaixo da terra.

— Sei que você tem muitas perguntas, Hana — começou Toshio. — Mas primeiro deixa eu perguntar uma coisa. Por que está aqui?

— *Por que estou aqui?* — A voz de Hana saiu num tom que ela nunca havia usado para falar com o pai. — O que você quer dizer com isso?

— Exatamente o que acabei de dizer. O que você está fazendo aqui? — repetiu Toshio. — Você não devia ter vindo. Achei que você fosse entender a mensagem que eu deixei.

— Que mensagem? — perguntou Hana.

— A mesma mensagem que pelo visto a trouxe até aqui.

— Você sumiu, a casa de penhores foi saqueada e uma escolha foi roubada do cofre. O que o senhor esperava que eu fizesse?

— Achei que você seria mais inteligente.

— *Mais inteligente?* — exclamou Keishin. — O senhor faz alguma ideia do que a sua filha passou para encontrar este lugar?

— Kei. — Hana pousou a mão no braço dele. — Não.

Toshio virou-se para Keishin.

— Eu dediquei minha vida a ensinar a Hana a ser mais do que isso, treinando minha filha para assumir a casa de penhores um dia. E agora ela está aqui, pois esqueceu uma das lições mais importantes que eu ensinei a ela.

Hana fitou o próprio reflexo no chá.

— Nada é o que parece...

— Eu saqueei a casa de penhores e roubei a escolha para os Shiikuin terem uma história em que acreditar sobre o meu desaparecimento — confessou Toshio.

— Porque queria que eles achassem que você foi atrás de um ladrão — disse Keishin.

— Isso. — Toshio se virou para Hana. — Mas eu também deixei outra mensagem, uma mensagem que não podia correr o risco de colocar em palavras.

— Os óculos da minha mãe junto da porta e a caixa de chá — disse Hana.

Toshio assentiu.

— Eu queria que você soubesse aonde eu tinha ido de verdade, para caso eu...

Hana baixou os olhos.

— Para caso você nunca mais voltasse.

— A minha intenção nunca foi colocar você em perigo. Encontrar a sua mãe era o meu dever, e não o seu. Eu te ensinei que, para avaliar as escolhas que as pessoas levam na casa de penhores, você tem que desvincular as emoções das ações e dos pensamentos. A minha esperança era que você conseguisse fazer a mesma coisa ao examinar as próprias decisões. Você não devia ter tentado me encontrar, Hana. Você devia ter me deixado ir embora. — Ele ficou com a voz embargada. — Mas você sempre foi uma filha boa e altruísta, muito mais do que uma ladra sem coração, que rouba pedaços da alma das pessoas.

— *Otou-san*... — disse Hana, e então chorou.

— Me desculpe. — Toshio lhe deu um abraço apertado e chorou em seus cabelos. — Por tudo.

Quando as lágrimas de Hana se esgotaram, o chá dela já estava frio. Ainda assim, ela o segurou nas mãos, tentando extrair dele um pouco de calor. Não conseguia pensar no reencontro com a mãe sem sentir as entranhas enrijecerem.

— Onde ela está?

— Sua mãe está cuidando das crianças — respondeu Toshio, com os olhos inchados de tanto chorar. — Ela vai voltar com o pôr do sol.

— Aquela criatura... — disse Hana. — Ele me chamou de irmã.

— As *crianças* — retrucou Toshio, enfatizando a palavra — sabem tudo a seu respeito. Sua mãe sempre fala de você. Ela não te esqueceu, Hana. Mas...

— Mas o quê? — perguntou Hana.

— Ela esqueceu outras coisas. Os anos aqui a mudaram.

— A mudaram? Como?

— Ela criou esta cópia da casa de penhores com a memória que tinha, mas, tirando isso, ela não se lembra de quase nada. Ela se lembra da nossa família, mas não lembra por que está aqui. Ela não sabe que roubou uma escolha, nem nada sobre o dia em que os Shiikuin apareceram na casa de penhores e mudaram a sentença de morte, que seria uma misericórdia, para um exílio aqui. — Toshio olhou para Hana. — Mas eu imagino que você saiba. Para chegar, você teve que seguir as mesmas pistas que eu. Haruto também deve ter dobrado o tempo para você.

Ao ouvir o nome de Haruto, Hana estremeceu. Ela tinha andado aquilo tudo para encontrar uma pessoa que não queria ser encontrada, e quem pagara o preço por sua estupidez fora Haruto.

— O que houve? — perguntou Toshio. — Aconteceu alguma coisa com o Haruto?

Hana apertou a xícara de chá.

— As mãos dele…

Toshio ficou branco e cerrou os punhos.

— O que aconteceu, Hana?

— Os Shiikuin quebraram as mãos dele quando descobriram que Haruto estava me ajudando.

As mãos de Toshio tremeram na mesa.

— É tudo minha culpa. Eu não devia ter ido atrás dele. Haruto é um homem muito bom e generoso, e eu me aproveitei da sua bondade.

— Foi escolha dele — disse Keishin. — Ele disse que devia um grande favor ao senhor.

Toshio sufocou as lágrimas.

— Ele não me deve nada. O que eu fiz por ele foi só tentar corrigir um erro que nunca teria acontecido se…

— Se o quê? — perguntou Hana.

O peito de Toshio murchou como se ele estivesse se desfazendo por dentro. Ele se afastou da mesa, e Hana pensou que nunca o achara tão envelhecido.

— *Otou-san*? — chamou ela. Então, se levantou e o seguiu.

— Eu falhei com ele, Hana.

— Como?

— Uma escolha. Uma alma. É um trabalho muito simples, e eu falhei. A escolha que a sua mãe roubou… era a alma do Haruto.

CAPÍTULO CINQUENTA E UM

Almas e pele

Vinte e um anos antes

O som do menino chorando encheu a casa da Horishi do mesmo jeito que o da filha de um mês de Toshio tinha feito mais cedo naquele dia. Quando Toshio deitou Hana na mesa da Horishi, não tinha pensado no que ela acharia quando seu destino fosse traçado em seu corpinho. A única coisa em que conseguia se concentrar desde o momento em que ela nascera fora lhe dar uma alma. Mas, assim que a primeira, de inúmeras agulhas, perfurou a pele de sua filhinha e a fez chorar, a dor de Hana se tornou sua. É por isso que ele sabia que a mãe do menino chorando também estava sofrendo. Mas ele também sabia que a dor dela excedia em muito a dele. E que era tudo culpa sua.

Toshio se ajoelhou e tocou a cabeça no chão, prostrando-se aos pés de Masako. O peso de seu fracasso o esmagava, fazendo-o afundar ainda mais no tapete da Horishi. Ele ficou em silêncio. Não havia palavras que pudessem reparar a perda da escolha que se tornaria a alma do filho de Masako.

— Levante-se — disse Masako, segurando o bebê em lágrimas. — Quero que você olhe para o meu filho e diga a ele como você o amaldiçoou. Levante-se!

Toshio se levantou devagar.

— Eu... Eu lamento muito. Minha esposa não queria...

— Sua esposa já pagou pelo crime dela. Ela está morta. Você, não. Agora me diga qual é a sua punição por não cuidar da alma do Haruto direito? A quem eu direciono a minha vingança? — Masako chorava, e as lágrimas pingavam no rosto de Haruto. — Você e a sua filha vão continuar vivendo como se nada tivesse acontecido, mas eu vou ter que passar o resto da vida sabendo que você matou o meu filho. Você tirou tudo de mim.

Ela se jogou em Toshio, socando o peito dele.

Toshio se manteve firme, aceitando cada golpe. Embora tivesse sido Chiyo que cometera o roubo, ele era o responsável pelas escolhas. Ele merecia até mais do que os socos de Masako.

— Está na hora. — A Horishi se aproximou deles. — Me entregue a criatura.

Masako cambaleou para trás, apertando Haruto junto de si.

— Eu não vou deixar você levar o meu filho. Ele não é um monstro. É o meu filho. E o pai dele morreu. Haruto é tudo o que me resta.

— Ele não pertence a você — disse a Horishi, aproximando-se de Masako.

— Não. — Masako encostou numa parede. — Não chegue perto de mim.

Toshio bloqueou o caminho da Horishi.

— Pare. Não minta.

A Horishi fez uma pausa.

— Eu não minto jamais.

— Se levar o Haruto, vai estar mentindo — continuou Toshio. — Quando eu levei a Hana de volta para casa, estava chovendo. Eu vi o nome que você escreveu na pele dela. Haruto é o destino da Hana.

Masako arfou.

— É verdade, Horishi-san?

— Eu não controlo o que a tinta escreve. Também não sei as razões por trás da direção que ela escolhe para orientar a minha mão. Eu só seguro a agulha pela qual ela flui. — A Horishi virou-se para Haruto. — E levo os que não têm alma.

— Eu vou encontrar outra alma para o Haruto — afirmou Toshio. — Só preciso de mais tempo.

— Todas as escolhas são prometidas no momento em que são penhoradas — disse o Horishi. — Você não pode roubar de uma criança para dar a outra.

A cabeça de Toshio estava a mil.

— E se eu não tivesse que roubar?

— Como assim? — Haruto chorava, e Masako o apertou com força. — Onde você vai conseguir uma alma?

— De mim.

Toshio deitou de costas na mesa da Horishi e mordeu o toco de madeira que ela lhe dera.

— Tem certeza que quer fazer isso? — perguntou a Horishi.

Toshio assentiu. Temia mudar de ideia se respondesse em voz alta.

— Eu posso te dar alguma coisa para a dor. Não vai ser rápido — sugeriu a Horishi, afiando a lâmina.

Toshio balançou a cabeça. Ele queria sentir cada incisão da Horishi nele. Estava convencido de que era por aquele motivo que o nome de Haruto estava na pele de Hana. Haruto era o destino de sua filha. E a sentença pelo crime que ele cometera. Abrir mão da própria alma para garantir que Hana não se desviasse do caminho tatuado em sua pele parecia uma punição mais do que adequada pelos seus fracassos.

— Masuda-sama não quer que eu pegue tudo — disse a Horishi.

Toshio cuspiu o toco de madeira e se sentou.

— Como assim? Por quê? Para mapear o destino do Haruto, você vai precisar de cada gota de tinta que puder tirar da minha pele.

— Ela é mãe. — A Horishi aqueceu a faca com a vela. — A raiva dela não a fez perder a capacidade de enxergar o que é melhor para a sua filha. Hana já perdeu a mãe. Masuda-sama não quer tirar o pai dela também.

— Mas…

— Eu vou tirar o suficiente para dar a Haruto uma boa vida, e você vai ter o suficiente para criar Hana até que ela esteja pronta para assumir a casa de penhores quando você se aposentar.

— Quanto tempo o Haruto tem?

— O destino dele está ligado ao seu. A menos que a vida dele seja interrompida por doença ou acidente, ele terá um ano com Hana.

— Hana não vai ficar sozinha depois que eu for embora…

— Masuda-sama vai ter o filho dela, e a Hana o marido — disse o Horishi. — E o pai. Por um tempo.

Toshio agarrou-se à beirada da mesa.

— Quer continuar? — perguntou a Horishi.

Toshio colocou o toco de madeira na boca de novo e se deitou. Ele fechou bem os olhos, não querendo gritar quando a Horishi cortasse a sua pele.

CAPÍTULO CINQUENTA E DOIS

Reencontro

Os cortes da Horishi acompanhavam a cicatriz como as bordas desgastadas de um mapa antigo. Eles cobriam as costas inteiras de Toshio. Hana olhou para aquela cicatriz e ficou sem saber o que falar. Tanto Haruto quanto o pai só tinham mais um ano de vida, pois a mãe dela só se importava consigo mesma.

Toshio atou de novo as vestes em volta da cintura.

— Haruto não me deve nada. Eu é que estou em dívida com ele. Ele tem só uma fração da vida que deveria ter. O meu fracasso roubou dele os anos que deveria ter com você.

— Não foi sua culpa, *Otou-san* — afirmou Hana, com a voz decidida. — Foi da minha mãe. Ela é que foi egoísta. Ela não roubou só a vida do Haruto. Roubou a sua também.

— Não era a intenção dela.

— Eu não quero saber qual era a intenção dela. Pra que vir atrás dela, *Otou-san*? Um monstro merece viver com os monstros.

— Toshio? — chamou uma mulher por trás de Hana.

Hana se virou. Diante de si, viu a mulher que conhecia só por uma foto desbotada. Hana cambaleou na direção de Keishin. Ele a segurou pelos ombros, mantendo-a de pé.

— *Okaa-san*...

— Toshio? — Chiyo olhou para Hana, e então para Keishin. — O que está acontecendo? Quem são essas pessoas?

Toshio conduziu Chiyo até a almofada no chão.

— Você deve estar cansada. Sente-se.

Chiyo se sentou e sorriu para Toshio.

— São clientes? Faz tempo que não vêm clientes na casa de penhores. Mas agora você está aqui. É por isso que o movimento melhorou.

— Eles não são clientes, Chiyo — disse Toshio. — Este é o Keishin.

Keishin a cumprimentou com uma reverência.

— E esta é a Hana — apresentou Toshio, com gentileza.

Chiyo inclinou a cabeça.

— Hana?

Hana ajeitou a postura, recusando-se a se curvar para a mãe.

— Sim.

Chiyo sorriu.

— Você tem o mesmo nome que a nossa filha. Aceita um chá?

— Chiyo... — Toshio se sentou na almofada ao lado e apertou a sua mão. — *Ela* é a nossa filha.

Chiyo riu.

— Perdoe o meu marido. Ele está confuso. A nossa filha ainda é um bebê.

Toshio pegou na mão dela.

— Não, Chiyo. A Hana não é mais uma criança. Ela cresceu.

— Não é possível. Eu me lembro da Hana. Eu sei quem é a minha filha. Eu contei dela para todos os irmãos e irmãs dela. Eu a estava segurando nos braços quando... — Chiyo puxou a mão para si. Ela abraçou a si mesma e começou a se balançar para a frente e para trás. — A Hana é um bebê. Você está errado. A Hana é um bebê. — Ela apontou para Hana. — E você é uma mentirosa. Mentirosa! Saia da minha casa! Vá embora!

Toshio correu até Hana.

— Ela só está em choque. Vou explicar tudo para ela.

Hana fez que não com a cabeça.

— É melhor eu ir. O senhor tinha razão. Eu não devia ter vindo.

— Não. Não vá. Ela não está te reconhecendo, mas vai acabar entendendo. Eu juro. Vá para o seu quarto. Eu vou falar com ela. Vou explicar. Por favor, Hana. Ela ainda é a sua mãe.

Era estranho estar de volta ao seu quarto, cercada por coisas que deveriam ser familiares, mas não eram. Era como olhar para o rosto da mãe. A mãe que ela encontrou era a mulher na foto em sua cabeça e, ao mesmo tempo, uma estranha. Nesta versão da casa de penhores, o quarto dela ainda era o espaço onde tudo que não pertencia a nenhum lugar na casa encontrava um lar. Ela passou os dedos por pilhas de livros e caixas transbordando de bugigangas, sentindo uma afinidade com coisas que não pertenciam a lugar algum.

— Você está bem? — perguntou Keishin. — Sinto muito que ela não tenha reconhecido você.

— Eu também não a reconheci. Ela é igual aquelas criaturas lá fora. Parece a minha mãe, mas não é. Eu nunca vou perdoá-la pelo que fez com Haruto e com meu pai. Queria nunca ter vindo até aqui. Fui tão burra.

— Amar seus pais e querer que eles estejam em segurança não faz de você uma pessoa burra.

— Faz, se esse tempo todo era para eu estar me importando só com um deles. O meu pai nunca escondeu de mim o crime da minha mãe. Eu sabia que ela era uma ladra, mas não me importava. Eu justificava o que ela tinha feito. Dizia a mim mesma que ela não merecia ser punida e que os Shiikuin eram cruéis. Não é verdade. Eles foram mais do que gentis. A minha mãe tem uma vida aqui. Uma família. Uma casa. Haruto não vai ter nada disso. E o meu pai é cego demais para ver que ela está roubando o pouco tempo que ele tem.

Toshio entrou no quarto, pálido.

— Hana...

— O que foi?

Hana se levantou.

— A menina que te encontrou…

Hana franziu a testa.

— O que tem ela?

— Ela voltou.

— Estamos em perigo? — perguntou Keishin. — Achei que você conseguia controlar as crianças.

— Ela não veio para fazer mal a ninguém. Ela veio nos avisar que os Shiikuin estão nos túneis.

Keishin e Hana desceram às pressas os degraus da casa de penhores. A menina que havia levado Toshio até eles no jardim estava soluçando junto ao peito de Chiyo. Mas havia algo de diferente nela. Ela tinha envelhecido.

— É a mesma menina? — perguntou Hana, olhando para ela. — Parece que ela tem uns dez anos agora.

— O tempo passa de um jeito diferente para as crianças aqui — explicou Toshio.

— Shh. — Chiyo fez um carinho no rosto da menina e ajeitou a flor rosa solta no coque de cabelo. — Shh. Não chore. Seus irmãos não queriam te assustar. Obrigada por avisar que eles chegaram. Eles quase nunca vêm me visitar. Vou fazer um chá para todo mundo.

— *Irmãos? Chá?* — exclamou Hana. — Do que ela está falando?

— Agora não dá pra explicar — disse Toshio. — Você tem que ir embora antes que eles cheguem.

— Chega. Cansei de mentiras e segredos. Eu não vou a lugar nenhum até você me dizer o que está acontecendo.

— É difícil de explicar — disse Toshio.

— Os Shiikuin são meus filhos — disse Chiyo, segurando a mão da menina.

Hana ficou paralisada.

— O quê?

— As crianças não têm alma, Hana — explicou Toshio. — Elas crescem, mas não morrem. Com o tempo, partes de seus corpos vão se desgastando, e elas... Elas têm que trocar.

— Por peças de metal... — complementou Keishin.

— Quando encontrei Chiyo, ela me contou o que tinha descoberto sobre os Shiikuin — disse Toshio. — Mas os Shiikuin são diferentes das crianças. Eles esqueceram tudo a respeito do que é ser humano. Eles não podem encontrar vocês aqui. Vocês têm que ir embora.

— E você? — perguntou Hana.

Toshio abraçou a esposa pelos ombros.

— Eu vou ficar.

— *Otou-san*, por favor, me escute. Essa mulher... Ela não é a minha mãe. Ela não é a sua esposa. Ela é um monstro. Deixe ela aqui e venha comigo.

— Você não está entendendo, Hana.

— O que eu entendi é que, se você ficar, os Shiikuin vão matar você.

— Eu já vou morrer de qualquer forma. Pelo menos me deixe morrer salvando você. Eu não tenho mais uma vida para a qual voltar. Eu roubei uma escolha, igual a sua mãe. Os Shiikuin vão me caçar até o fim.

— Não vão. Não se... — Hana engoliu em seco. — Não se você devolver o que eles estão procurando.

— Como assim? — perguntou Toshio.

— Eles o perdoariam se você devolvesse a escolha que roubou.

— Eu não tenho como devolver. Eu a soltei.

— É por isso... — Os olhos de Hana se encheram de lágrimas. — É por isso que eu trouxe a escolha comigo.

— Como assim "trouxe a escolha"? — perguntou Keishin, com um nó na garganta.

— Eu te disse, Kei...

Hana tirou da bolsa os óculos da mãe e um espelhinho e, com uma reverência, os ofereceu a Keishin.

Não era assim que ela planejava contar a verdade a ele. Desde que Keishin aparecera na casa de penhores, ela vinha se perguntando como aquele dia seria, e nada do que imaginara chegava perto da realidade se desenrolando à sua frente. Queria ter sido mais serena, ter escolhido as palavras certas para explicar exatamente por que fez o que fez. A única imagem que previu com exatidão foi a reação no rosto de Keishin quando ela lhe contasse. O calor em seus olhos fora inteiramente substituído pela raiva e a tristeza.

— Nada aqui é o que parece.

CAPÍTULO CINQUENTA E TRÊS

Um pássaro e um ônibus

Alguns dias antes

Toshio podia ter escolhido qualquer um dos pássaros do cofre, mas o que atraiu sua atenção foi o que brilhava mais forte. Ele soltou a gaiola da corrente pendurada no teto, abriu e, com cuidado, tirou o pássaro. A escolha reluzente de Takeda Izumi inclinou a cabeça, como quem perguntava aonde estava indo. Toshio a colocou no ombro. O pássaro olhou ao redor, nervoso, recusando-se a cantar com os outros.

— Não se preocupe. — Toshio fez um carinho na sua cabeça. — Vai dar tudo certo.

Toshio jogou a gaiola vazia no chão. Os pássaros se calaram. A escolha de Takeda Izumi tremeu no ombro de Toshio, que ergueu o pé e pisoteou a gaiola com força, despedaçando-a.

Toshio pousou a mão na maçaneta da porta da frente e olhou para trás. Os cacos de vidro brilhavam no chão, em meio ao caos que deixara para Hana encontrar. Ele dera a Hana uma história para contar aos Shiikuin, uma história que a isentaria de culpa quando descobrissem que ele havia sumido. Toshio respirou fundo, girou a maçaneta e abriu a porta. Lá fora, Tóquio dormia e a rua estava escura. Toshio tirou o pássaro do ombro e o colocou no dedo. Ele esticou o braço porta afora e soltou a escolha. O pássaro saiu voando pelo céu de outono sem olhar para trás.

Vinte e oito anos antes. Ou depois.

Aos dezessete anos, no ponto de ônibus, Izumi esperava o ônibus que a levaria até a loja de ramen onde Junichiro trabalhava. Ainda faltavam alguns minutos para o ônibus chegar, tempo suficiente para comprar os doces preferidos na loja do outro lado da rua. O filho do dono da loja era um menino educado, de rosto gentil, e sempre colocava uma guloseima a mais na sua bolsa quando ela ia lá. Aquela talvez fosse uma das últimas vezes que iria poder passar na loja, enquanto escondia a barriga que crescia cada vez mais. Logo, não ia ter mais roupas grandes o bastante para guardar o segredo. Ela ainda não tinha contado a Junichiro que ele ia ser pai, mas não tinha dúvidas de que ele teria uma atitude honrosa. Ele a amava, e ela o amava. Ele cuidaria bem da sua pequena família, da forma que um aprendiz de cozinheiro num restaurante de ramen seria capaz.

Izumi abraçou a barriga, pensando em tudo de que teria que abrir mão para segurar um bebê nos braços. Gostaria de abrir uma floricultura um dia e nunca ter que se preocupar em ter dinheiro para a passagem ou para comprar um doce. Uma amiga da escola disse que existia um jeito de ela manter seus sonhos vivos. Ela só precisava de um cabide de arame.

Izumi olhou para a rua vazia. A via de mão única que ia direto para o restaurante de ramen se bifurcou em sua mente. Num dos caminhos, ela via o ônibus partir, deixando-a para trás com uma vida sem seu amor, nem o bebê em seu ventre. No outro, ela entrava no ônibus e pagava ao motorista a passagem para uma vida na qual poderia ser feliz ou não. Seus olhos se encheram de lágrimas. Ela virou e saiu correndo do ponto de ônibus.

Um pássaro azul reluzente passou voando por ela, e Izumi quase tropeçou. O pássaro fez a volta e ficou voando ao seu redor. Izumi protegeu os olhos. Ouviu um barulho metálico na calçada. Ela entreabriu os olhos e espiou. O pássaro tinha sumido, e no chão, refletindo a luz do sol, estava a quantia exata em moedas que ela precisava para pegar o ônibus e encontrar Junichiro. Ela olhou para o ponto de ônibus. Pegou as moedas e as enfiou no bolso. Izumi voltou para o ponto com as moedas tilintando a cada passo que dava. O tilintar delas a lembrou de uma canção que era alegre e triste ao mesmo tempo. O ônibus parou para ela, a porta se abriu, e Izumi olhou para dentro.

— Vai entrar? — perguntou o motorista.

— Vou. Desculpe — disse ela, subindo depressa.

Ela se sentou nos fundos e olhou pela janela. Então, esfregou a barriga e pensou na escolha que acabara de fazer, na floricultura que nunca iria abrir e no segredo que Junichiro e ela agora iriam compartilhar. Ajeitou uma mecha branca de cabelo atrás da orelha e ficou se perguntando se a criança puxaria à mãe ou ao pai.

CAPÍTULO CINQUENTA E QUATRO

O reflexo no espelho

O espelho bateu no chão da casa de penhores, se estilhaçando em fragmentos irregulares da verdade por todos os lados. Keishin olhou para os cacos. Era quase engraçado como sua estranha aventura com Hana começava e terminava com cacos de vidro. Quando se conheceram, Hana havia cortado o pé num dos estilhaços espalhados pela casa de penhores. Agora ela o havia esfaqueado pelas costas com o caco de vidro mais afiado que havia. Ele olhou para baixo, achando que iria vê-lo saindo pelo seu peito, mas ele estava alojado em seu coração, rasgando-o por dentro, a cada respiração.

Agora ele finalmente entendia por que o tempo nunca gostara dele. Ele sempre vivera num mundo que não o queria. Keishin tirou os óculos de Chiyo do rosto.

— Quando você soube? — perguntou, sem conseguir olhar para Hana.

— No instante em que abri a porta da frente e vi você — disse Hana. — Os óculos da minha mãe revelaram quem você era: a escolha mais brilhante que eu já tinha visto.

— Você sabia quem eu era esse tempo todo e não disse nada? — Keishin cerrou os punhos.

— Quando te conheci, eu disse que as únicas respostas que eu podia te dar eram mentiras. Mas eu te dei todas as chances de ir embora. Eu... te afastei de mim.

— Então você estava planejando me entregar aos Shiikuin desde o início? Por que não fez isso quando eles apareceram pela primeira vez na casa de penhores? Por que fugir? Por que esse trabalho todo para manter essa farsa?

— Porque eu não sabia o que tinha acontecido com o meu pai. Você era a única coisa que eu podia usar de barganha com os Shiikuin. Eu não podia entregar você para eles sem saber o que eu estava negociando.

— E agora você pode.

Hana baixou os olhos.

— É isso mesmo que você quer, Hana? — perguntou Toshio. — Você não é assim.

— Não é assim que você sempre quis que eu fosse? Alguém capaz de bloquear as emoções e firmar negócios sem o menor remorso? Você me ensinou a não cometer o erro da minha mãe, a nunca permitir que o meu coração me fizesse roubar o que nunca foi meu.

— Mas você bloqueou as suas emoções? — perguntou Toshio. — Hoje eu vi uma coisa nos seus olhos que eu nunca tinha visto. Eu vi o Haruto e você crescerem juntos, e você nunca olhou para ele do jeito que olha para esse homem que está prestes a trair.

— O que eu sinto e de quem eu gosto não importa. Você me falou isso a minha vida toda. O dever vem em primeiro lugar. Sempre.

— Olhe à sua volta, Hana — disse Toshio. — Você não está mais na casa de penhores. Nós estamos numa ilusão que criamos. Nós construímos as grades desta prisão e criamos os nossos próprios carcereiros. Você já pensou no que aconteceria se parássemos?

— Se parássemos? — repetiu Hana.

— Se quebrássemos o ciclo. E se parássemos de fornecer a tinta da Horishi e de dar aos Shiikuin poder sobre as nossas vidas? E se parássemos de colecionar almas? Aquele bebê nos braços de Masako não era diferente de você, mas mesmo assim nós acreditávamos que não... ele *não* podia ter uma alma porque a Horishi não tinha tinta para ditar a vida dele. O nosso mundo enterra bebês como o Haruto, vivos, porque temos medo de não poder controlá-los. Nós os enterramos por eles serem diferentes e depois nos perguntamos por que eles se tornam monstros. E aí, quando os monstros… *os nossos medos*… crescem…

— Eles voltam para nos controlar — disse Hana.

— E o ciclo continua — disse Toshio. — Então eu vou te perguntar de novo. É isso mesmo que você quer fazer?

Uma batida alta na porta encobriu a voz de Toshio.

Chiyo caiu de joelhos e cobriu as orelhas com as mãos.

— Eles chegaram. Vieram me condenar. Eles vão me levar embora. Toshio, eu não quero te deixar. Eu não quero ir… — Chiyo olhou para Hana e piscou como se tentasse ver em meio a um nevoeiro. — Hana. É você. Você veio. Você veio.

— *Okaa-san*…

Hana estremeceu, e foi como se uma represa tivesse se aberto dentro de si. Uma vida inteira de solidão transbordando em uma enxurrada de lágrimas quentes.

As batidas na porta ficaram mais altas.

Toshio correu até a porta e se jogou de costas contra ela.

— Escolha, Hana.

— Espere. — Chiyo pegou uma faca na bancada e fez um corte no braço. — Hana precisa saber a verdade.

— Pare! — gritou Hana.

Chiyo enfiou o dedo na ferida e tirou uma pequena esfera azul. Dentro dela, brilhava um pequeno oceano. Chiyo colocou a pérola na mão de Hana.

— Leve com você.

A porta sacudiu com violência.

— Escolha, Hana.

Toshio empurrou a porta com mais força.

— *Otou-san*… — Hana chorava. — Eu não vou deixar você.

— Isso não é sobre mim, Hana. Você não entendeu? Eu já estou morto. Eu sabia onde esse caminho ia dar quando decidi que só mais um dia com a sua mãe era melhor do que um ano inteiro sem saber onde ela estava.

— Nós fizemos a nossa escolha, Hana. — Chiyo abraçou Hana. — Agora está na hora de você fazer a sua.

— Não — interrompeu Keishin —, não está.

Hana se virou para ele, com os olhos cheios de lágrimas.

— Eu...

— Quem tem que escolher sou *eu*.

Keishin caminhou na direção da porta, mas Hana segurou seu braço.

— O que você está fazendo?

— Eu não devia nem estar aqui. Eu sou um arrependimento. Um erro que alguém queria esquecer. — Ele se afastou dela e olhou para Toshio e Chiyo. — Mas posso consertar as coisas.

Uma garra varou a porta da casa de penhores e lacerou o ombro de Toshio. Ele se encolheu para a frente e gemeu, apertando a ferida. Chiyo gritou.

— Agora, Hana — disse Keishin. — Faça a sua troca.

Sem conseguir enxergar direito em meio às lágrimas, Hana correu até a porta.

CAPÍTULO CINQUENTA E CINCO

A escolha de Hana

Entre o conhecimento e a compreensão, passa um rio. Hoje, dentro de uma ilusão de sua casa, Hana atravessou aquele rio. Embora soubesse há muito tempo que os Shiikuin vivenciam o tempo de outra forma, foi só quando ficou entre Keishin e a porta que os Shiikuin estavam derrubando que ela vislumbrou uma fração do que aquilo significava. Os gritos de sua mãe e os gritos dos Shiikuin evaporaram os segundos ao seu redor, mas dentro das paredes da sua mente o tempo desacelerou até parar. Hana se perguntou se aquele indulto era uma bondade dada aos que corriam perigo ou se aproximavam da morte, um momento para peneirar a clareza do caos ou para fazer as pazes com seu fim. Naquela breve eternidade, Hana se viu num lugar que era ao mesmo tempo familiar e desconhecido. A casa de penhores em que havia crescido parecia diferente do outro lado do balcão.

— Obrigada por ter vindo até aqui hoje. — Uma mulher que era uma cópia exata de Hana sorria. — A senhora com certeza vai encontrar ofertas muito justas, eu diria até generosas, na nossa casa de penhores. Qual escolha gostaria de penhorar?

Hana respirou fundo, dando um passo para trás. Seu pai a treinara para lidar com todos os cenários possíveis com que poderia se deparar como nova proprietária da casa de penhores, mas ele não lhe dera nenhuma instrução sobre como ser cliente de si mesma.

— Não. Isso está errado. Eu... Eu não tenho nada para oferecer.

— Você não estaria aqui se não precisasse dos nossos serviços.

Hana balançou a cabeça.

— Eu não me arrependo de nada.

Hana se debruçou para a frente e a fitou nos olhos como se estivesse lendo as páginas um livro.

— Ah. Foi engano meu. — Ela fez uma reverência. — Você não tem nada para trocar. Me perdoe.

— Não precisa pedir perdão. Eu entendo. É o seu primeiro dia na loja. — Se a mulher atrás do balcão fosse de verdade, Hana talvez tivesse se dado ao trabalho de dizer que, ao fim daquele interlúdio, ela iria fazer uma escolha que valeria mais do que todas as caixas de chá verde embrulhadas em seda da casa de penhores. Obter uma escolha tão rara quanto aquela teria deixado o pai da moça mais do que orgulhoso. Não existe nada mais valioso do que uma escolha que honra o dever da pessoa. Mas, como aquela conversa não passava de um lampejo da imaginação, Hana optou por ser educada. — Talvez eu volte quando tiver algo a te oferecer.

— Você não vai voltar — respondeu sua outra face, com um sorriso bem treinado.

Hana franziu a testa.

— Por que não?

— Porque uma decisão que valha a pena negociar requer alguém capaz de distinguir entre uma escolha de verdade e uma covardia bem disfarçada — respondeu a mulher.

— Hana! — disse uma voz áspera, interrompendo seus pensamentos.

Ela despertou. O tempo retomou seu curso, levando tudo em sua correnteza.

— Faça a troca, me entregue para eles — implorou Keishin. — Antes que seja tarde demais.

— Você tem razão, Kei. Você é o arrependimento da sua mãe. — Os Shiikuin gritaram por cima das palavras dela, mas Hana não deu ouvidos a eles. Ela enxugou as lágrimas e endireitou os ombros, como havia sido treinada para fazer diante dos clientes. Ver a si mesma do outro lado do balcão da loja a lembrou de quem ela era. Ela era a nova dona da casa de penhores, e seu trabalho era arrecadar arrependimentos, e não os cometer. Ela olhou de relance para o pai, transmitindo com o olhar cansado uma mensagem que tinha certeza de que ele iria entender. Eles sempre se comunicaram pelo silêncio, e Hana nunca precisara menos de palavras. Toshio assentiu para ela, com uma lágrima escorrendo até encontrar seu sorriso discreto. Ela pegou a mão de Keishin. — Mas você não vai ser o meu.

A menina que tinha avisado dos Shiikuin guiou Hana e Keishin pelo jardim até um atalho para os túneis. Hana correu, tentando ganhar de seus pensamentos. Eles eram mais velozes que os Shiikuin, tentando arrastá-la de volta para a casa de penhores e os pais. As últimas palavras da mãe para ela ecoavam alto, mandando-a correr.

A menina empurrou um arbusto, revelando um pequeno buraco na parede da caverna.

— Por aqui ficam os túneis.

— Obrigada. — Hana a abraçou. — Eu nem perguntei como você se chama.

— Hana. — A criança sorriu para ela. — *Okaa-san* chama todos nós pelo seu nome.

Hana e Keishin foram tateando em meio à escuridão, num túnel estreito, em que mal conseguiam ficar de pé. Ela agradeceu que não pudesse ver o rosto dele. Não suportaria encará-lo.

— Kei... — disse ela, quando encontrou coragem para falar.

— Não, Hana. Não fale nada.

— Teve tantas vezes em que eu quase contei a verdade.

— Mas não contou. Todo o tempo que passamos juntos não passou de uma mentira.

— O que eu sentia por você era real. Agora eu sei. É verdade que, no começo, eu tinha toda a intenção de te entregar aos Shiikuin. Quando te vi pela primeira vez pelos óculos da minha mãe, eu só enxerguei uma chance de acabar com o pesadelo em que eu tinha acordado. Por algum milagre incrível, a escolha perdida de Takeda Izumi tinha entrado pela porta da minha loja. Tudo o que o meu pai tinha me ensinado sobre como lidar com os nossos clientes... como manipular... os deixar à vontade... fazer com que pensassem que as decisões que estavam tomando na casa de penhores eram inteiramente deles... Aquilo tudo aflorou, como um instinto.

— É mentira, Hana — disse Keishin com a voz embargada, e se virou para ela. — É mentira, e você sabe disso. Não foi instinto. Foi uma escolha. Você continua dizendo que o mapa na sua pele a impede de tomar as próprias decisões, mas foi exatamente isso que você fez quando escolheu mentir para mim. Você me enganou, me deixou cuidar de você, me deixou acreditar que também se importava comigo.

As palavras de Keishin atingiram Hana com mais força do que qualquer punho, acertando-a num ponto logo acima do diafragma, embaixo do pulmão, bem no centímetro quadrado onde vivia a parte mais macia de sua alma. As lágrimas arderam sob suas pálpebras.

— Eu me importo com você, Kei. Mais do que planejei e mais do que queria. Apesar de ter me convencido de que tinha que te entregar para os Shiikuin, eu não consegui, porque...

— Porque o quê, Hana? Porque percebeu que eu não era uma troca valiosa o suficiente para colocar a sua família toda de volta nas boas graças dos Shiikuin? Porque se arrependeu? Eu sou todo ouvidos. Queria ouvir alguma coisa da sua boca que não fosse uma mentira.

— Eu mereço a sua raiva. O seu ódio. Eu sei que não tem nada que eu possa dizer que vá fazer você querer me perdoar, mas eu quero que saiba que, entre você e barganhar pela minha própria segurança e a do meu pai e da minha mãe, eu escolhi você, e não porque eu estava com medo de perder, mas porque eu tinha certeza que ia ganhar.

— Do que você está falando?

— Os Shiikuin teriam poupado a minha vida pelo mesmo motivo que pouparam a do Haruto. Não tem mais ninguém para administrar a loja de penhores. Ninguém para coletar almas para o nosso mundo. Os Shiikuin teriam me feito sofrer para que eu fosse vista como um exemplo, mas me deixariam viver.

— Se você sabia disso, então por que não me entregou a eles?

— Porque num cofre cheio de escolhas, você era a mais forte. Você está destinado a fazer grandes coisas, Kei. Não pela sua mãe. Não por vingança. Por você. Você vai encontrar respostas para todas as suas perguntas, e essas respostas vão mudar o seu mundo. Você não tem motivos para confiar em mim, mas juro que vou fazer o que for preciso para te levar em segurança de volta pra casa.

O restaurante indonésio vazio estava tão escuro quanto o túnel pelo qual Hana e ele andavam, tateando indistintamente. Keishin nunca tinha visto aquele lugar assim. Ele foi esbarrando nas mesas e cadeiras, procurando por seu velho amigo.

— Ramesh? Você está aqui? Ramesh?

Quem respondeu foi o eco da sua própria voz. Keishin caiu no chão do lado de uma cadeira tombada e gritou para o teto.

— Cadê você?

Então, sentiu a mão de alguém apertando seu ombro com firmeza.

— Levante-se.

— Ramesh! — Keishin ficou de pé num pulo e o abraçou. — Você ainda está aqui.

— Onde mais eu estaria? Eu moro aqui, lembra?

— *Aqui.* — Keishin cuspiu a palavra. — Aqui onde? Na minha cabeça? Nas minhas memórias? Eu acabei de descobrir que, poucos dias atrás, eu era um pássaro reluzente em uma gaiola.

Ramesh franziu a testa, apoiando-se com força na bengala.

— Bobagem. Nada mudou. Você continua sendo você. Isto aqui continua sendo a sua cabeça. E, pelo amor de Deus, acenda uma luz. Quase dei de cara na parede.

— Você não entende…

— Entender o quê? O que é real e o que não é? Acho que, mais do que qualquer pessoa, eu sei a diferença entre os dois. Eu sou imaginário. Você, não. Eu não posso existir fora de você. Já você está num túnel, correndo para se salvar.

— Hana mentiu para mim, Ramesh. Era tudo mentira.

— Se isso fosse verdade, você não teria entrado aqui correndo, derrubando mesas e cadeiras, gritando por mim feito um louco — disse Ramesh. — Você apagou as luzes porque não queria ver a verdade.

— Que verdade?

— Acenda as luzes e veja por si só.

O luar caiu sobre as flores silvestres, e era quase como se elas brilhassem. Keishin e Hana saíram do túnel e desabaram no campo. Hana esfregou o machucado na cabeça.

— Como está a sua cabeça? — perguntou Keishin, baixinho.

— Não precisa ser educado nem falar comigo — disse Hana. — Pode fingir que não estou aqui.

— Acho que vai ser meio difícil, considerando que estamos sozinhos. Temos mais chances de escapar se nos organizarmos. Isso é só uma teoria, lógico. Eu posso estar errado.

— Não consigo dizer se você me perdoou ou se me odeia ainda mais.

Keishin fingiu observar o campo florido. Ele tinha obedecido Ramesh com relutância e encarado o que havia escondido na escuridão.

Em torno do restaurante acolhedor que conhecia tão bem, havia barras gigantes de aço, cercando o ambiente. O que ele pensava ser um refúgio era uma gaiola tal e qual àquelas penduradas no cofre de Hana. Keishin estava de pé do lado de Ramesh, boquiaberto.

— Isso… sempre esteve aí?

Ramesh lhe ofereceu um sorriso triste.

— Você passou a vida inteira observando o mundo à distância. Sempre objetivo, sempre desapegado. A ciência foi a gaiola em que você escolheu viver quando a sua mãe te abandonou, um lugar onde nada poderia te machucar como ela. Dentro dos limites das suas leis, você se sentia seguro.

Ele apontou para uma lacuna nas grades onde a porta da cela estava aberta. Do outro lado, Hana estava na entrada de uma casa de penhores.

— Mas agora não está mais preso às suas regras. Você está livre, Kei. Para perdoar. Para odiar. Para amar uma mulher que te traiu… e sacrificou a família para salvar a sua vida.

Keishin sentiu um nó se formando na garganta. A liberdade, em sua forma mais absoluta, era mais aterrorizante do que os Shiikuin.

— O que você sentiu por Hana não foi uma mentira — continuou Ramesh. — E agora, como Hana, você tem que fazer uma escolha.

— Kei? — A voz de Hana chegou até Keishin. — Você ouviu o que eu falei?

— Não, desculpe — mentiu ele. — Eu estava só tentando descobrir como voltar. Acho que daqui não vai dar para pegar carona em nenhum boato, a não ser que que as flores silvestres gostem de fofoca.

O grito de um Shiikuin varou o campo.

Keishin e Hana se levantaram, com as costas coladas um no outro. Um coro de gritos ecoou ao redor deles.

Keishin olhava depressa para todas as direções.

— Onde eles estão?

— Em todos os lugares.

七転び八起き

PARTE IV

Caia sete vezes, levante-se oito.

CAPÍTULO CINQUENTA E SEIS

Conjunto de grous

Um barulhinho distante, como gotas de chuva caindo no chão, preencheu o ar. Finalmente a chuva chegou, pensou Keishin. Era uma hora oportuna para chover. Iria lavar o sangue do campo quando os Shiikuin acabassem com ele. Ficou esperando o momento em que ficaria encharcado. Um pequeno grou de papel bateu em seu nariz, e outro o acertou no ombro esquerdo. Keishin olhou para cima. Grous de origami de todas as cores voavam em volta de si como uma nuvem de tempestade e caíam no campo feito chuva.

— De onde…

Os gritos dos Shiikuin ficaram mais altos.

Hana pegou um grou do chão.

— Foi o Haruto que fez.

— O que esses grous estão fazendo aqui? Por que ele mandou isso?

O tapete de grous se agitava sobre as flores silvestres. Eles bateram as asas e saíram do chão. Então, revoaram em torno de Hana e Keishin, agitando o vento. Keishin não conseguia enxergar nada devido ao borrão de asas de papel. Era um consolo saber que a espessa cortina de grous funcionava nos dois sentidos. Os Shiikuin não podiam caçar o que não conseguiam ver.

Hana apontou para o chão.

— Veja.

Keishin olhou para baixo. Seus pés pairavam uns poucos centímetros sobre a flor mais alta. A cortina de grous se adensou, levando Hana e Keishin para o céu.

Keishin precisou de um tempo para se habituar a vagar pela noite numa nuvem de aves de papel. Os grous moviam-se embaixo dele, alternando-se para carregar o peso dos dois. Ele imaginou que Hana seria mais difícil de levar, pois seu fardo era mais pesado que o dele. Ele não havia deixado os pais à mercê dos Shiikuin.

— Sinto muito pelos seus pais.

— Eles ficaram juntos no final. Como queriam.

— Talvez ainda estejam vivos.

Hana fez que não com a cabeça.

— Preciso acreditar que não estão. É mais fácil tentar adiar o luto do que não fazer nada. Se eu me permitir achar que eles podem estar vivos, pularia desses grous e correria de volta pelos túneis para tentar salvá-los. Acreditar que eles se foram me permite dizer a mim mesma que vou poder lamentar a morte deles quando você estiver em segurança.

— Hana...

— Os meus pais fizeram a escolha deles, e eu a minha. Eles escolheram um ao outro, e eu finalmente escolhi fazer a coisa certa.

Quando os grous começaram a descer, eles avistaram uma casa de papel construída em um penhasco íngreme. O luar projetava um brilho pálido sobre o telhado e as paredes brancas.

— Por que eles estão nos trazendo para a casa do Haruto? — perguntou Keishin. — Haruto não deveria estar escondido na casa da mãe?

— Vai ver ele acha que os Shiikuin não imaginam que nós nos atreveríamos a voltar aqui.

Os grous pairaram perto do chão, e Keishin e Hana saltaram de suas costas. As aves levantaram voo e se espalharam pelo penhasco.

— Como Haruto fez todos aqueles grous? — comentou Keishin. — Não tem como as mãos dele terem ficado boas tão depressa.

— Só tem um jeito de as mãos dele terem se curado nessa velocidade, mas espero que ele não tenha sido tolo a ponto de fazer isso.

— Fazer o quê?

— Ir à barraca de cura do Mercado Noturno. Os preços… são altos demais.

Na porta de casa, Haruto acenou para Hana com as mãos perfeitamente curadas.

— Como foi o passeio?

Hana olhou para as mãos dele.

— Por favor, me diga que você não foi ao…

— Eu fui, e pronto — disse Haruto.

— Seu idiota. — Hana cerrou os dentes. — O que eles exigiram como pagamento?

Haruto cruzou os braços.

— Achei que esse reencontro ia começar com você dizendo: "Obrigada por nos salvar." E eu ia responder: "De nada."

— Obrigado por nos salvar, Haruto — disse Keishin. — De verdade.

— De nada, Keishin. — Haruto se virou para Hana. — Está vendo? Não foi muito mais agradável?

— Me diga quanto você pagou pelas suas mãos — insistiu Hana.

— O que eu paguei é da minha conta, e você não tem nada com isso. — Ele tirou uma folha de papel da manga e a jogou no ar. Então, sacudiu os dedos na direção dela. O papel se dobrou até se transformar numa borboleta. — Consegui até negociar umas melhorias.

— Haruto…

— Chega, Hana. Vamos entrar. — Um grou voou e pousou em seu ombro. — Os grous me disseram que os Shiikuin ainda estão atrás de você.

Haruto se sentou diante deles, com as mãos unidas pela ponta dos dedos, enquanto Keishin e Hana contavam o que havia acontecido nos túneis.

— E o seu pai? — perguntou ele, fazendo um esforço para manter a calma. — O que aconteceu com ele?

Hana engoliu em seco para segurar as lágrimas.

— Ele…

— Ele atrasou os Shiikuin para que pudéssemos escapar — disse Keishin. — Não sabemos o que aconteceu depois que saímos.

— Então ele ainda pode estar vivo — concluiu Haruto, olhando para Hana, esperançoso.

Hana olhou para baixo.

— É uma possibilidade — disse Keishin.

— Nós respondemos às suas perguntas — disse Hana. — Agora você tem que responder à minha.

— Eu já falei, o que eu paguei pelas minhas mãos não é da sua conta.

— Então me diga como você sabia onde nos encontrar.

Haruto pousou as mãos na mesa.

— Quando eu fui ao Mercado Noturno para curar as minhas mãos, escutei uma história estranhíssima… boatos sobre um homem do outro mundo.

— Você seguiu o boato — disse Keishin.

— Os meus grous seguiram. O boato ficou rápido demais para mim, e eu não tinha a menor esperança de pegar um trem, então mandei os meus grous atrás de vocês. Fiquei com a sensação de que o boato em que vocês viajaram era só de ida.

— Você salvou a nossa vida — disse Hana. — Obrigada.

— Até que enfim alguma gratidão.

Hana deu um sorrisinho.

— Aproveite enquanto dura.

— O que planeja fazer agora? — perguntou Haruto.

— Vou dar um jeito de mandar o Keishin de volta para casa.

— E depois? Os Shiikuin não vão deixar os seus crimes impunes.

— Eu ainda não pensei nessa parte.

Hana enfiou as mãos nos bolsos, e seus dedos tocaram uma esfera fria. Hana a pegou e limpou o sangue da mãe com a manga.

— Uma pérola *kioku*. — Haruto olhou para o oceano dentro da joia. — Recém-colhida. De quem é?

— Da minha mãe. Ela me deu antes de escaparmos. Ela disse que isso iria me mostrar a verdade.

— A verdade? — Haruto se inclinou para a frente. — Sobre o quê?

Hana colocou a pérola no meio da mesa. Ela começou a girar e a brilhar, agitando o oceano lá dentro. As ondas cada vez mais altas projetaram sombras nas paredes de papel da sala. As sombras foram se alterando, tecendo uma história a partir da escuridão e da luz.

CAPÍTULO CINQUENTA E SETE

A escolha que Ishikawa Chiyo roubou

Vinte um ano antes

O mapa na pele de Chiyo brilhava na chuva, ganhando vida em seu reflexo no espelho de água da casa de penhores. Ela traçou o mapa com os olhos, totalmente ciente de onde cada estrada tatuada em seu corpo ia dar. Toda vez que o tempo fechava, ela corria para o jardim nos fundos da casa, alimentando a mais ínfima esperança de que um dia, se ela ficasse na chuva por tempo o bastante, uma tempestade revelaria um caminho que ainda não tinha visto.

— Chiyo. — Toshio se aproximou por trás dela e segurou um casaco em cima de sua cabeça. — Você está encharcada. Venha para casa.

— Só mais um pouco.

Chiyo estendeu as mãos para pegar a chuva.

— Venha. Vou fazer um chá para você.

Chiyo olhou para o marido e viu o destino dele brilhar em sua pele. Ela acariciou sua bochecha molhada, passando o polegar no caminho que levava ao seu nome.

— Como você faz isso?

— O quê?

— Se contenta. Como você consegue não querer mais do que a Horishi escreveu?

— Eu sinto muito. — A chuva escorria pelo rosto de Toshio, tornando impossível saber se ele estava chorando.

— Pelo quê?

— Por não te fazer tão feliz quanto você me faz.

— Você me faz feliz, Toshio.

— Não o suficiente — respondeu ele, levando-a de volta para dentro.

Chiyo esperou Toshio pegar no sono, então se levantou e desceu a escada. Tomou bastante cuidado para não pisar no último degrau. Com a tempestade uivando lá fora, o marido não teria ouvido o degrau ranger, mas ela não queria correr riscos. Toshio não entenderia o motivo de ela precisar abrir o cofre da casa de penhores no meio da noite.

Chiyo não conseguia tirar da cabeça a escolha que fora penhorada naquele dia. Era a mais brilhante que já tinha visto. Toshio disse que, se aquela escolha tivesse ido adiante, poderia ter mudado o mundo. Ela ficara deitada, ouvindo a respiração de Toshio, contando os minutos até poder ver a escolha de novo.

No escuro, seus dedos encontraram com destreza o entalhe na lateral da estante. Ela o apertou, e a estante se abriu. Os pássaros no cofre a saudaram com uma canção. Chiyo entrou depressa, esquecendo-se de fechar a porta. Numa gaiola à sua direita, um pássaro brilhava mais do que os outros. Chiyo pegou a gaiola apenas com a intenção de observar o pássaro mais de perto, e o pássaro voou freneticamente lá dentro, agitando as asas contra as grades.

— Não vou te machucar — disse Chiyo, tentando acalmá-lo. — Prometo.

O pássaro bateu contra o teto da gaiola, fazendo todos os outros ali dentro trinarem em uma espécie de frenesi.

— Não… Não… Por favor, fique quieto. Você vai acordar o Toshio.

Chiyo olhou para a porta escancarada do cofre. Ela abraçou a gaiola junto do peito e saiu correndo.

Chiyo colocou a gaiola na mesa, e o pássaro ficou quieto. Com cuidado, ela levantou o embrulho de seda com que havia coberto a gaiola. O pássaro alisava calmamente as penas azuis reluzentes. Quando Chiyo tirou os óculos e os deixou em cima do livro de registro do mês, uma garrafa de saquê surgiu no lugar do pássaro.

Chiyo enfiou a mão na gaiola e pegou a garrafa com cautela. Ela continha todo o saquê que sua antiga dona nunca bebera, em todas as noites em que recusara os convites dos colegas para ter uma vida fora da sua cinzenta estação de trabalho. Ela tinha um plano e um cronograma para si mesma e se negava a se desviar deles. Com o tempo, aquela estação de trabalho cinzenta foi crescendo, até que acabou virando uma sala de canto no último andar do prédio. Quanto mais perto do topo ela chegava, menos convites recebia. Um dia, eles pararam de chegar. Todo dia, depois que as pessoas já tinham ido para casa, ela ficava sentada em sua sala, imaginando que tipo de vida poderia ter tido se acreditasse que merecia descansar. Ela imaginou as conversas que teria compartilhado, as pessoas que poderia ter conhecido, o homem por quem poderia ter se apaixonado e a família que eles poderiam ter construído. Ela gostava de pensar nos nomes que teria dado aos filhos. Gostava especialmente do nome que escolhera para a filha.

Chiyo olhou para a garrafa de saquê, invejando a cliente. Arrepender-se era um luxo que ninguém tinha em seu mundo. Chiyo se perguntou que gosto teria. Ela levou a garrafa aos lábios, dizendo a si mesma que ninguém jamais saberia se ela tomasse apenas um gole.

— Chiyo? — chamou Toshio, indo até a mesa dela. — O que está fazendo aqui embaixo?

Chiyo bocejou e espreguiçou os braços acima da cabeça. Com o canto do olho, notou algo de vidro refletindo a luz. Ela esfregou os olhos e piscou. Era uma garrafa de saquê, vazia, deitada de lado.

— Não… — Chiyo arfou, sendo acometida por uma enxurrada de imagens e lembrando como um gole de saquê acabara virando muitos, e o último gole foi o mais longo de todos.

— O que é isso?

Toshio pegou a garrafa e ajeitou os óculos no nariz. Sua mão começou a tremer, e ele deixou a garrafa cair como se estivesse em chamas. Ela se estilhaçou no chão.

— Me perdoe… — disse Chiyo.

— Chiyo, o que você fez?

— Eu… Eu peguei uma coisa que não era minha. — Ela levou a mão à barriga e sentiu, de um jeito que palavra alguma poderia explicar, o caminho que lhe fora negado crescendo dentro dela. — E o nome dela é Hana.

CAPÍTULO CINQUENTA E OITO

Uma escolha chamada Hana

As ondas do minúsculo oceano dentro da pérola pararam. A orbe escureceu, mas continuava prendendo as três pessoas sentadas ao seu redor. Keishin foi o primeiro a se soltar.

— Hana... — gaguejou ele, tentando formar alguma palavra coerente.

Hana estava com os olhos cheios de lágrimas.

— Não pode ser verdade.

Keishin apertou a mão dela, e Hana se agarrou à dele com a mesma força.

— Agora eu entendi — disse Haruto, baixinho.

— Entendeu o quê? — perguntou Hana, olhando para ele.

— Por que você escolheu o *Kei*.

Hana soltou a mão de Keishin.

— Haruto...

— Acho que esta é uma conversa que vocês dois deveriam ter a sós. — Keishin se levantou. — Se precisar de mim, estou lá fora — disse ele, tocando suavemente o ombro de Hana, antes de sair da sala.

— Você e ele são iguais, Hana. — Os dedos de Haruto pairaram sobre o local onde a Horishi tatuara o nome de Hana em seu braço. — O seu nome está na minha pele, mas deuses maiores esculpiram os destinos de vocês nos seus ossos. Você e eu nunca iríamos dar certo. Na verdade, eu não precisava da memória da sua mãe para saber disso. Eu precisava dela só para me ajudar a encontrar a vontade para admitir isso para mim mesmo. Eu não cometi um erro quando concordei com o preço para curar as minhas mãos.

— O que você pagou a eles, Haruto?

— Nada. Ainda. Combinei que o pagamento seria feito depois que os grous te trouxessem de volta. Eu precisava te ver uma última vez.

— Uma última vez? — Hana agarrou a manga de Haruto. — Do que está falando? O que você fez?

— Eu fiz o que precisava fazer. As minhas mãos estavam destruídas. Sem elas, eu era menos do que nada. Não tinha propósito nem função. Não tinha vida. O vendedor da barraca de cura me disse que podia consertar as minhas mãos, mas que seria muito caro. Eu só tinha uma coisa que fosse tão preciosa. As minhas memórias de você. Depois que você sair, eu vou voltar ao Mercado Noturno e entregar tudo para eles.

Toda a cor do rosto de Hana se esvaiu.

— Não posso deixar você fazer isso.

— Por que não? A tinta que a Horishi tirou do seu pai não foi suficiente para escrever uma vida plena para mim. O seu pai lhe disse que eu só tenho um ano de vida. Me deixe viver o que resta disso sem ansiar por algo que não posso ter. Se você não pode me dar o seu amor, então pelo menos me deixe encontrar a paz.

Gritos agudos penetraram as paredes de papel da casa de Haruto. Haruto se levantou de um salto.

— Os Shiikuin.

Keishin entrou correndo pela porta.

— Eles chegaram.

— Quantos? — perguntou Hana.

— Muitos. — Keishin trancou a porta de papel. — Temos que ir. Eles vão rasgar essas paredes.

— O meu papel é mais forte do que você imagina — disse Haruto. — E eles não vão ter que rasgar nenhuma parede se você abrir a porta para eles. Pode abrir, Keishin.

— Abrir a porta? Perdeu o juízo? — exclamou Keishin.

— Quando eu lhes der o sinal, corram por aquela porta — ordenou Haruto.

— Que porta? — perguntou Keishin.

Haruto apontou para a parede que ficava voltada para o penhasco. O papel se rasgou e dobrou, revelando uma porta.

— Aquela.

— Mas atrás daquela porta tem um penhasco de uns trinta metros — disse Keishin.

— Confie em mim — disse Haruto. — Vocês não vão cair.

— Vocês? — perguntou Hana. — Você não vem?

Haruto a pegou em seus braços e beijou o topo de sua cabeça.

— Vocês não pertencem a este mundo. E não deveriam ter que morrer aqui.

— O que você quer dizer? — Hana se afastou dele.

— Estou dizendo que mudei de ideia. Morrer enquanto ainda me lembro de você é melhor do que viver um único dia sem saber o seu nome — respondeu Haruto, e abriu a porta da frente.

Sete Shiikuin entraram na casa.

— Agora, Hana!

Haruto girou o pulso na direção da porta para o penhasco. Ela se abriu, revelando um rochedo escarpado.

— Não! — gritou Hana enquanto os Shiikuin se aproximavam.

Keishin a segurou pela cintura e jogou-se com Hana pela porta, mergulhando no ar.

Um mar de grous interrompeu a queda. Carregando Keishin e Hana nas costas, eles subiram ao céu. Hana foi até a beirada da nuvem de grous e ficou examinando o chão, procurando a casa de Haruto. A casa de papel começou a tremer e a se dobrar. Lá dentro, os Shiikuin gritavam.

— Não! — exclamou Hana, à medida que a casa ia diminuindo, com cada dobra. — O que ele está fazendo?

Keishin a puxou para longe da beirada.

— Protegendo você.

Trêmula, Hana ficou observando a casa se dobrar, repetidas vezes, até só restar um penhasco vazio e a lembrança da casa de papel e do homem que morava dentro dela.

CAPÍTULO CINQUENTA E NOVE

Mil luas de água

Um grou se demorou junto de Hana, bicando uma pedra aos pés dela. Hana se agachou para tentar pegá-lo, mas ele voou antes que ela conseguisse. Ele bateu as asas de papel e subiu aos céus, juntando-se aos demais, enquanto eles desapareciam atrás das nuvens.

— Eles foram embora. — Hana fitou a estrada em que os grous de Haruto os deixaram. A casa de penhores ficava a poucos passos dali, mas ela não tinha forças nem vontade de mover os pés. — Ele se foi, e eu não tenho mais ninguém.

— Venha comigo — chamou Keishin.

— O quê?

— Venha comigo para o meu mundo... o *nosso* mundo.

— Eu não pertenço àquele lugar.

— Você também não pertence a este. Não tem mais nada para você aqui, Hana. Você quer mesmo passar o resto da vida fugindo dos Shiikuin?

— Eu não tenho opção.

— Você nunca teve tanta opção na vida. Esquerda. Direita. Para cima. Para baixo. Você pode ir para qualquer lugar. Ser quem você quiser. Tudo o que você precisa fazer é passar por uma porta. Comigo.

— Não é tão simples assim.

— Por que não?

— Porque nós nunca vamos deixar vocês escaparem — responderam dois Shiikuin, em uníssono e estridentes, parados no fim da estrada.

Hana e Keishin dispararam pela casa de penhores, com os gritos dos Shiikuin cada vez mais altos atrás deles. Hana abriu a porta da frente, e uma chuva torrencial invadiu a casa, encharcando o piso da loja.

— Vai! — gritou Hana mais alto que a tempestade.

A chuva atingiu Keishin. Ele estendeu a mão para ela.

— Venha comigo.

As garras de um Shiikuin se fecharam ao redor do braço de Hana. Keishin se jogou contra o Shiikuin e o derrubou no chão. O Shiikuin arranhou seu rosto, cortando sua bochecha.

— Kei!

Hana correu até ele.

Uma porta batendo encobriu o som da sua voz, e ouviu-se o som de uma fechadura sendo trancada.

Hana virou a cabeça. Da porta trancada, o segundo Shiikuin se voltou para ela, com uma ilusão de sorriso de escárnio vincando a máscara.

O outro Shiikuin afastou-se de Keishin e parou do lado do que estava bloqueando a porta.

— Não tem saída — disseram, em coro.

— Vocês se esqueceram da água.

Hana agarrou Keishin pela mão e mergulhou na poça de chuva no chão da casa de penhores.

Diversas luas douradas brilhavam sobre a superfície da água. Hana e Keishin nadaram até elas. Eles emergiram e encontraram um bote inflável boiando ali perto. Keishin subiu no bote e ajudou Hana a subir a bordo. Eles se deitaram, completamente secos. Keishin olhou para o céu de luas douradas. Os detectores de luz pareciam muito mais próximos da superfície da água do que na memória que havia pegado emprestado do colega. O tanque de água do Super-Kamiokande estava quase cheio e, se ele ficasse na ponta dos pés, conseguiria tocar as lâmpadas de vidro.

— Como viemos parar aqui? Achei que as poças só transportavam a gente para lugares no seu... — Keishin se corrigiu em tempo: — No outro mundo.

— Nós mergulhamos numa poça que não era daquele mundo. Era deste. Eu não sabia se ia funcionar. Só rezei para ela me entender quando pedi que nos levasse para um lugar seguro.

Havia um brilho de pânico nos olhos de Keishin.

— Então os Shiikuin também podem usar a poça?

— Estou contando com isso.

— Você *quer* que os Shiikuin nos sigam? Por quê?

— Porque estou cansada de fugir. Quando você me trouxe aqui pela primeira vez, eu disse que era uma armadilha bonita. — Hana pegou um remo e entregou a Keishin. — Agora a gente pode usar essa armadilha.

As garras surgiram da água de ambos os lados do barco. Hana empurrou um Shiikuin com o remo, impedindo-o de emergir. Keishin bateu com o remo no Shiikuin ao lado. Os Shiikuin gritaram, as vozes distorcidas pela água. Toda vez que eles surgiam na superfície, Keishin e Hana batiam neles para que recuassem.

— Por quanto tempo eles vão insistir? — exclamou Keishin, golpeando o Shiikuin na cabeça. A máscara dele rachou, revelando o rosto em decomposição. Pedaços de metal cobriam um buraco onde deveria haver um nariz. — Por que eles ainda não se afogaram?

— Porque eles não se afogam.

— Os Shiikuin não morrem... — disse Keishin, lembrando-se do que Toshio tinha dito. — Eles só vão trocando as peças à medida que elas vão se desgastando.

— Peças de metal.

Hana acertou o ombro do Shiikuin.

— Se a ideia é que a água dissolva os Shiikuin igual àquela chave inglesa que eu falei, isso não vai acontecer. — Keishin empurrou o Shiikuin do bote. — Pelo menos não até os nossos braços estarem esgotados.

A água ficou parada. Keishin segurou o remo acima da sua cabeça, à espera do Shiikuin.

Hana se acomodou de novo no barco, descansando o remo ao seu lado.

— Eles se foram.

— Se foram? Como? — perguntou Keishin, examinando a água calma.

— O tempo passa de forma diferente para os Shiikuin. Uma vida inteira deve ser mais do que suficiente para a água consumir cada pedaço de metal e pele.

Keishin remou até uma abertura no topo do tanque. Hana se recostou e ficou olhando as marolas na água.

— Hana. — Keishin disse o nome dela tão baixinho, que Hana ficou na dúvida se ele tinha falado alguma coisa ou apenas suspirado.

— Você disse algo? — perguntou Hana, olhando para ele.

— Estava só testando uma coisa.

— Testando o quê?

— Se eu ainda lembrava o seu nome. Eu estava preocupado de te esquecer, agora que eu voltei. E eu não esqueci. — Keishin sorriu. — Eu me lembro de tudo.

— Talvez porque você seja dos dois mundos.

— Igual a você.

— Igual a mim… — Hana passou a mão pelo braço. — Eu ainda estou aqui.

— Acho que nós dois estávamos certos quando dissemos que o clima não gosta de nós.

Hana fitou seu reflexo na água.

— Hana? Está tudo bem?

Ela respirou fundo.

— Os Shiikuin nunca vão nos deixar em paz, Kei. É o dever deles. Eles não sabem como agir de outra maneira.

— Estamos quase na escotilha. Está tudo bem.

Hana agarrou as laterais do bote.

— Está quieto demais.

— Estamos debaixo de uma montanha. É silencioso mesmo. Eu ficaria preocupado se não estivesse quieto.

— Quem sabe se eu voltar eles não te deixem em paz?

— Hana, pare. Nem pense nisso.

— Não pensar não vai fazer com que deixe de ser verdade. Eu não me importo com o que eles vão fazer comigo. Eles podem ficar com os meus olhos. As minhas mãos. A minha vida. Mas eu nunca iria me perdoar se eles encontrassem você.

— Olhe à sua volta, Hana. Nós escapamos. Estamos livres.

— Eu ainda consigo sentir a presença deles, Kei. Ainda consigo ouvir os gritos deles. Eles estão perto. Eu sei.

Keishin parou de remar.

— Venha aqui — disse ele, abraçando Hana e dando um beijo no topo de sua cabeça. — Hana...

Garras irromperam da água e se cravaram no braço de Keishin. Ele gritou de dor. O sangue escorria da ferida. O Shiikuin entrou no bote, segurando o braço machucado de Keishin.

— Você não pertence a este mundo — gritou o Shiikuin.

— Nem você.

Hana saltou sobre o Shiikuin, mergulhando com a criatura na água. O reflexo ondulante de mil luas douradas os engoliu por inteiro antes que Keishin pudesse gritar.

CAPÍTULO SESSENTA

Um ano depois

Todas as histórias de amor começavam com uma palavra e terminavam com outra. "Oi, tchau." "Fique, saia." "Sim, não." Quando Keishin conhecera Jackie no segundo ano da faculdade, eles começaram o namoro com um "por favor" corriqueiro e terminaram quatro meses depois, com um "obrigado" educado.

Um ano depois de Hana ter desaparecido nas águas do tanque do Super-Kamiokande, Keishin ainda não sabia quais eram as palavras deles. Ele estava propenso a definir um "desculpe", como sendo a primeira deles. Era o seu palpite mais seguro. Eles tinham errado tanto um com o outro e pedido perdão tantas vezes que, estatisticamente, a probabilidade de que houvesse um pedido de desculpas na fronteira de onde a amizade havia terminado e algo mais difícil de ser colocado em palavras havia começado era muito alta. Determinar a última palavra era mais complicado. A lembrança derradeira que tinha de Hana era feita de gritos.

Na fila do restaurante de ramen, Keishin enfiou as mãos nos bolsos do casaco para se esquentar. À sua frente, havia mais duas pessoas tremendo de frio. Queria que houvesse mais. A esperança lhe fazia companhia enquanto ele esperava do lado de fora e o abandonava assim que ele era conduzido pela porta. Um ano de decepção o fizera perder o gosto pelo ramen, mas aquilo não o impedia de voltar ao restaurante sempre que podia. Ainda assim, tinha dias em que ir de Gifu até Tóquio parecia tão inútil quanto estender o braço para tentar pegar a lua. Naqueles dias, ele se perguntava se o verdadeiro Keishin tinha ficado para trás no mundo de Hana e um Shiikuin havia tomado seu lugar. Sentado no trem, sem alma e com frio, tal uma concha vazia.

Apesar do que Keishin havia aprendido nas aulas de biologia, ter um propósito era mais vital do que ter o sangue correndo nas veias. Agora que perdera seu propósito, era uma surpresa que continuasse respirando. Era uma das coisas mais estranhas sobre ser humano, pensou ele. Mesmo quando você não tinha nada pelo que viver, uma parte sua sempre se recusava a morrer.

Um grupo de três pessoas saiu do restaurante, com a barriga cheia e o rosto satisfeito. O homem de barba organizando a fila chamou os próximos três fregueses. Keishin respirou fundo e fechou os olhos. Ele passou pela porta, repetindo uma oração fervorosa e gasta. "Por favor, por favor, apareça."

O tilintar de bowls e copos não era a resposta que Keishin queria ouvir. Então, ele se virou e foi embora, pedindo desculpas ao garçom que o conduzira para dentro do restaurante.

O céu fechou e desabou na cabeça de Keishin, encharcando seus sapatos e suas meias. Ele já estava esperando por isso. Todas as previsões para o dia eram de chuva. É por isso que ele tinha deixado o guarda-chuva em Gifu. Queria ficar encharcado. Ele arregaçou as mangas e voltou para a estação de trem pelo caminho mais longo. Quem sabe, desta vez, encontrasse a tatuagem com o nome de Hana no pulso e tivesse provas de que conhecê-la tinha sido mais do que só um sonho. Sem aquilo, só o que ele tinha era um ano de bilhetes de trem e recibos de ramen.

— Eu falei para você trazer o guarda-chuva. — Ramesh caminhava ao seu lado, abrigando-se sob um grande guarda-chuva preto. — Eu dividiria o meu com você, mas não estou aqui de verdade.

A chuva colou a mecha de cabelo branco de Keishin em seu rosto.

— Gostava mais quando nos encontrávamos no restaurante.

— Você escolheu sair daquela gaiola. Não pode mais voltar.

— Eu escolhi a Hana. — Keishin fitou o ponto vazio no pulso molhado. — E ela não está aqui.

— Sinto muito, Kei — disse Ramesh. — Mas com esse problema eu não posso te ajudar.

Keishin enfiou as mãos nos bolsos e caminhou até a estação, prendendo a respiração e pisando em todas as poças que encontrava.

— Eu sei.

Uma vez seu pai lhe dissera que só havia uma forma de medir quão bem uma pessoa passava o dia. Dependia de quanto tempo você passava ansiando pelo futuro ou lamentando o passado. Segundo essa escala, Keishin estava, sem dúvida, tendo um dia péssimo. Ele assoou o nariz e, a cada acesso de tosse, se arrependia da decisão de deixar a chuva encharcá-lo. Tremendo, ele se enrolou debaixo do cobertor, e uma batida na porta o distraiu do sofrimento.

— Pode entrar — disse ele, com a voz rouca por ter passado a noite tossindo.

— O jantar está servido. — Hana entrou no quarto com uma tigela de sopa e a colocou na mesinha de cabeceira. Pedaços de tofu e algas marinhas boiavam num caldo claro. — Como está o meu paciente?

Keishin se recostou na cabeceira da cama.

— Melhor.

— Você não parece melhor. Vamos ver se a febre baixou.

Ela colocou um termômetro digital debaixo do braço dele.

— Obrigado pela sopa.

— De nada. Eu que fiz — disse Hana. — Abri o pacote e joguei a água fervendo por cima, tudo sozinha.

Keishin riu e se engasgou com uma tosse rouca.

Um apito agudo o interrompeu. Hana pegou o termômetro, conferiu o visor e mostrou para ele.

— A febre continua alta.

Keishin dispensou o termômetro com um gesto e tossiu.

— Estou bem.

Hana revirou os olhos e colocou dois comprimidos de paracetamol na mão dele.

— Tome isso e tente dormir um pouco.

— Não. — Keishin segurou a mão de Hana, deixando os comprimidos caírem no chão. — Eu não quero.

— Por que não? — perguntou ela, enxugando a testa dele com uma toalha úmida.

— Porque, quando eu acordar, você vai ter ido embora. Sei que você não passa de um sonho. A única coisa pior do que perder você é perder você o tempo todo.

— Você já sonhou comigo antes?

— Um monte de vezes. Sonhos diferentes, mas todos terminam do mesmo jeito. — disse Keishin, chorando. — Com você indo embora.

— Pode ser que dessa vez seja diferente. — Ela se deitou do lado dele. — Quem sabe eu não fico?

Keishin passou o braço em volta dela.

— Chega de mentiras, lembra?

— Não é mentira. É um desejo. Eu queria ser real.

Keishin tentou enxugar as lágrimas, mas outras caíram. Ele teria pedido que elas parassem, mas, mesmo em sonho, a única lei que elas seguiam era a gravidade.

— Você sabe o que eu quero? Eu queria poder ficar de luto. O luto encerra as coisas. Mas eu não posso. Você não morreu. Você apenas... *se foi*. E não tem nada que eu possa fazer.

— Eu sinto muito — disse Hana, deitando a cabeça em seu peito.

— Nossa, eu tenho tanta saudade de você, Hana.

— Eu também.

— Me conta uma história? — Keishin fechou os olhos. — Só até eu dormir?

— Que história você quer ouvir?

— Aquela do pescador e da tartaruga que virou uma princesa. — Keishin puxou Hana mais para perto. — Mas desta vez não deixe o pescador abandonar a princesa no mar.

— Está bem, mas só se você fizer uma coisa por mim também.

— O que você quiser.

— Pare de me procurar, Kei. Eu vivo no seu passado. Você pode enfrentar a fila do restaurante quanto quiser, mas não existe uma porta para o ontem.

CAPÍTULO SESSENTA E UM

O último ramen

O bowl de ramen era igualzinho ao primeiro que ele experimentara no restaurante, mas o gosto já não era mais o mesmo. Depois de dois anos frequentando aquele restaurante e não encontrando nada além de um salão lotado do outro lado da porta, o caldo tinha azedado. Keishin teve um refluxo e se segurou para não cuspir.

Uma mulher com um colar barato de pérolas de plástico se sentou no banco vazio ao seu lado, no balcão. O cabelo branco preso num coque estava quase se soltando. Ela usava uma camisa desbotada com a logo de uma pequena rede de floriculturas.

As pessoas não eram assim tão diferentes dos neutrinos, pensou Keishin. Você poderia passar sem perceber por uma infinidade de gente, pessoas invisíveis. Só era possível reparar num neutrino quando ele se chocava com uma molécula de água. No caso da mulher de cabelos brancos, Keishin não a teria notado se seu crachá cor-de-rosa não tivesse caído da sua camisa e batido no chão ao lado do seu pé. Ele pegou o crachá e entregou a ela.

— Obrigada. — A mulher guardou o crachá numa bolsa abarrotada e sorriu. — Acho que eu já te vi em algum lugar. Você vem muito aqui?

— Não. — Ele afastou uma mecha de cabelo branco do rosto. — Eu moro em Gifu.

— Gifu? Veio de bem longe para comer esse ramen. Mas eu entendo. É o melhor da cidade. Posso perguntar o que você faz em Gifu?

Keishin pousou os pauzinhos no balcão.

— Eu observo as estrelas do fundo de uma montanha.

A mulher arregalou os olhos.

— Não seria mais fácil observar as estrelas do topo da montanha?

— Vou dar essa sugestão para o meu chefe. E a senhora? O que faz? Não. Espere. Deixe eu adivinhar. A senhora trabalha numa floricultura.

— Como você … — A mulher olhou para a camisa e riu. — Ah.

— A senhora gosta de trabalhar lá?

— Na maioria dos dias, sim. Eu gosto de flores. As pessoas sempre ficam felizes quando compram flores. — A mulher estreitou os olhos para Keishin. — Tem certeza de que não nos conhecemos?

— Não, acho que não.

— Quando a gente vai ficando mais velho, não dá mais pra confiar na própria cabeça. Ou então é só a minha esperança.

— Esperança?

— O meu filho teria a sua idade agora. Mas… eu… nós… perdemos contato há muito tempo.

— Que pena. Um filho não deveria abandonar a mãe.

A mulher fitou os próprios pés.

— Ele não me abandonou.

— Ah — disse Keishin, baixinho. — Entendi.

— Deixar o meu filho foi o maior erro que já cometi — disse ela, como se o restaurante tivesse desaparecido e ela não estivesse falando com ninguém além de si mesma.

— Por que a senhora fez isso?

— Pelo mesmo motivo que todos os tolos abandonam as coisas boas. Nós olhamos para as nossas mãos e nos perguntamos o que poderíamos ter se elas estivessem vazias. — Ela enxugou depressa os olhos marejados de lágrimas. — Me desculpe. Não sei por que estou contando tudo isso.

Você parece tão familiar. É como se eu te conhecesse. Me perdoe, por favor. Não vou atrapalhar o seu almoço.

— A senhora pensa no seu filho?

— O tempo todo. Fico me perguntando se já passei por ele na rua ou se sentamos um do lado do outro num restaurante igual a este. Às vezes, eu me convenço de que o vi no meio da multidão, mesmo sem saber como é o rosto dele. A solidão e o arrependimento nos fazem ver coisas que não existem.

Keishin fitou o ramen na tigela. Aquela seria sua última refeição naquele restaurante. Dois anos era tempo demais para enfrentar filas por um bowl de decepção. Ele tinha dito a si mesmo que, se não encontrasse Hana naquele dia, a deixaria para trás. Esperar e não encontrar nada doía mais do que as garras dos Shiikuin. Ele tocou a cicatriz discreta no rosto.

— Verdade.

— Perdão — disse a mulher. — O seu ramen esfriou.

— Não tem problema — disse Keishin. — Eu não ligo.

— Sinto muito que você tenha tido a infelicidade de se sentar do lado de uma boba que não tem mais ninguém com quem conversar. O meu chefe briga comigo sempre que eu falo demais com os nossos clientes. Ele me disse que eu devia ter um gato, para ter alguém com quem falar quando chegasse em casa. Você é muito paciente de me aturar. — Ela sorriu para ele. — Qualquer mãe teria sorte de ter um filho como você.

— Até a senhora?

— É lógico. Muita sorte. A alegria de uma mãe é criar um filho que é atencioso e gentil, até com quem ele não conhece. Eu abri mão dessa felicidade, então fico muito grata sempre que vislumbro isso em alguém.

Keishin olhou para o relógio e se levantou.

— Sinto muito. Eu tenho que ir. Preciso pegar um trem. Mas, por favor, gostaria de pagar pela sua refeição.

Ela fez que não.

— Que isso. Imagina.

— Eu insisto. Senão, a minha mãe não iria me perdoar.

— Obrigada. — A mulher sorriu. — Boa viagem.

Keishin a cumprimentou com uma reverência.

— Tenha um bom dia, Takeda-san — disse ele, usando o nome que lera no crachá dela. Ele um dia imaginara que o nome de sua mãe teria um gosto amargo, mas não foi o caso. Talvez, com o tempo, pensou ele, pudesse até ter um gosto doce. — Espero encontrar a senhora de novo um dia.

CAPÍTULO SESSENTA E DOIS

Cinco anos depois

Faculdade. Casamento. Filhos. Essas eram as grandes decisões que as pessoas achavam ser importantes. O que é um erro, claro. Na verdade, eram as escolhas que as pessoas nem percebiam que estavam fazendo que definiam o curso de suas vidas. Pequenas mudanças, diminutas, mas que, com o menor dos ângulos, apontavam na direção do que iria acontecer a seguir.

No caso de Keishin, o que definiria o resto de sua vida foi decidido no segundo em que seus olhos passaram do pacote de ramen de porco picante para o de frango, e então de volta para o de porco. Ele escolheu a embalagem vermelha e a colocou na cesta de plástico verde. Não era hora de experimentar sabores novos. Tinha que pegar um voo para a Suíça às seis da manhã do dia seguinte, e a última coisa de que precisava era de uma dor de barriga. Em menos de 24 horas, ele estaria diante de um auditório lotado de cientistas e jornalistas para anunciar a maior descoberta científica das últimas cinco décadas. Ele não parava de ensaiar o discurso em sua cabeça. O telefone tocou, mais alto que seus pensamentos.

— *Okaa-san*? — atendeu ele.

— Keishin, não vai comer nada picante antes do voo, hein? — disse Takeda Izumi, do outro lado da linha. — Não vai querer ficar com dor de barriga antes do seu discurso.

— Pode deixar — disse Keishin, sorrindo.

— Acho que estou mais nervosa do que você.

— Como alguém que tem algum conhecimento no assunto, garanto que isso não é cientificamente possível.

— Estou tão orgulhosa de você, Keishin. Eu te amo.

— Também te amo. Quando eu voltar, a gente se vê.

Keishin guardou o telefone no bolso. Ele deu um passo para trás, afastando-se da prateleira, e pisou com o salto grosso da bota em algo macio demais para ser o piso de ladrilhos da loja de conveniência. Um grito agudo eliminou qualquer esperança de que tivesse pisado num pacotinho de biscoito, e não no pé de um estranho. Ele se virou, já se desculpando.

— Ai, meu Deus. Perdão.

— Tudo bem. — Uma mulher de rabo de cavalo e rosto em formato de coração sorriu para ele. — Já estou acostumada.

— Hana…

Keishin deixou a cesta cair no chão. Ele a pegou nos braços e começou a chorar.

— Desculpe ter demorado — disse ela, chorando em seu ombro.

Keishin a colocou no chão, recusando-se a piscar, com medo de que, se o fizesse, ela sumiria de novo.

— Eu voltei ao restaurante tantas vezes, mas a casa de penhores nunca apareceu para mim. Comecei a achar que o que tinha acontecido no seu mundo não tinha passado de um sonho.

— Você não achou a casa de penhores porque eu a derrubei.

— O quê? Por quê?

— O meu mundo estava quebrado, e alguém tinha que consertar. As crianças nos túneis me fizeram perceber que nós nunca precisamos das escolhas da casa de penhores. Nós passamos tanto tempo contando uma mentira a nós mesmos que ela acabou se tornando verdade. Nós nos prendemos dentro de um mito que esquecemos que criamos. Aprender a viver com liberdade é quase tão difícil quanto aprender a viver sem ela. Mas agora o trabalho já está encaminhado. Ainda falta muito o que fazer, mas já tem bastante gente abrindo um novo caminho. Eles não precisam mais de mim.

— Então...

— Eu posso ficar — disse Hana. — Com você.

Keishin a puxou para junto de si.

— Eu não acredito que você está aqui. Se você destruiu a casa de penhores, como conseguiu chegar até aqui?

— É sempre bom guardar um pouco de água da chuva. Nunca se sabe quando vai precisar. — Ela pegou uma garrafinha cor de âmbar da bolsa. — Só um pouquinho já ajuda muito. — Então, guardou a garrafa de volta na bolsa e ofereceu a mão para ele. — Oi. Meu nome é Hana. E o seu?

Keishin arqueou a sobrancelha.

— O que está fazendo?

— Começando de novo. Vai ser bom nos conhecermos sem estar correndo perigo de vida, não acha?

Keishin riu e percebeu que estava chorando ao mesmo tempo. À medida que as lágrimas caíam, seu peito parecia mais leve. É impressionante, pensou ele, o quanto as lágrimas podem pesar.

— Recomeçar sem mentiras. — Keishin sorriu em meio às lágrimas e apertou a mão dela. — Meu nome é Keishin. Eu sou doutor. Mas do tipo que não serve para nada.

— Muito prazer...

— Hana, espere. Pensando bem, acho que a gente pode querer ter o direito de dizer uma mentirinha aqui e outra ali.

— Ah, é?

— Coisa boba, sabe, para quando você me perguntar se uma roupa não caiu bem em você ou quando eu perguntar o que achou da minha comida.

Hana riu e envolveu Keishin pelo pescoço.

— E aí… — Ela sorriu para ele. — Você já mudou o mundo?

— Ainda não, mas estou quase lá. — Keishin olhou para o relógio. — Daqui a 24 horas, o mundo finalmente vai descobrir como se usa uma bolsa. E eu não quero ficar nem mais um segundo parado nesta loja.

— Está chovendo.

— Que novidade! — Keishin saiu com Hana, e eles correram debaixo da chuva torrencial. — É só o clima dizendo que não pertencemos a este mundo.

— Ou quem sabe, esse tempo todo, ele estava tentando dizer outra coisa.

Hana segurou o rosto molhado de Keishin.

— Dizer o quê? — perguntou ele, aproximando os lábios dos dela.

— Que nós pertencemos um ao outro.

Agradecimentos

Você tem este livro em mãos porque eu tive a sorte de conhecer pessoas nesta vida que, por razões que nunca vou ser capaz de entender, insistem em acreditar que as palavras que me acordam às três da manhã merecem ser impressas em uma página.

Aos meus pais, à minha avó e à minha família, que amaram tudo que escrevi desde antes de eu aprender a soletrar.

Aos meus filhos, que sempre posso confiar que vão gemer e revirar os olhos diante do menor indício de cafonice ou clichês.

À "Gangue", que sempre tenta me arrancar do meu esconderijo de autora, com noites regadas a vinho, comida, conversa e... eu já falei vinho?

A Aueeie e Mina, que tiveram a coragem de embarcar nesta montanha-russa comigo.

A Tricia e Frankie, cuja visão, sabedoria e orientação ajudaram a tornar este livro a melhor versão de si mesmo.

A Amy, cuja paixão contagiante e crença nesta história me deram um novo sopro para fazer o que amo.

À incrível Equipe Espelhos de Água, da Penguin Random House, e aos meus editores internacionais, que deram seus corações, tempo e talentos para dar vida a este livro.

A Regina Flath e a Fritz Metsch, que, com criatividade, fizeram esse projeto maravilhoso.

A Haylee Morice, que conseguiu capturar perfeitamente o espírito da história com sua arte de capa mágica.

A Sachiko Suzuki, cujo cuidado e atenção na revisão garantiram que a bela cultura que inspirou este livro fosse tratada com o maior respeito e sensibilidade.

A Tennant, Alfie e Westley, cachorros que não podem ler este livro, mas que, ao longo de sua bem-sucedida carreira de comer tudo o que não devem, me ensinaram muito sobre viver sem arrependimentos.

E, por fim, ao homem com quem compartilhei metade da minha vida, a escolha que eu faria todas as vezes.

Obrigada. Obrigada. Obrigada.

Este livro foi composto na tipografia Adobe Garamond Pro,
em corpo 12/16, e impresso em
papel off-white no Sistema Cameron da
Divisão Gráfica da Distribuidora Record.